Gabriel Bornstein
45 Minuten bis Ramallah

Gabriel Bornstein wurde 1948 in Afula, Israel geboren. Nach dem Ingenieurstudium verlagerte Bornstein 1983 seine Aktivitäten nach Deutschland und studierte an der Hochschule für Bildende Künste in Hamburg. Er lehrte Dramaturgie an mehreren Universitäten und gründete 1997 mit anderen Filmemachern die Drehbuchwerkstatt Hamburg. 2003 drehte Bornstein seinen Debütfilm *Dezemberküsse*. Er handelt von einem verletzten Kleingangster, der Unterschlupf im Turm der St.-Pauli-Kirche in Hamburg findet und sich in die Tochter des Pastors verliebt. Bornstein wollte ursprünglich in einer Synagoge drehen, fand aber keine mit einem Turm.

Sein Drehbuch *45 Minuten nach Ramallah* wurde von Ali Samadi verfilmt. Bornstein arbeitete an dem Stoff weiter und machte daraus einen Roman.

Gabriel Bornstein

45 Minuten bis Ramallah

Roman | Nach einem Drehbuch von
Gabriel Bornstein und Charlie Möller-Naß

Assoziation A

Assoziation A | Gneisenaustr. 2a | 10961 Berlin
www.assoziation-a.de
hamburg@assoziation-a.de | berlin@assoziation-a.de
Titelgestaltung: Boris Rautenberg | Satz: kv | Druck: CPI
ISBN 978-3-86241-429-1

Neuigkeiten aus Jerusalem

»Ich kann 25 Meter schwimmen, ohne anzuhalten«, sagt stolz seine Nichte Latifa durch das Handy. Diese wichtige Mitteilung soll Rafik unbedingt als Erster erfahren.

»Echt?« Rafik kann es kaum glauben, und Latifa muss alle Einzelheiten noch mal genau erzählen. Aber sie ist schon bei der nächsten Mitteilung, die mindestens genauso wichtig ist. Es geht um ihre Freundin Leila.

»Du weißt doch, Leila Chalid. Ihr Bruder arbeitet in Tel Aviv. Er hat ihr einen sprechenden Bären mitgebracht. Und der kann drei verschiedene Sprachen.«

Der Bruder von Leila drei Sprachen? Zahir Chalid ist dafür bekannt, dass er kaum redet – und das auch noch in drei Sprachen, das würde keiner glauben.

»Nicht ihr Bruder!«, protestiert Latifa. »Der Bär! Du verstehst ja gar nichts!«

Rafik schmunzelt. »Ich bitte vielmals um Entschuldigung. Hat Mama dich gebeten, bei mir anzurufen?«

»Ja, ich habe sie darum gebeten«, brüllt seine Mutter, die das Telefon aus Latifas Hand gerissen hat. »Wenn ich anrufe, gehst du ja nicht mehr ran. Was mach ich bloß falsch?«

»Nichts, Mama, es ist nur, dass ich so viel um die Ohren habe ...«

Mama fängt an zu schluchzen. Jetzt macht sich Rafik auch noch lustig über sie. Wie viele Mütter hat er eigentlich? Eine einzige! Und die bringt er auch noch um! Ja, das macht er! Mamas Schluchzen steigert sich und sie gibt noch ein paar weitere bedrohliche Geräusche von sich. Und obwohl Rafik schon öfter Ähnliches von ihr gehört hat, ist sie dieses Mal dabei, alle Rekorde zu brechen. Es sei denn, ihr geht vorher die Luft aus, und dafür gäbe es keinen Grund. Es sei denn ... Rafik stellt sich ein Glockenmonster vor, wie er es als Kind in einem Film gesehen hat, mit zwei Köpfen und acht Armen. Und jetzt sitzt dieses Wesen aus dem All auf seinem Familienhaus in Ost-Jerusalem, tastet mit seinem langen Rüssel die Räume ab und saugt die Luft heraus. Und weil die Luft im Haus immer dünner wird, gerät seine Mutter in Atemnot. Und das verursacht die Geräusche, die sie jetzt hervorbringt. Aber heute hat sich das Monster das falsche Opfer ausgesucht. Mama hat nämlich einen viel längeren Atem als sämtliche Monster zusammen. In diesem Moment ist das Wesen aus dem All in Ohnmacht gefallen, und das war's. Und der eindeutige Beweis: Mamas Schluchzen hat aufgehört. Nun fährt sie in ziemlich normalem Ton fort:

»Es geht um Vater. Er liegt im Sterben. Wenn du ein letztes Mal mit ihm reden willst, solltest du dich beeilen.«

»Mama, Vater ist letztes Jahr zu Ramadan gestorben und dann zu Weihnachten noch mal. Was ist es dieses Mal? Pessach ist schon vorbei. Worum geht es wirklich?«

Am Telefon hört Rafik Mamas schweren Atem. Schnell und unregelmäßig, so wie sie immer atmet, wenn sie nach einem neuen Argument sucht. Rafik zündet sich eine Zigarette an und wartet. Seine Mutter ist keine Lügnerin, aber sie ist fest davon überzeugt, dass man mit der Wahrheit nur selten etwas erreichen kann.

»Jamal heiratet«, sagt sie dann feierlich.

»Schön für ihn ...«

»Schön für ihn?«, unterbricht Mama. »Ist das alles, was du zu sagen hast? Dein einziger Bruder, dein Fleisch und Blut heiratet! Auch du hast eine Familie, schon vergessen?«

Natürlich hat Rafik die Familie nicht vergessen. Wie könnte er? Mama ruft ihn mindestens zwanzig Mal am Tag an. Und jetzt hat sich Jamal, der Bastard, etwas Neues überlegt, wie er im Zentrum stehen kann. Dafür nimmt der Idiot sogar eine Hochzeit in Kauf. Obwohl, in dem Fall ist Rafik sich nicht ganz sicher.

Sein Bruder ist so blöd, dass er auch so ohne Weiteres heiraten würde. Aus dem Hörer sprudelt Mamas Stimme weiter.

»Familie! Kennt man so etwas bei euch in Deutschland nicht? Leben da etwa alle ganz allein, jeder für sich in seinem Mercedes? Familie ist etwas Wichtiges, man kann nicht ohne.

Jamal heiratet, und du wirst dabei sein! Und mit Vater wirst du dich auch versöhnen!«

»Tut mir leid, Mama, es ist gerade äußerst ungünstig. Hochbetrieb. Bestell Aliya und Jamal meine herzlichsten Glückwünsche. Ich werd ihnen was Schönes schicken.«

Mama beginnt wieder zu schluchzen. »Du willst also, dass ich das Restaurant allein lasse? Gut. Mama, wenn du das willst ... Die Angestellten werden den Laden ruinieren. Alles Ausländer! Denen kann man nicht trauen. Aber wenn du darauf bestehst ...«

»Du kommst also? Gott sei Dank.«

»Nein, ich komme nicht!«, brüllt Rafik in sein Handy. »Und das kannst du Jamal ruhig sagen. Selbst wenn ich könnte, zu seiner Hochzeit komm ich nicht!«

Ohne auf Mamas Antwort zu warten, klappt Rafik sein Handy zu.

»Ja, Mama, ich liebe dich auch«, murmelt er, als er das Handy zurück in die Tasche steckt.

Prophezeiung in der Suppe

Ein Gast winkt Rafik, der in Kellnersachen gekleidet ist, zu sich und zahlt mit einem großen Schein, ohne Trinkgeld zu geben. Dann verlässt er das Restaurant. Rafik sieht dem Mann frustriert hinterher. Ein zufriedener Bürger mit einem gesicherten Einkommen, zwei Kindern und einem Hund. Nein, einen Hund hat er sicher nicht. Der kostet nur Geld. Kinder auch. Dieser Mann ist bestimmt ein einsames Schwein, der sein Geld lieber mit ins Grab nehmen würde, als zwei Euro Trinkgeld zu geben. Und bei dem hat Rafik sich fast eine Stunde angeschleimt!

Rafik hat seinen Job satt und den Besitzer Giovanni kann er auch nicht mehr sehen. Der Laden macht jede Nacht viele tausend Euro Umsatz, da könnte der Geizhals seinen Kellnern ruhig mehr als sechs Euro die Stunde zahlen. Und die

Gäste geben immer weniger Trinkgeld, oft gar keins. Sollen sie sich ihr Essen doch selbst aus der Küche holen! Wenn sie Service haben wollen, müssen sie zahlen. Sklaverei ist hierzulande illegal! Aber das werden sie erst verstehen, wenn es zu spät ist. Eines Tages werden alle Unterdrückten der Welt rebellieren. Dann wird Giovanni sehen, was er davon hat.

Auch Don Giovanni sieht frustriert aus. Genau genommen ist Giovanni immer schlecht gelaunt, aber heute gehen ihm die beiden Kellner besonders auf die Nerven. Emilio schwingt die Hüften wie eine billige Hure. Ekelhaft. Eine Schande für die Gattung Mann. Aber die Deutschen lieben Schwule. Alle hier im Land sind so liberal und offen – solange es keine Schwuchtel in der eigenen Familie gibt! Wenn es nach Giovanni ginge, würde er Emilio in den Knast stecken. Da würde der italienische Kellner schon sehen, wie viele Gäste er gleichzeitig bedienen kann. Und der Araber ist noch schlimmer. Hat nur Ficken im Kopf. Ficken und Zigarettenpause. Allein in den letzten zehn Minuten drei Zigaretten. Und jetzt geht er schon wieder raus. Steht am Kanal und schaut aufs Wasser, als wäre er ein Tourist. Giovanni ist kein Idiot! Dieses Mal wird er die Zeit von Rafiks Gehalt abziehen!

Draußen zieht die Kälte durch Rafiks Kellneruniform, und er zittert. Die Tage werden kürzer und das Wasser im Kanal gefriert. In seinem ersten Jahr in Hamburg hatte sich Rafik vorgenommen, genügend Geld im Sommer zu sparen, um die Winter in Palästina zu verbringen. Doch dafür reichte sein Gehalt nicht. Und von Jahr zu Jahr wird es kälter. Wissenschaftler behaupten, dass es aufgrund des Klimawandels immer wärmer werden würde. Aber die verbringen ihre Winter in Florida. Ein Winter in Deutschland und sie würden ganz andere Theorien entwickeln.

Das Einzige, was Rafiks Herz bei dem Wetter wärmt, sind die Frauen. Seine jüngste Eroberung ist besonders heiß. Rafik holt sein Handy aus der Tasche und schaut auf das Display. Lena hat nicht angerufen.

Was ist bloß in sie gefahren? Nach der gemeinsamen Nacht war sie verrückt nach ihm. Warum meldet sie sich nicht? Rafik hat schon überlegt, sie anzurufen oder ihr eine SMS zu schicken. Aber das ist nicht seine Art. Frauen sollten wissen, was sie von ihm wollen. Er ist der Mann. Vielleicht ist sie aber verhindert. Er sollte doch lieber bei ihr anrufen. Aber was, wenn ihr Mann Verdacht schöpft? Das könnte ihr Leben ruinieren, und Rafiks Motto war schon immer Diskretion. Rafik fixiert mit seinem Blick das Display, als wollte er es hypnotisieren – und es klappt. Das Handy klingelt, aber es ist nicht Lena, sondern Mama. Sie schluchzt so laut, dass er sie kaum verstehen kann.

»Vater wird sterben!«, verkündet sie schließlich, als sie ihre Stimme wiedergefunden hat. »Meine neue Wahrsagerin hat es gesagt! Und Rucha el Zaida, das ist ihr Name, ist die beste in ganz Jerusalem. Was rede ich, im ganzen Nahen Osten. Weißt du, wie alt die Frau ist?«

Rafik will es nicht wissen.

»112!« verkündet Mama. Sie legt eine Pause ein, damit Rafik seine Bewunderung äußern kann. Weil er es nicht macht, fährt Mama fort.

»Und sie hat noch eigene Zähne. Alle! Ihre Milchzähne sind neu gewachsen. Sie hat den Sechstagekrieg vorhergesagt und die Hälfte des Flüchtlingslagers in Jerusalem für praktisch nichts gekauft. Heute stehen da die teuersten Häuser. Alle von amerikanischen Juden bewohnt. Die Frau ist Millionärin. Ach was, Millionärin, nein! Milliardärin ist sie! Wenn sie etwas prophezeit, wird es auch eintreten, darauf kannst du wetten! Und die Frau ...«

»Mama, kannst du bitte zum Punkt kommen?!«

»Ich bin gerade dabei, aber du unterbrichst mich ja ständig.«

»Okay, entschuldige, ich höre dir zu.«

»Also«, fährt Mama fort. »Heute habe ich Latifa Suppe zu Mittag serviert, weil Samira schon wieder einen neuen Job hat. Meine Schwester wechselt ihren Arbeitgeber öfter als ihre Schuhe, und die halten bei ihr auch nie länger als eine Saison.

Ich frage mich, wo sie das Geld hernimmt. Von ihrem mickrigen Gehalt bestimmt nicht.«

»Bleib bei der Sache, Mama.«

»Mach ich doch. Also, ich gebe Latifa diese Buchstabensuppe, die du auch immer so gemocht hast. Nur Jamal nicht ...«

»Du hast Latifa Suppe gegeben.«

»Hab ich doch gesagt. Und sie mag die Suppe auch, genauso wie du. Sie hat alles aufgegessen und wollte noch mehr. Dann stelle ich den Topf auf den Tisch, und was sehe ich da auf dem leeren Teller?«

»Was?«

»Drei Buchstaben!«, sagt Mama triumphierend.

»Und?«

»Und, und. Es geht nicht um die Buchstaben, sondern um das, was da stand. D-A-D! Verstehst du?«

»Nein.«

»D-A-D«, wiederholt Mama. »Das heißt Dad! Vater auf Englisch!«

»Verstehe.«

»Was verstehst du? Du verstehst gar nichts, weil ich das Wichtigste noch nicht gesagt habe. Da will ich Latifa also gerade mehr Suppe nachfüllen, und da fällt doch vom Löffel ein anderer Buchstabe genau hinter das erste D. Und das war der Buchstabe E. Verstehst du jetzt?«

»Nein.«

»Also, so kompliziert ist es wirklich nicht«, sagt Mama.

Rafik schaut auf seine Armbanduhr. Er darf die zehn Minuten Pause auf keinen Fall überziehen, sonst meckert Giovanni wieder, und dafür hat Rafik jetzt nicht die Nerven.

»DEAD!« erklärt Mama. »DAD DEAD! Vater wird sterben! Verstehst du jetzt? Und genau das hat auch Rucha el Zaida gesagt, und sie hat den Sechstagekrieg ...«

Mama berichtet weiter alles, was die alte Wahrsagerin einmal prophezeit hat, aber das hört Rafik nicht mehr. Er hat schon aufgelegt.

Die Geheimnisse der italienischen Küche

In der Küche lehnt der schwarze Koch Ngumba am Waschbecken und isst ein Stück Pizza. Frisch aus dem Offen schmeckt sie am besten. Ngumba kann nicht genug davon kriegen, was vielleicht erklärt, warum sein schmutziger Kittel nur einen kleinen Teil seiner Wampe bedeckt.

»Als du hier ankamst, hat dir der Kittel besser gepasst«, bemerkt Rafik.

Ngumba grinst und streicht sich zufrieden über seinen Bauch.

»Pizza. Macht dick«, lacht er und zeigt dabei seine weißen Zähne.

Rafik schaut durch das Bullauge an der Tür, sein Blick fällt auf die blonde Frau am Tisch 12. Große Augen, breite Lippen, den fantastischen Körper in einem lässigen Abendoutfit verpackt, und in den Augen der Blick einer Jägerin. Für eine Nacht mit ihr wäre Rafik bereit, einen Mord zu begehen. Leider sitzt sie in Emilios Bereich. Der Italiener ist von dem göttlichen Busen nicht im geringsten beeindruckt. Er reicht Venus die Speisekarte mit einem routinierten Lächeln, nimmt ihre Bestellung auf und kommt zurück in die Küche. Rafik macht ihm die Tür auf.

»Hey, Emilio. Hast du den hübschen Typen am Tisch 5 gesehen? Der schaut dir schon den ganzen Abend hinterher.«

»Ist er nicht süß?«, sagt Emilio sehnsüchtig. »Ist aber leider dein Tisch.«

»Echt schade«, stimmt Rafik zu.

»Der macht mich heiß.«

»Ich zieh die Frau vor.«

»Wollen wir tauschen?«, fragt Emilio mit bettelndem Blick.

»Klar. Was hat sie bestellt?«

Kurz darauf geht Rafik mit einer Flasche Rotwein zu Tisch 12.

Die Frau schaut ihn interessiert an, fährt sich mit der

Zunge über die Lippen, wirft ihr honigfarbenes Haar zurück und streckt dabei ihren göttlichen Busen vor.

»Oh, ihr habt die Tische gewechselt«, sagt sie. »Wie aufmerksam.«

»Ist aber noch immer Antica Enotria, wie Sie es gewünscht haben«, antwortet Rafik und schenkt ihr den Wein ein. Dabei dreht er elegant die Flasche, damit der letzte Tropfen nicht am Flaschenhals herunterläuft.

»Das machst du aber sehr elegant«, sagt Venus.

»Ich habe noch ein paar andere Talente«, flüstert ihr Rafik mit einem Blick zu, der sagen will: Ich-weiß-was-du-wirklich-willst. Die Frau mustert ihn von oben bis unten.

»Was empfiehlst du denn von der Karte?«

»Wie wäre es mit Rigatoni di Sicilia del Diavolo?«

»Diaaa-volo«, wiederholt die Frau, schmeckt das Wort genüsslich mit ihrer Zunge. »Ich liebe es scharf.«

»Rigatoni di Sicilia del Diavolo«, gibt Rafik weiter in die Küche.

»Oho, Frau scharf«, bemerkt Ngumba und öffnet eine neue Chilidose.

»Nicht scharf, Mann, heiß!«

»Hot!«, kommentiert Ngumba. »She's hot! She's too damn hot!« singt er weiter zur Melodie von *Kiss me Kate*. Dabei trommelt er mit Holzlöffel und Schneebesen auf den Töpfen.

»Und Emilio?«, fragt der Schwarze.

»Kochend heiß!«, antwortet Rafik.

»He's hot! He's hot! He is too damn steaming hot!« Ngumba singt weiter, bewegt sich dabei im Rhythmus und wackelt wie Emilio mit den Hüften.

Rafik schmunzelt. Er findet Ngumba echt witzig. Obwohl – für einen Schwarzen wäre es ratsam, sich unsichtbar zu machen. Besonders, wenn er kein gültiges Visum hat. Aber Deutschland ist kein Polizeistaat. Man kann hier jahrelang ohne Aufenthaltserlaubnis gut leben, es interessiert keinen. Nur Arbeitgeber, aber die sagen nichts, solange die Ausländer für einen Hungerlohn arbeiten. Und dafür muss man sich dann auch noch bedanken.

Rafik schaut durch den Türspalt, Giovanni tippt gerade eine Rechnung ein, seine Lieblingsbeschäftigung. In der anderen Ecke räumt Emilio die Tische ab, schwingt dabei seine Hüften stolz durch das Restaurant. Rafik greift sich einen Stapel Teller und tanzt damit genauso tuntig wie der italienische Kellner durch die Küche, singt dabei die letzte Strophe mit Ngumba zusammen: »She's too damn hot! She's too damn hot!« Ngumba lacht und klatscht in die Hände. Vor der Spülmaschine legt Rafik eine perfekte Pirouette hin und verbeugt sich dann vor seinem Publikum. Als er sich ein zweites Mal verneigen will, gleiten Rafik plötzlich die Teller aus den Händen. Mit einem Höllenlärm zerschellen sie auf dem Boden. Ngumba hört auf zu klatschen und starrt erschrocken auf den Scherbenhaufen.

Auch Rafik ist ganz unglücklich. Er kniet nieder und beginnt die Scherben aufzusammeln, will sie in den Abfalleimer werfen, doch Ngumba nimmt ihm die Schaufel aus der Hand und kippt sie in die Spülmaschine.

»Böse Maschine. Macht Teller kaputt«, sagt der Schwarze vorwurfsvoll und haut auf die Spülmaschine.

»Gute böse Maschine«, kommentiert Rafik und haut auch auf die Spülmaschine.

Ngumba stellt die Maschine an und beide biegen sich vor Lachen. Plötzlich bemerkt Rafik seinen Boss. Giovanni steht im Türrahmen und so wütend, wie er schaut, muss er die beiden in der Küche schon eine ganze Weile beobachtet haben. Rafik hört auf zu lachen. Der Koch hat den Boss noch nicht gesehen, tanzt wild weiter, bemerkt dann aber, wie Rafik ängstlich zur Tür starrt und schaut ebenfalls dorthin. Ngumba sieht Giovanni und verstummt. Nur die Scherben in der Spülmaschine klappern leise weiter.

»Was gibt es da zu lachen?«, will der Italiener wissen.

»Nichts«, antwortet Rafik.

»Dann warum lachen?«

»Wir nicht lachen«, antwortet Ngumba und schaut ängstlich auf die Spülmaschine.

»Machen macchina auf!«, bellt Giovanni.

Ngumba verharrt regungslos. Giovanni schaltet die Spülmaschine aus. »Aufmachen!«, wiederholt er.

Zögernd öffnet Ngumba die Spülmaschine. Die Scherben glänzen im kalten Neonlicht.

»Oh shit, Maschine macht Teller kaputt.« Ngumba versucht den Überraschten zu spielen, aber er macht es nicht besonders überzeugend, und das treibt Giovanni zum Wahnsinn. Er fixiert den Koch mit den Augen wie eine Schlange, kurz bevor sie die Maus verschlingt.

»Cattiva macchina!«, simuliert Giovanni eine falsche Überraschung. »Voodoo! Teller tanzen, springen von Tisch kaputt, hop hop in Spul macchina.«

Ngumba zittert.

»Was hier?«, fährt der Italiener fort. »Afrika, hier? Voodoo? NO!«

Um den Ernst seiner Worte zu unterstreichen, zerbricht Giovanni einen weiteren Teller auf der Spülmaschine.

»Assolutamente no! Hier Trattoria Don Giovanni. Du gehen Afrika, dort Voodoo. Trattoria Don Giovanni – finito!«

Ngumba zittert am ganzen Körper. Hilflos schaut er zu Rafik.

»Ich war es«, sagt Rafik.

»Va bene«, sagt Giovanni. »Rafik auch finito.«

Rafik zieht seine Schürze aus und wirft sie zu Boden. »Gut, dann möchte ich mein Geld haben. Für drei Wochen!«

»Geld wollen, va bene! Alle wollen Geld haben. Muss aber Steuerkarte bringen.«

Rafik schaut seinen Chef hasserfüllt an.

»Sie wissen, dass ich keine Steuerkarte habe.«

Giovanni zuckt die Schulter. »Scusi, das Polizei sagen. Ich muss Steuerberater. No Karte, no Geld. Capisci?«

Kopf wie Teller leer

»Darf ich?« Rafik beugt sich zu der fremden Frau und setzt sich zu ihr, ohne auf eine Antwort zu warten. Sie lächelt ihm zu und zeigt auf den Wein, fordert Rafik auf, sich zu bedienen.

»Antica Enotria. Man hat ihn mir empfohlen.«

Rafik winkt seinen Ex-Kollegen zu sich. Weil er keine bessere Lösung weiß, kommt Emilio an den Tisch.

»Prego.« Emilio verbeugt sich in bester Manier und bleibt dann steif vor der Lady stehen. Er schaut unsicher zu Giovanni und dann zu Rafik. Es riecht nach Ärger. Was führt der verrückte Palästinenser bloß schon wieder im Schilde?

»Der Herr nimmt dasselbe«, sagt die Venus.

»Rigatoni di Sicilia del Diavolo?«, bestätigt Emilio.

»Extra scharf«, haucht die Venus mit verrauchter Stimme. Sie beugt sich zu Rafik und flüstert ihm zu: »Das kannst du doch vertragen, oder?«

Männer erzählen sich oft von Abenteuern mit wildfremden Frauen. Alles gelogen. Aber der Atem dieser Frau in seinem Nacken ist echt.

Aus dem Augenwinkel sieht Rafik Giovanni. Sein Gesichtsausdruck ist nicht gerade freundlich. Wenn bei dem eine Sicherung durchbrennt, kann es unangenehm werden. Und wenn schon. Was kann er Rafik noch anhaben?

Venus' Haar streift über Rafiks Gesicht. Es duftet nach Honig. Rafik vergräbt seine Nase in ihrem Nacken. Ihr Parfum benebelt seine Sinne. Wenn Rafik klar denken könnte, würde er gleich darauf kommen, dass dieser Geruch lebensgefährlich ist. Doch Rafik denkt nicht nach. Ihr Duft hindert ihn daran. Oder vielleicht sind es ihre Brüste, die aus ihrem Dekolleté lugen und seine Gedanken durcheinanderbringen. Eine gefährliche Situation. Egal, denkt Rafik. Was kann schon passieren? Im schlimmsten Fall macht sie mich heiß und lässt mich dann stehen. Es wäre nicht das erste Mal.

Sein Blick schweift über ihr Dekolleté. Als sie seine indiskreten Blicke bemerkt, lächelt sie kaum merklich und beugt sich dann noch ein kleines Stückchen tiefer, um ihm eine bessere Sicht zu verschaffen.

Giovanni hat die beiden schon eine Weile beobachtet, und was er da sieht, gefällt ihm gar nicht. Es gibt Regeln, Gesetze und Tabus. Rafik bricht sie alle! Am liebsten würde Giovanni die Polizei rufen, aber was soll er den Beamten sagen? Dass sein Kellner mit einem Gast rummacht? Das ist kein Verbrechen, nicht nach dem deutschen Gesetz. Ignorieren darf Giovanni Rafik auch nicht. Wenn sich ein Mitarbeiter solche Frechheiten leistet, tanzen ihm alle anderen bald auch auf der Nase herum. In Sicilia würde man nach so einer Provokation töten, aber die Deutschen haben keine Kultur. Gedankenversunken nimmt Giovanni ein Glas aus dem Waschbecken und fängt an, es zu polieren. Er hält es ans Licht, prüft, ob das Glas sauber ist, und stellt es ins Regal. Dann holt er ein neues Glas.

Als er wieder hochschaut, sieht Giovanni, wie Rafik mit der Frau leidenschaftlich knutscht. Das Glas zerbricht in Giovannis Hand. Er schleudert die Scherben in den Müll und läuft mit geballten Fäusten auf Rafik zu.

»Was erlauben Rafik?!«, brüllt der Italiener. »Hier Bordello? No! Bordello da, da, da!« Giovanni zeigt in alle Himmelsrichtungen. »Alles Kiez voll Bordello! Hier Trattoria Don Giovanni. Pizza, pasta, vino e basta!«

Giovanni hält kurz inne, um Atem zu holen.

»Wollen etwas klären. Trattoria trentacinque anni a St. Pauli, Giovanni viele schlecht situazione. Kellner immer vergessen, was sie sind. Ricordi Paolo da Napoli? Gut Koch. Filetto Maiale Ripieno.« Giovanni küsst seine Finger und seufzt sehnsüchtig. »Paolo wie Sohn für Giovanni. Was macht Sohn? Fickt mit meine Tochter Gina! La mia piccola Gina! Was denken Paolo?« Giovanni gerät in Atemnot und muss schon wieder eine Pause einlegen. »Und Jacek da Polonia. Gute Kellner, magnifico tenore! Gäste komme, Jacek gehe – mit Kasse! Tutti Geld! Is possibile Herr Rafik, verstehe, was ich sagen? Giovanni no idiota! Sehe alles! Rafik immer sigaretta, immer telefonate con la mamma. E baci a tutte le donne – baci, baci, baci! Sono tutti pazzi! Solo Sex! Kopf wie Teller leer! Ne sono stanco! Finito!«

Giovanni geht zur Bar zurück und sucht nach etwas im Regal. Als er sich umdreht, hält er eine Pistole in der Hand. Rafik und die Frau werfen sich auf den Boden und verstecken sich unter dem Tisch. Doch Giovanni hält sich die Pistole an den Kopf.

»Nein!«, schreit Rafik. Er springt auf und rennt auf Giovanni zu.

»Doch!«, schreit der Italiener und zielt auf Rafik.

Erneut verschanzt sich Rafik hinter einem Tisch.

»Va bene! Du mach ich später fertig!«, sagt Giovanni und hält die Pistole wieder an seine Schläfe. Von hinten schleichen sich Emilio und Ngumba an den Italiener heran und werfen ihn zu Boden. Rafik reißt Giovanni die Pistole aus der Hand.

Etwas, was man im Winter vermeiden sollte

Jede Begegnung seiner nackten Füße mit der kalten Straße brennt. Besonders sein rechter Zeh schmerzt. Die durchnässte Hose ist gefroren und die Eiszapfen stechen in sein Fleisch wie ein Skalpell. Besondere Sorgen macht sich Rafik um seine Hoden. Anfangs hat alles wehgetan, aber jetzt spürt er nichts mehr. Hoffentlich sind sie nur gefroren, doch wenn er Pech hat, hat sie das scharfkantige Eis vom Körper abgetrennt. Rafik kann sich den Titel in der *Morgenpost* schon vorstellen: Mann kastriert sich beim Laufen selbst. Rafik ist bekannt, dass die Geschichte der Menschheit voller Männer ohne Hoden ist. Ein paar von ihnen haben es zu hohen Ämtern gebracht, weil der Herrscher in ihnen keine Konkurrenz sah. Und es gab noch weitere Vorteile: Frauen lassen Männer ohne Eier vertrauensvoll ran. Die Gefahr, ein unerwünschtes Kind zu zeugen, ist ausgeschlossen. Doch im Moment überzeugen diese Vorteile Rafik nicht. Er war schon immer sehr mit seinen Eiern verbunden und er kann sich nur schwer vorstellen, ohne sie weiterzuleben. Dieser Gedanke gibt ihm die Kraft, weiterzulaufen. Nach ein paar hundert Metern hält er inne und horcht. Die Schritte seiner Verfolger sind nicht mehr zu hören. Aber in Sicherheit ist er noch nicht, und die kalte Luft brennt weiter in seiner Brust.

Dabei fing alles so gut an. Eve, so hieß die Frau aus dem Restaurant, zeigte sich sehr willig. Schon im Auto machte sie sich an ihn ran. Die eine Hand am Steuer, kraulte sie mit der anderen Rafiks Haar. Es war schon spät, ihr Auto stand als einziges auf dem Parkplatz bei der Fischauktionshalle. Eve hatte direkt am Wasser geparkt. Rafik wollte sich noch eine Zigarette anzünden, doch Eve klappte schon die Lehne zurück, und der Ledersitz unter Rafik verwandelte sich in eine weiche Liege. Jede ihrer Bewegungen war sehr routiniert. Man konnte sehen, dass sie nicht zum ersten Mal mit einem fremden Mann hierhergekommen war. Aber das interessierte Rafik wenig. Man lebt schließlich nur einmal.

Als er wieder zu sich kam, wusste Rafik zuerst nicht, wie ihm geschehen war. Dicht neben sich hörte er Eves schweren Atem. Und dann war da noch ein leises Klackern. Rafik blickte hoch, zwei verchromte Kugeln hingen da vom Rückspiegel. Sie hatten eine komische Form, nicht ganz rund und voller Falten. Rafik versuchte sich vorzustellen, was sie zu bedeuten hatten. Eve folgte seinem Blick.

»Sieht echt aus, was?«

»Wie echt?«, fragte Rafik.

»Wie richtige Hoden«, antwortete Eve und streichelte dabei seine.

Rafik zuckte zusammen und drückte ihre Hand grob von seinen besten Stücken weg. Darüber macht man keine Witze. Eve lachte.

»Tut mir leid«, entschuldigte sie sich. »Mein Mann hat einen komischen Sinn für Humor. Er ist damit einverstanden, dass ich mich mit anderen Männern treffe, aber er will auch seinen Spaß haben.«

»Verstehe«, sagte Rafik.

»Nicht ganz, wie du denkst. Manfred fickt nicht rum.«

»Was hat er dann für Spaß? Schaut er dabei zu?«

»Mm, interessanter Vorschlag, aber nein. Er sammelt lieber die Hoden.«

Rafik schluckte und sah noch mal zu den Kugeln. Bei genauerer Betrachtung ähnelten sie tatsächlich verchromten Hoden.

»Das ist krank.«

»Sage ich auch«, flüsterte Eve und klammerte sich an Rafik. »Aber er war nicht immer so. Wir waren jung und wir liebten uns. Manfred liebte schnelle Autos. Sein Lieblingsauto war ein Alfa Romeo Giulia. Sie haben Stil, die Italiener. Eines Tages, es war Weihnachten, wir kamen gerade zurück nach einer Woche Skiurlaub in Kanada, und ich hatte mir einen kanadischen Weihnachtsbaum gewünscht, groß, um die drei Meter. Aber die Märkte waren schon fast alle leer. Es gab nur noch Reste. Manfred hatte gesehen, wie traurig ich war, also nahm er eine Motorsäge und fuhr Richtung Heide. Es gibt da einen Märchenwald mit Nordmanntannen, Nobilis und Schwarzkiefern und anderen Bäumen, die man sonst nur in Skandinavien findet. Manfred hatte sich einen hübschen Drei-Meter-Baum gefällt und steckte ihn in den Kofferraum. Er musste mit offenem Kofferraum zurück nach Hamburg fahren, und das bei minus zwanzig Grad. Es war schon spät und ich wartete zu Hause mit der Ente im Ofen. Ich griff zum Telefon und wählte seine Nummer. Das war ein Fehler. Er war gerade auf der Brücke über dem Nord-Ostsee-Kanal. Er klappte sein Handy auf und antwortete: ›Ich bin gleich da, Schatz. Gib mir noch 28 Minuten, nein, in 25 schaff ich es auch.‹ Das war das Letzte, was ich in diesem Jahr von meinem Mann hörte. Während wir redeten, passte er nicht auf und rutschte über den vereisten Straßenrand. Der Alfa krachte mit 170 Sachen durch die Leitplanke und landete fünfzig Meter tiefer im Kanal. Manfred hatte Glück. Der Drei-Meter-Baum knallte gegen einen Brückenpfeiler und blieb überm Wasser hängen. Manfred auch, der angespitzte Stumpf des Baums hatte ihn aufgespießt und verhinderte so, dass er in die Tiefe stürzte.«

Eve atmete tief. »Im Krankenhaus musste man den Baum chirurgisch aus Manfred entfernen – samt den Hoden. Er hat kaum gelitten, wir haben sehr gute Ärzte in Deutschland und sie haben alles getan, was man tun konnte. Nach außen hin ist Manfred so geblieben, wie er war. Aber er ist kein Mann mehr. Für ihn war es schrecklich, er wollte sterben, aber für mich war es noch schlimmer.

Ich war 30, eine Frau im besten Alter, und musste nun leben wie eine Nonne. Drei Jahre habe ich es durchgehalten. Danach hatte mein Mann Mitleid mit mir und gab mir die Freiheit zurück. Wir haben ein Abkommen. Ich darf mir Liebhaber nehmen. Aber danach muss ich sie Manfred überlassen. Er jagt den Mann, und falls er ihn erwischt, schneidet er ihm die Eier ab. Die Idee, sie zu verchromen, kam erst später, denn ohne halten sie nicht lange. So hat er noch Jahre später Spaß daran.«

Die Frau ist total durchgeknallt, dachte Rafik, und ihre Witze waren auch nicht nach seinem Geschmack. Er wollte seine Hose schon hochziehen, als Eve ihn noch mal küsste, auf eine Art, die er bis dahin noch nicht kannte. Der Schüttelfrost, den sie ihm mit ihrer Zunge verpasste, bohrte sich bis in sein Gehirn.

Abhauen konnte er auch später, dachte Rafik. Schließlich muss er Eve nicht heiraten. Das ist sie schon. Bei diesem letzten klaren Gedanken machte Rafik seine Augen zu und ließ sich gehen. Er war im Paradies oder in der Hölle. Wie man es nimmt.

Das Klackern brachte Rafik zurück auf die Erde, doch die Kugeln am Rückspiegel bewegten sich gar nicht. Rafik sah sich um. Hinter dem Auto stand ein großer Mann, er hielt einen Baseballschläger in der Hand. In der anderen hatte er zwei ähnlich verchromte Kugeln, die er wie chinesische Qigong-Kugeln auf seiner Handfläche kreisen ließ.

»Mein Mann!«, zischte Eve. »Am besten machst du dich auf den Weg. Wenn es zur Jagd kommt, ist Manfred nicht fair.«

Auf der Straße sah Rafik einen Alfa Romeo Giulia mit verchromten Stoßstangen, aus dem zwei weitere Männer ausstiegen. Ein Riese, ebenfalls mit einem Baseballschläger in der Hand, und ein dunkler Kleiner mit einem Springmesser.

»Der Große da, Werner, der war mal Profiboxer.«

Das Gehirn ist eine raffinierte Maschine. Unter Gefahr denkt man viel schneller, und man kann dann auch erstaunlich schnell laufen. Genau das tat Rafik, aber nicht Richtung Straße, sondern Richtung Wasser. Am Kai lagen ein paar Motorboote. Die konnte man unmöglich ohne passende Schlüssel starten. Aber am Ende des Anlegers lag ein kleines Ruderboot. Rafik sprang hinein und fing an, wie verrückt davonzurudern. Die drei Männer liefen aufs Wasser zu.

»Hey, Ladies!«, schrie Rafik den Männern zu und zeigte ihnen seine beiden emporgestreckten Mittelfinger. »Habt ihr Angst vor Wasser?«

Statt eine Antwort zu liefern, so wie es in einer zivilen Gesellschaft üblich ist, zog Manfred eine Pistole aus der Tasche, zielte und schoss ein Loch von ungefähr zwanzig Zentimetern Durchmesser in den Boden des Ruderboots. Rafik hasste diese Art der Kommunikation. Was hatte er den Männern getan?

Das Boot begann zu sinken, und bald standen Rafiks Füße im kalten Wasser. Panisch schaufelte er das Wasser mit bloßen Händen aus dem Boot, als sein Handy klingelte. Aus dem Hörer schluchzte schon wieder Mama.

»Die Prophezeiung in der Suppe ist Wirklichkeit geworden. Gestern Abend, als Vater eine Klimaanlage bei einem Kunden installierte, ist sie ihm auf den Kopf gefallen.« Mama verstummte. Für eine Weile konnte Rafik nichts sagen.

»Ist er tot?«, fragte er schließlich.

»Rafik, mein Kind, du musst dich beeilen.«

Rafik spürte einen Kloß im Hals und Tränen stiegen ihm in die Augen. Das Wasser im Boot stieg weiter. Erst als das Boot vollständig gesunken war und seine Füße auf dem Boden des seichten Flusses standen, nahm Rafik die drei Männer am Ufer wieder wahr. Anscheinend hatten sie jegliches Interesse an Rafiks Eiern verloren, denn sie wandten sich zum Gehen. Fast eine Beleidigung, als wären die palästinensischen Stücke es nicht wert, dafür nasse Füße zu riskieren, und das ist ja noch schlimmer als eine Kugel im Bauch. Rafik war noch nie von einer getroffen worden, aber er konnte es sich vorstellen. Die Kränkung aber ließ sich nicht orten, sie verbreitete sich wie Gift in seinen Adern und saß tief in seinem Hals, seinem Kopf und den Genitalien.

»Ihr Loser!«, schrie Rafik hinterher. »Ich mach euch fertig!«

»Ich mach dich fertig, Arschloch!«, schrie Manfred zurück. Er zielte noch einmal in die Dunkelheit und schoss. Man hörte, wie die Kugel irgendwo einschlug.

»Den hab ich kaltgemacht«, sagte Manfred.

»Hast du nicht«, entgegnete Werner. »Du hast nur das Boot getroffen.«

»Mann, du redest nur Scheiße! Das klang eindeutig nach Kugel in den Kopf. Der Mann ist platt wie 'ne Pizza.«

»Kopftreffer klingen ganz anders. Du hast Holz getroffen. Nur Holz.«

»Holz, meinst du? Pass mal auf!«

Manfred zog die Pistole und schoss auf die Brücke.

»So klingt Kugel auf Holz, kapiert?« Er zielte auf Werners Kopf. »Und jetzt hör dir an, wie eine Kugel im Kopf klingt.«

Manfred schoss nochmals, die Kugel streifte Werners Haar. »Hast du den Unterschied bemerkt?!«

Werner starrte Manfred an. »Du bist übergeschnappt, Mann! Mit deinen Eiern hast du auch den Verstand verloren!«

»Ja, da hast du recht!«, schrie Manfred und zielte jetzt genauer auf den Kopf seines Freundes. Der Kleine mit dem Springmesser versuchte einzugreifen, aber Manfred wandte sich nun zu ihm, hielt ihm die Pistole vors Gesicht.

»Hast du mir auch etwas zu sagen?«

»Du hast ihn getroffen. Zufrieden?«, sagte der Kleine.

»Ich will es von Werner hören.«

»Du hast ihn getroffen«, sagte auch Werner.

»Sag ich doch«, sagte Manfred und steckte die Pistole zurück in die Tasche. »Lass uns ein Bier im Nachbareck trinken.«

Die drei Männer stiegen in den Alfa und fuhren los.

»Warum immer ins Nachbareck?«, fragte Werner.

»Sie haben da ein tolles Steak.«

»Sag doch gleich, dass du ein Steak willst.«

Manfred bremste. Das Auto rutschte auf der eisigen Straße und prallte gegen ein Fahrrad, das an einer Laterne angeschlossen war.

»Ich will ein Bier mit Steak beim Nachbareck. Wenn es dir nicht passt, kannst du aussteigen.«

»Von mir aus. Ein Bier mit Steak im Nachbareck.«

»Sag ich doch«, sagte Manfred.

Rafiks Lungen brennen. Er läuft noch ein paar hundert Meter, dann hält er an und verschnauft. Er schaut sich um – von den Verfolgern keine Spur. Zunächst ist Rafik beruhigt, auch seine Zehen tun nicht mehr weh. Doch dann macht ihm ein neuer Gedanke Sorgen. Wenn die Zehen erfrieren, muss man sie amputieren. Und ohne wird er nur wie ein halber Mann aussehen. Drei mit einer Pistole gegen einen Unbewaffneten in einem versenkten Boot. Selbst die Gladiatoren in Rom hatten bessere Chancen.

Willkommen zu Hause

In der einen Hand seine Reisetasche, unterm Arm die große Schachtel mit einer Kaffeemaschine, steuert er mit den anderen Passagieren auf die Passkontrolle zu und versucht dabei, unauffällig in der Menschenmenge zu verschwinden.

»Hey, du da!«, ruft eine Stimme.

Reflexartig duckt er sich ein wenig, zwingt sich dann aber, den Befehlston zu ignorieren, und geht weiter. Noch fünf Meter bis zur Empfangshalle, er hat es fast geschafft.

»Du mit der Lederjacke!«

Er zögert für einen kurzen Augenblick, nur den Bruchteil einer Sekunde, und der verrät ihn. Sieben Jahre, seit er das Land verlassen hat, und er reagiert immer noch gleich, mit Angst. Willkommen zu Hause, murmelt Rafik und wendet sich dem Zivilbeamten zu.

»Meinen Sie mich?«

»Komm her!«, befiehlt der Zivilbeamte. »Deinen Ausweis bitte!«

Rafik reicht dem Mann seinen Ausweis. Der Zivilpolizist schlägt ihn auf.

»Rafik Abu-Rabah?«

»Wenn's da steht.«

Der Polizist starrt Rafik eine Weile durch seine verspiegelte Sonnenbrille an. Rafiks pampiger Ton gefällt ihm gar nicht.

»Woher kommst du?«

»Aus Hamburg.«

»Hamburg. So, so. Was hattest du da zu suchen?«

»Nichts Besonderes.«

Anscheinend hat der Polizist eine ausführlichere Antwort erwartet, denn er starrt Rafik nur an und wartet.

»Ich habe da ein Restaurant.«

»Für Palästinenser?«

»Unsere Kundschaft ist international.«

»Ich habe gefragt, ob es da auch Palästinenser gibt!«, schnauzt der Beamte ungeduldig.

»Vielleicht sind auch ein paar Palästinenser darunter. Ich weiß es nicht. Wir kontrollieren nicht die Ausweise.«

»Terroristen?«

»Machen Sie Witze? Terroristen zahlen nicht. Bei uns kommen nur Gourmets.«

Langsam wird der Beamte wütend. Er arbeitet rund um die Uhr, opfert seine besten Jahre für die Sicherheit des Landes, und das ist der Dank. Was hat er von dem Arschloch schon verlangt?! Eine Niere?! Nein, nur etwas Respekt. Das versteht der elende Araber aber nicht.

Kurz darauf sitzt Rafik auf einem unbequemen Hocker an einem Metalltisch in einem Raum mit vergitterten Fenstern. Vor ihm liegen ein Schreibblock, ein Stift und ein Ordner mit den Bildern gesuchter Terroristen.

»Taufik Al Arabia.« Der Zivilpolizist zeigt auf ein Fahndungsfoto. Ein Mann mit einer riesigen Nase, der wütend in die Kamera schaut. »Kennst du ihn?«

»Ist mir nicht bekannt«, antwortet Rafik.

Der Zivilbeamte verschränkt seine Arme hinter dem Kopf, lehnt sich in seinem Schreibtischsessel zurück und starrt Rafik wortlos an. Rafik starrt zurück. Er hat immer versucht, Konfrontationen aus dem Weg zu gehen, und bis heute ist es ihm auch gelungen. Sich als Märtyrer zu melden und sein Leben als wandelnde Bombe zu beenden, diese Alternative hat Rafik schon immer als nicht befriedigend empfunden. Deshalb hat er das Land auch verlassen. Und jetzt drängt ihn dieser Sicherheitsbeamte in die alte Rolle. Das macht Rafik wütend. Woher nimmt der Typ seine Selbstgefälligkeit? Hat er sie von Geburt an? Und wie kommt es, dass so viele Typen von dieser Sorte herumlaufen? Muss eine Genmanipulation sein. Eine spezielle Züchtung. Sie werden in ihren grauen Anzügen und mit kurz geschnittenen Haaren geboren. Die verspiegelten Sonnenbrillen bekommen sie wahrscheinlich zur Bar Mitzwa, dem jüdischen 13. Geburtstag. Dann werden sie nach dem Alten Testament zu Männern. Sie sehen alle gleich aus und sagen nie mehr als das Nötigste in kurzen Sätzen. Doch die These von der Genmanipulation gefällt Rafik nicht. Solche Gedanken führen irgendwann zur Rassentheorie. Aber wenn es keine Genmanipulation war, wie produziert man dann so viele identische junge Männer? Vielleicht haben die Sicherheitskräfte einen psychologischen Test entwickelt? Ein Verfahren, das nur Leute bestehen können, deren Gesprächsbeteiligung sich beim Abendessen auf »Gib mir mal das Salz« beschränkt. Danach bekommen sie noch eine Spezialausbildung, wie sie mit Arabern zu reden haben: »Herkommen! Ausweis! Mund halten!« Aber vielleicht reden sie zu Hause ganz normal. Das kann sich Rafik nur schwer vorstellen. Sie reden eher wie Giovanni, wenn er gut gelaunt ist. Oder Manfred, der Mann von Eve. Der redet auch nur in kurzen Befehlen. Also haben die Israelis Ähnlichkeit mit Italienern und Deutschen. Ein verblüffender Gedanke, findet Rafik. Bei der Überprüfung weiterer Nationen würde man vielleicht noch mehr Ähnlichkeiten finden, und das zeigt nur, dass es gar keine großen Unterschiede zwischen den Menschen der Welt gibt. Diese Erkenntnis wäre eine gute Basis, um alle Nationen der Welt zusammenzubringen. So weit war nicht einmal Karl Marx.

Der Beamte schlägt eine Seite in seiner Mappe um und zeigt Rafik weitere Gesichter.

»Erkennst du da jemanden?«

»Sind mir alle unbekannt. Freunde von dir?« Er schiebt dem Beamten die Bilder zurück. Die Ohrfeige wirft Rafik vom Stuhl, und bevor er begreift, wie ihm geschieht, steht er auf und macht einen Schritt auf den Sicherheitsbeamten zu. Der zieht seine Pistole.

»Zwing mich nicht, zu schießen«, sagt der Beamte. Er legt die Pistole auf den Tisch und setzt sich wieder. Der Araber geht ihm schon die ganze Zeit auf die Nerven, spielt da den Naiven. Aber der Beamte hat schon ganz andere Typen getroffen. Am Ende reden sie alle.

Rafik zittert am ganzen Körper, versucht sich zu beherrschen. Er will dem Beamten an die Gurgel, aber da würde er den Kürzeren ziehen.

»Du darfst nicht auf einen Unbewaffneten schießen«, sagt Rafik.

»Du willst mir Vorschriften machen, was ich nicht tun darf, du Arschloch! Ich sage dir, was ich darf! Ich schlag dich jetzt zusammen und dann steck ich dich ins Loch. Das darf ich, weil du ein Sicherheitsrisiko bist, und es ist meine Pflicht, das

Land vor Terror zu schützen. Also fang einfach an zu singen und versuch nicht, mit mir zu verhandeln, ich kaufe bei dir keine Tomaten auf dem Markt.«

Rafik weiß, dass der Sicherheitsbeamte es kann. Zu oft hat er gesehen, wie Soldaten einen Palästinenser zusammenschlagen und wegschleppen. Ohne Anlass und ohne Haftbefehl. In diesem Land ein Palästinenser zu sein ist ein Nachteil. Das hat Rafik schon im Kindergarten erkannt. Deshalb wollte er ein Israeli werden. Ein echter Israeli, nicht ein arabischer. Dann müsste er sich vor nichts und niemandem fürchten. Diese Vision gefiel aber den älteren Kindern nicht. Sie haben Rafik zusammengeschlagen. Da hatte er verstanden: Partei mit dem Sieger zu ergreifen ist auch nicht von Vorteil.

Als er zwölf war, warfen ein paar Jungen aus der Nachbarschaft Steine auf Soldaten. Ein Gummigeschoss traf Emil aus der achten Klasse ins Auge. Seitdem hatte er eine Augenklappe wie ein Pirat. Drei andere wurden verhaftet. Die Familien wandten sich an Hilfsorganisationen, aber wenn die juristischen Räder einmal ins Rollen kommen, lassen sie sich nicht mehr aufhalten. Die Jungen, alle unter vierzehn, wurden für drei bis fünf Jahre ins Gefängnis gesteckt, und als sie endlich freikamen, war es noch längst nicht zu Ende. Georg bekam nicht einmal einen Taxischein, er hatte schon eine Akte als Terrorist. Aus demselben Grund gab es für Marwan keinen Studienplatz an der Uni, und Kamil starb, als er an einer hausgemachten Bombe bastelte. Schuld daran war sein Englischlehrer, weil Kamil den Begriff *Delayed Ignition* nicht verstanden hatte. Und weil die Bombe bei der Zündung nicht gleich hochging, kam er zurück, um sie zu überprüfen. Leider kam er nicht mehr dazu, daraus zu lernen. Bei der Beerdigung behauptete der Englischlehrer noch, dass Kamil sein Lieblingsschüler gewesen sei.

»Hören Sie, ich habe zwölf Leute, die für mich arbeiten, und mehr als 350 Gäste täglich. Alles nette Leute, die ein gutes Essen schätzen ... italienisches – Cotoletta alla milanese, Fegato alla veneziana, Pizza Quattro Formaggi ...«

Der Polizist schaut auf seine Armbanduhr, in zwanzig Minuten ist sein Dienst zu Ende, und jetzt steckt er hier mit dieser Nervensäge fest.

»Alles aufschreiben!«, sagt der Polizist. »Name, Adresse des Restaurants, sämtliche Stammkunden und die Speisekarte auch.«

Der Beamte verlässt den Raum. Rafik schaut verblüfft auf das leere Blatt Papier. Weil er es nicht besser weiß, fängt er an zu schreiben: Pizza Rabbiata – oder heißt es Pizza all' Arrabbiata? So genau weiß es Rafik nicht. Rabbiata heißt hart, vermutet Rafik. Arrabbiata klingt eher arabisch und könnte deshalb weitere Fragen hervorrufen. Er schreibt Rabbiata. Klingt auch irgendwie ein bisschen hebräisch. Bei Quattro Formaggi ist er sich auch nicht sicher. Formaggi oder Fromaggi. Das weiß der Beamte aber auch nicht, oder? Und wenn schon. Man würde Rafik nicht wegen eines Schreibfehlers im Italienischen festnehmen. Diese Menschen hassen ihn, weil er Palästinenser ist, und das kann Rafik nicht ändern, egal ob es Formaggi oder Fromaggi heißt.

Eine halbe Stunde später kommt ein dicker Beamter herein.

»Wo ist Avi?«, fragt der Dicke.

Das weiß Rafik nicht.

»Und was machst du hier?«

Das weiß Rafik auch nicht, aber er hat eine ausführliche Liste aufgestellt, so wie der Beamte Avi es sich gewünscht hat. Der Dicke überfliegt das Geschriebene: »Pasta con carne, Maccaroni Milanese, Pizza Rabbiata ... Was soll das?«

»Hab ich mich auch gefragt«, sagt Rafik. »Offizier Avi wollte, dass ich das aufschreibe. Kann ich jetzt gehen?«

Der Dicke schaut sich Rafiks Ausweis an. »Sie kommen aus Deutschland?«

»Ja.«

»Wie lange waren Sie da?«

»Das habe ich schon alles Ihrem Kollegen gesagt ...«

»Es steht aber nicht in Ihrem Bericht«, sagt der Dicke.

»Ja. Ihr Kollege wollte nur wissen, was wir da kochen ...«

Der Dicke grübelt. Was soll er bloß mit diesem Verrückten machen? Er hat Karten fürs Theater heute Abend. Er schaut auf seine Uhr, dann gibt er Rafik den Ausweis zurück.

»Angenehmen Aufenthalt in Israel.«

Kool Water

Sieben Jahre war er weg und die Landschaft ist ihm immer noch vertraut. Weiße Häuser mit roten Dächern ziehen lange Linien über den Berghang wie abgestellte Züge vor einem Bahnhof. Aus der Ferne strahlt Jerusalem Ruhe und Geborgenheit aus, und man muss nicht gläubig sein, um zu spüren, dass dieses Land der schönste Fleck auf Erden ist. Der Taxifahrer teilt diese Meinung nicht.

»Die Straßen sind miserabel. Man spürt jedes Schlagloch. Das macht den Wagen kaputt. Ein Jahr alt und schon zwei Mal einen kompletten Reifensatz gewechselt. Die Aufhängung auch. Wissen Sie, was Mercedesteile hier kosten? Sie nehmen 180 Prozent Steuern auf Autoteile. Und wissen Sie, was sie mit unseren Steuern machen? Ich habe nichts davon. Die Regierung gibt nur für jüdische Straßen Geld. Sehen Sie das Dorf auf dem Berg? Ganze dreißig Häuser, aber sie haben eine eigene Straße. Finden Sie das okay?«

»Politik interessiert mich nicht«, sagt Rafik.

Der Fahrer schaut seinen Fahrgast im Spiegel verunsichert an. Seiner Sprache nach kommt er aus dieser Gegend, aber die Kleidung – so was trägt man nicht in Ost-Jerusalem. Und in West-Jerusalem auch nicht. Um das Schweigen zu brechen, fragt Rafik nach dem Parfüm, das der Fahrer benutzt.

»Cool Water. Gefällt es dir?«

Nicht wirklich, denkt Rafik. »Weißt du, wo ich es jetzt kaufen könnte?«

Der Fahrer hält das Auto am Straßenrand und steigt aus. Ein Überfall, denkt Rafik. Und wenn schon. Bei ihm wird der Räuber nicht reich. Die letzten 100 Euro kann er haben. Aber was, wenn der Fahrer ein Terrorist ist? War keine gute Idee, das Wort Politik zu erwähnen.

Der Fahrer macht den Kofferraum auf, um eine Waffe zu holen. Jetzt steigt auch Rafik aus, bereit, sich zu verteidigen oder abzuhauen, solange er noch kann. Da zeigt der Fahrer stolz auf den Inhalt seines Kofferraums. Zigaretten, Parfüms und andere Ware. Er kramt nach einem kleinen Flakon mit der Aufschrift *Kool Water* und gibt ihn Rafik.

»Aus Jordanien. Steuerfrei.«

»Das ist aber nicht das echte«, protestiert Rafik.

Der Fahrer schaut misstrauisch zu Rafik.

»Arbeiten Sie für die Regierung?«

»Nein, aber Cool Water schreibt man mit C.«

»In Amerika. In China schreibt man es aber mit K und es kostet nicht mal die Hälfte.«

»Verstehe«, sagt Rafik. »Ohne Steuer.«

Wenigstens noch fünf Stunden

»Amsalam gibt den Ball an Asulin ab. Asulin an Kapiz. Kapiz läuft mit dem Ball, überläuft Banayun und … Kapiz schießt aufs Tor ... Neiiiin!«

Der Reporter ist Jamal Abu-Rabah, ein kleiner Mann mit einem großen Schnurrbart nach osmanischer Tradition, so wie Stalin und Kaiser Leopold der Erste ihn trugen. Vor über hundert Jahren verlieh so ein Schnurrbart seinem Träger ein Gefühl von Macht. Dem Rest der Weltbevölkerung kam der Träger einer solchen Haartracht eher lächerlich vor. Von dieser allgemeinen Meinung hat sich Jamal aber nie beirren lassen. Der sonst schmächtige Mann glaubt fest daran, dass er mit dem Schnurrbart mindestens fünf Zentimeter größer wirkt. Tatsache ist, dass sein Schnurrbart so riesig ist, dass Jamal dahinter noch kleiner wirkt, als er wirklich ist, und das ist auch der Grund dafür, dass man sich in Familienkreisen über den kleinen Mann lustig macht. Doch eines Tages, da ist sich Jamal sicher, wird die Welt ihn verstehen. Und er würde der Menschheit nichts nachtragen.

Jamal hält die Hände vor den Mund, als würde er in ein Mikrofon sprechen.

»Schieß ins Tor, du Idiot!«, schreit er aufgeregt. »Schieß doch!«

Die Spieler sind Kinder aus der Nachbarschaft. Die Großen gegen die Kleinen. Sie laufen mitten auf der Straße und fordern sich gegenseitig auf, sich den Ball zuzuspielen. Die älteren Kinder sind deutlich im Vorteil, doch da gelingt es dem kleinen Karim, ein Tor zu schießen. Die Kleinen springen vor dem Tor herum und schreien. »Yalla Beitar, Yalla! Yalla Beitar, Yalla!«

»Meine sehr verehrten Zuhörer!«, berichtet Jamal. »Heute wird hier Geschichte geschrieben – ein großer Moment für Beitar!«

Jamal richtet das »Mikrofon« auf die Kinder.

»Hören Sie sich das an, wie es hier in der Teddy-Arena zugeht.« Er tanzt in Ekstase, klatscht in die Hände und brüllt dabei zusammen mit den Kindern: »Yalla Beitar Yalla! Yalla Beitar Yalla!« Da sieht Jamal Aliya aus dem Haus kommen. Ihr dunkles Haar glänzt blauschwarz in der Wintersonne. Jamal ordnet seine Haare und steckt das Hemd zurück in die Hose.

»Es reicht für heute. Geht nach Hause!«

Die Kinder rühren sich nicht. Diese Missachtung seiner Autorität gefällt Jamal gar nicht. Besonders nicht vor seiner Verlobten. Er flucht, macht einen Schritt auf die Kinder zu und hebt drohend seine Hand.

»Haut endlich ab!«

Vielleicht haben die Kinder mehr Respekt vor Aliya, jedenfalls laufen sie schreiend ein Stück weg. Zufrieden umarmt Jamal Aliya. Ihre Lippen berühren kurz sein Ohr. Er stöhnt. Seine Hand tastet sich unter ihr T-Shirt.

»Was machst du da?«

Jamal hält inne. »Ich liebe dich«, flüstert er verunsichert.

»Das ist schön, aber nicht vor der Hochzeit! Das haben wir doch schon öfter besprochen.«

»Aber wir heiraten doch heute«, protestiert Jamal.

»Heute schon, aber erst in fünf Stunden. Bis dahin sind wir immer noch unverheiratet.«

Aliya befreit sich aus seinen Armen und rückt ihr T-Shirt zurecht. Jamal atmet tief durch. Wie gerne würde er jetzt seine Verlobte festhalten. Er hat einmal eine ähnliche Szene in einem Film mit Marlon Brando gesehen. Aliya mochte den Film auch, und das ist der Beweis dafür, dass sie sein Verlangen nach ihr akzeptiert. Er sollte sie einfach festhalten, egal, was sie sagt. Als zukünftiger Ehemann ist es sein gutes Recht. Marlon Brando war im Film nicht einmal verlobt. Aber Jamal ist nicht Marlon Brando, und sie leben nicht im Film. Und überhaupt, wenn Brando Aliya getroffen hätte, wäre er wahrscheinlich auch nicht so ein Frauenheld gewesen. Je länger Jamal warte, desto mehr würde er sich freuen, wenn es endlich so weit ist, pflegt Aliya zu sagen. Ihre Sicht der Dinge findet Jamal nicht unbedingt logisch, aber wenn sie ihn so bezaubernd anlächelt, schwinden ihm fast die Sinne. Und an Logik ist dann überhaupt nicht mehr zu denken. Fünf Stunden! Die werden ewig dauern und danach kommen noch die ganzen Rituale und die Familie ... es werden mindestens weitere zwölf Stunden vergehen. Und wenn sie endlich im Bett landen, wird Aliya viel zu müde sein. Oder noch schlimmer, er wird versagen. Bei diesem Gedanken läuft kalter Schweiß über Jamals Rücken. Wenn er nur vorher üben könnte. Aber der Gedanke, seine große Liebe Aliya mit einer Prostituierten zu betrügen, auch wenn es einem guten Zweck dient, findet Jamal abscheulich. Er muss stark sein und die 17 Stunden irgendwie hinter sich bringen. Doch der Druck ist unerträglich, und Jamal hat Angst, sich nicht mehr unter Kontrolle zu haben, womöglich beim Tanzen. Nur der Gedanke, Aliyas Körper gegen seinen zu drücken, macht Jamal so heiß, dass er schweißgebadet ist. Wenn das Schlimmste passiert und

Aliya das mitbekommt, wird es eine Mega-Blamage geben. Sie würde ihre Meinung ändern und ihn gar nicht mehr heiraten wollen. Am besten wäre wohl, sich noch einmal mit der Hand zu befriedigen, dann gibt es Ruhe, wenigstens für eine Stunde. Aber was, wenn Aliya erwartet, dass er sie doch wie Marlon Brando nimmt. Bei Frauen kann man nie wissen. Was, wenn sie kurz vor der Trauung doch noch mit ihm schlafen will. Und er, der Depp, hat sich gerade mit der Hand befriedigt und kann sich nicht mehr unter Beweis stellen. Das würde dann definitiv sein Ende sein. Außerdem hat Jamal sich geschworen, nicht mehr zu onanieren. Ein echter Mann onaniert nicht, Marlon Brando onaniert auch nicht. Der hat Sex. All diese Gedanken sind für Jamal so anstrengend, dass er sich auf einmal ganz müde fühlt.

Aliya drückt sich an Jamal und gibt ihm einen leidenschaftlichen Kuss. Dann lacht sie und geht ins Haus. Jamal schaut ihr nach und weiß nicht, ob er glücklich oder frustriert sein soll.

»Jamal liebt Aliya! Jamal liebt Aliya!«

Der Ruf der Kinder reißt Jamal aus seinen Gedanken. Die Kleinen haben sich hinter einer Hausecke versteckt und alles aus sicherer Entfernung beobachtet.

»Aliya küsst Jamal!«, schreien sie schadenfroh.

»Was glotzt ihr so? Verschwindet!«, schreit Jamal. Er hebt einen Stein auf und wirft ihn nach den Kindern, die kreischend weglaufen. Blöde Gören, denkt Jamal. Und überhaupt, er muss sich gar nicht schämen. Andere Männer beneiden ihn. Viele würden zu gerne mit ihm tauschen und Aliya heiraten. Bei diesem Gedanken fühlt sich Jamal schon viel besser. Aber warum hat sie gerade ihn ausgesucht? Blöde Frage, denkt Jamal. Ihre Eltern haben es schließlich so entschieden. So läuft es eben. Der neue Gedanke ist aber irritierend. Heißt das vielleicht, dass Aliya einen anderen bevorzugt hätte? An wen denkt sie in ihren Träumen?! Müde und verwirrt geht Jamal ins Haus. Aliya ist schon in der Küche. Kurz vor der Hochzeit haben alle viel zu tun. Da sollte sich Jamal bloß nicht einmischen. Auf dem Weg in sein Zimmer kommt er am Badezimmer vorbei. Es ist gerade nicht besetzt. Jamal schaut sich hastig um, keiner sieht ihn. Er geht hinein und macht die Tür hinter sich zu.

Rafik ist nicht im Bild

»Alle bereit?«, fragt der kleine Karim.

»Bereit«, sagt Jamal.

Er wischt ein unsichtbares Staubpartikel von seinem Hochzeitsanzug, nimmt Aliyas Hand in seine und strahlt in die Kamera. An seiner anderen Seite steht Mama, sie hält Vater fest an der Hand. Man merkt, dass Mustafa sich aus Mamas Hand befreien will, aber sie lässt ihn nicht los. An Aliyas Seite steht Mamas Schwester Samira mit ihrer Tochter Latifa. Samira ist die einzige Gutaussehende in der ganzen Familie. Aliya sieht zwar auch gut aus, aber sie wird erst heute Abend nach der Hochzeit zur Familie gehören.

Karim schaut durch den Sucher. Die letzten Sonnenstrahlen dringen über die Berge und beleuchten ein perfektes Bild, als plötzlich Oma vor dem Sucher steht und neugierig die Kamera untersucht.

»Oma, du stehst im Bild. Geh weg!«, ruft Jamal.

Erschrocken dreht sich Oma um. Latifa läuft zu ihrer Großmutter, nimmt sie an der Hand und bringt sie zu den anderen. Oma lächelt verunsichert.

»Was machen diese netten Menschen hier?«, flüstert sie zu Latifa.

»Hab ich dir doch erzählt, Oma. Aliya und Jamal heiraten.«

»Schön, schön«, nuschelt Oma.

Latifa stellt Oma neben Samira und stellt sich selbst vor ihrer Mutter auf.

»Und wer ist Jamal?«, fragt Oma neugierig.

»Dein Enkelkind«, sagt Latifa und zeigt auf Jamal.

Oma wendet sich zu Jamal und reicht ihm die Hand. »Jamal?«

Jamal schubst Oma unsanft zwischen sich und Mustafa. »Jetzt schau in die Kamera, Oma. Wir machen ein Bild.«

»Bereit?«, fragt Karim erneut. »Alle lächeln. Eins, zwei ...«

»Halt!«, ruft Latifa. »Wir müssen auf Rafik warten.«

»Er ist nicht da«, sagt Jamal.

»Er wird aber kommen, er hat es versprochen.«

»Das bedeutet nichts«, meint Jamal.

»Also was jetzt?«, will Karim wissen. »Machen wir das Bild oder nicht?«

»Es heißt, Rafik würde kommen – oder halt nicht«, erklärt Jamal. »Aber so wie man ihn kennt, eher nicht.«

»Warum die Eile?!«, fragt Mama. »Ein paar Minuten können wir noch warten.«

»Ein paar Minuten?« Jamal ist empört. »Wir warten schon eine Stunde auf ihn.«

»Dann warten wir eben noch ein paar Minuten. Was macht es schon für einen Unterschied?«

»Genau eine Stunde«, erklärt Jamal. »Und dann kommen schon die Gäste.«

Tief in ihrem Innern weiß Mama, dass sie recht hat. Aber heute ist Jamals Hochzeit, und sie darf ihm nicht widersprechen. Das sollte sein Vater tun. Mama schaut Mustafa auffordernd an. Weil dieser nicht reagiert, schiebt sie ihm ihren Ellenbogen zwischen die vierte und fünfte Rippe. Das hat schon immer funktioniert. Doch heute zieht ihr Mann es vor zu schweigen. Typisch Mustafa! Er redet immer so viel, aber wenn sie einmal seine Unterstützung braucht, schweigt er.

»Wir machen das Foto jetzt!«, sagt Jamal entschieden.

Karim macht sich auch Sorgen, dass die Sonne untergeht, bevor er das Bild gemacht hat. Er will aber Latifa nicht verärgern.

»Weißt du was, Latifa, wir machen später ein Foto von Rafik und dann setze ich sein Bild im Computer mit dem der Familie zusammen. Einverstanden?«

Die Idee gefällt Latifa gar nicht. Sie wird immer wissen, dass Rafik in Wirklichkeit nicht im Bild war. Dann wäre ja alles gelogen. Aber gegen die ganze Familie kann sie sich jetzt auch nicht durchsetzen. Also stellt sie sich mit den anderen vor die Kamera, ist aber sehr wütend.

»Eins, zwei ...« Und es blitzt, gerade als Oma einen Schritt auf Aliya zugeht.

»Und wer ist diese nette Frau?«, fragt Oma.

Latifa läuft zu Karim und betrachtet das Bild. Wo will er Rafik denn einbauen? Er hat doch gar keinen Platz frei gelassen. Karim schaut das Bild verwirrt an. Latifa hat recht, aber es ist nicht seine Schuld. Rafik kommt nun mal nicht rechtzeitig, und die Oma bringt ihn ständig aus dem Konzept. Diese Familie macht ihn noch völlig verrückt.

Wie Rita Hayworth

»Zieh nicht so eine Fratze.«

»Ich mache doch gar nichts«, sagt Latifa grimmig. Sie sitzt auf der Treppe vor der Haustür, eine Hand stützt ihren halb liegenden Körper, die andere hält sie hinter ihrem Kopf, so wie sie es einmal auf einem Bild von Rita Hayworth gesehen hat. »Siehst du mein Gesicht, ganz normal. Mach jetzt endlich das Bild.«

Karim seufzt und schaut noch einmal auf das Display. Mit sieben Jahren ist Latifa noch nicht ganz so berühmt, aber ihre Zeit wird kommen, und dann würde Karim das Bild aus seinem Archiv holen und teuer verkaufen. Oder noch besser, er würde Latifa heiraten und so reich werden, dass er es gar nicht nötig hat, ihre Bilder zu verkaufen. Er würde eine Ausstellung nur mit Latifas Bildern machen. In Paris oder New York.

»Was ist, ich habe nicht die ganze Woche Zeit.«

»Das Licht stimmt noch nicht«, sagt Karim und justiert die Kamera.

»Eins, zwei ...« BLITZ! Dann schaut er frustriert auf das Display.

»So kann ich nicht arbeiten«, sagt Karim und will seine Kamera einpacken.

»Was ist denn jetzt schon wieder los?«

»Hast wieder eine Fratze gemacht.«

»Das kann nicht sein«, beteuert Latifa.

»Doch! Schau mal hier.«

Karim zeigt Latifa das Bild. Sie sitzt da mit ihrer Rita-Hayworth-Pose, streckt aber ihre Zunge heraus.

»Das verstehe ich nicht, Karim. Ich sitze hier Stunden und du machst das Bild genau dann, wenn meine Zunge rauskommt. Du kannst einfach nicht fotografieren.«

Karim ist deprimiert. Macht sie das absichtlich? Wie auch immer. Er ist ein Mann. Ein achtjähriger, aber ein Mann, und mit dem nächsten Bild wird er es ihr beweisen. Er muss jetzt genau überlegen, was da schiefläuft. Auf dem Display sah alles gut aus. Dann hat er gezählt: eins ... Das ist es! Ihre Zunge kommt immer bei zwei heraus. Zur Sicherheit würde er nicht mehr zählen, oder vielleicht noch besser, doch zählen und bei eins schon drücken. Das ist ein guter Plan.

»Fertig?«

»Ja«, antwortet Latifa und geht wieder in ihre Pose.

»Dann also los ... Eins ...«

BLITZ! Aber Latifa ist nicht mehr im Bild. Ein Taxi hält im Hof und Rafik steigt aus, einen Seemannssack hinter sich herziehend. Latifa läuft auf Rafik zu, springt in seine Arme und klebt ihm einen dicken Kuss auf die Wange.

»Ich wusste, dass du kommst! Ich wusste es!«

»Na nu! So eine hübsche Frau habe ich lange nicht mehr geküsst!« Rafik stellt Latifa auf den Boden und strahlt sie an. »Aber wo ist meine kleine Nichte Latifa? Hast du sie gesehen?«

Er schaut sich suchend um. Die Kleine lacht.

»Hier! Ich bin Latifa!«

Das kann Rafik nicht glauben. Seine Nichte war doch immer sooo klein.

Er deutet ihre Größe an, einen Kopf kleiner als Latifa.

»Aber ich bin's wirklich, Blödi!«

Rafik schüttelt den Kopf vor Staunen. »Ist das dein Ernst? Diese große Frau ist wirklich meine kleine Nichte Latifa?«

Jetzt bemerkt Latifa, dass Rafik etwas hinter seinem Rücken versteckt hält. Sie rennt um ihn herum, um einen Blick darauf zu werfen, aber Rafik dreht sich ständig mit, sodass sie nicht sehen kann, was er in der Hand hält.

»Was hast du da?«

»Wo?«, fragt Rafik und dreht sich weiter. Latifa gibt nicht auf und versucht erneut, hinter seinen Rücken zu schauen.

»Ich hab's gesehen, ich hab's gesehen!«

Rafik folgt ihren Blicken und »entdeckt« hinter seinem Rücken einen weißen Teddybären.

»Oh, den habe ich beinahe vergessen. Das ist Fritz. Aus Deutschland.«

Rafik hält ihr den Bären hin.

»Gefällt er dir? Hey, Fritz, sag Latifa guten Tag.«

Rafik drückt einen Knopf auf dem Rücken des Bärs, und der sagt: »Ich liebe dich.«

Latifa greift nach dem Teddybären und gibt ihm einen Kuss. »Schau, Karim. Von Rafik!«, ruft sie und läuft ins Haus, ohne auf eine Antwort zu warten.

Eine orientalische Schönheit

Ein Haufen Gesichter futtert um die Wette und brüllt sich gegenseitig an. Drei Musiker versuchen ein romantisches Lied zu spielen, haben aber kaum Chancen, sich gegen den Lärm zu behaupten. Es stört niemanden. Hier hat sich nichts geändert, notiert Rafik. Am liebsten würde er gleich wieder abhauen und erst morgen zurückkommen, wenn die Party vorbei ist. Das Taxi ist leider schon weg. Rafik könnte ein neues bestellen. Er muss dabei nur aufpassen, dass ihn keiner sieht, und genau daran scheitert sein Plan. Eine hübsche junge Frau mit glänzendem schwarzen Haar hat ihn erkannt. Sie müsste um die 18 sein, eine Schönheit, wie man sie nicht oft bei den Abu-Rabahs sieht. Sie strahlt Rafik an wie ein Filmstar bei der Oscarverleihung und schlingt ihre Arme um seinen Hals.

»Wir haben so gehofft, dass du kommst!«

Die Stimme der Filmdiva klingt vertraut und sie kennt seinen Namen ...

»Aliya?«

»Du siehst toll aus«, sagt Aliya und klebt Rafik einen Kuss auf die Wange.

Rafik tritt einen Schritt zurück und betrachtet sie voller Bewunderung. Aliya spielte früher als einziges Mädchen mit den Jungen Fußball. Sie war linke Verteidigerin und foulte gnadenlos jeden, der sich dem Tor näherte. Daher zogen es die Jungen vor, über die rechte Seite anzugreifen. Und das kleine wilde Ding ist jetzt eine echte orientalische Schönheit. Bloß nicht auf den Busen schauen, denkt Rafik, weiß aber nicht, wohin er sonst schauen soll.

»Du bist schöner als je zuvor. Weißt du, dass du dir den Falschen in der Familie ausgesucht hast?«

»Was konnte ich schon machen? Du warst weg. Ich habe sieben Jahre gewartet.«

»Das ist nicht fair. Mit elf warst du anders. Wie konnte ich ahnen ...«

»Eine echte Tragödie«, stimmt ihm Aliya zu. »Aber Jamal ist dein Bruder. Immerhin bleibe ich in der Familie. Freue dich für ihn.«

Rafik seufzt. »Was hat er getan, um dich zu gewinnen?«

»Zunächst einmal hat er nie gefoult«, sagt Aliya und schlägt Rafiks mit der Faust in den Magen. Rafik japst.

»Alte Schulden begleichen. Jetzt sind wir quitt«, sagt Aliya und umarmt Rafik herzlich. Er fängt gerade an, wahrzunehmen, dass Aliya auch sanfte Qualitäten hat, als Jamal auftaucht.

»Schön, dich bei unserer Hochzeit dabei zu haben«, sagt sein Bruder und zieht Aliya an sich.

Rafik umarmt Jamal. Sein kleiner Bruder ist erwachsen geworden, obwohl er in seinem Anzug, einer Armani-Imitation, gebraucht und zwei Nummern zu groß, lächerlich aussieht. Wer trägt denn heute noch so was? Andererseits würde an Jamal wohl jeder Anzug lächerlich aussehen.

»Der Anzug steht dir ausgezeichnet.«

»Danke. Mama will mit dir reden«, sagt Jamal und legt seine Hand demonstrativ auf Aliyas Schulter. Bei Rafik muss er gut aufpassen.

»Na, geh schon. Oder willst du einen Vortrag hören, dass sie die Letzte ist, die dich trifft?«

Rafik lacht. Einen Witz von seinem Bruder hört man nicht täglich. Anscheinend tut ihm Aliya gut.

»Eifersüchtig?«, fragt Aliya, nachdem Rafik gegangen ist.

»Ich eifersüchtig? Wie kommst du da drauf?«

»Du bist süß!«, sagt Aliya. Sie zieht Jamal zu sich heran, küsst ihn sanft und knabbert an seinem Ohrläppchen. Jamal lächelt Aliya verliebt an.

»Aber wenn du nicht wärst …«, sagt Aliya und wirft Rafik einen Blick hinterher. Das Lächeln auf Jamals Gesicht verschwindet wieder. Aliya küsst ihn noch mal und lacht.

»Yallah, yallah! Hizzi wistik! Yallah, yallah!« – Schwing deine Hüften, los, los! Im Wohnzimmer stehen ein paar Männer um Tante Samira herum und feuern sie beim Bauchtanz an. Samira, voll in Fahrt, springt auf den Tisch. Die Männer applaudieren und grölen zur Musik. »Hizzi wistik! Yallah, yallah!«

Vater Mustafa springt Samira hinterher auf den Tisch, wirft einen Schal um ihre Hüften und fordert sie auf, noch aufreizender zu tanzen. »Hizzi wistik! Kamaan marra! Yallah, yalllah!« – Mach es noch mal, los, los!

»Dein Vater amüsiert sich nicht schlecht«, sagt Aliya. Das sieht Jamal auch, und er wünscht sich, dass Mustafa etwas weniger Spaß haben würde. So etwas gehört sich nicht in seinem Alter.

»Aber du bist nicht ganz so alt.« Aliya fängt ebenfalls an,

verführerisch zur Musik zu tanzen. Jamal starrt sie nur stumm an. »Oder soll ich lieber deinen Bruder fragen?«

Jamal ist verunsichert. Meint es Aliya ernst? Bei Frauen kann man nie wissen. Er schaut sich um. Rafik ist nicht in Sicht. Trotzdem darf er es nicht riskieren. Wenn sein Bruder den ersten Tanz mit der Braut führt, wird Jamal von allen ausgelacht. Er war noch nie ein guter Tänzer, Rafik ist viel besser. Aber so, wie Aliya ihn anschaut, liebt sie doch ihn. Jamal nimmt seine Frau in die Arme und fängt an zu tanzen.

Das Problem mit fremden Sprachen

»Mach ein Bild von mir mit Fritz«, sagt Latifa. Sie sitzt auf dem Kinderbett in ihrem Zimmer, hält den Teddy fest und küsst ihn. Es blitzt. Latifa läuft zu Karim und schaut auf das Display der Kamera.

»Hm ...«

»Was ist?«, fragt Karim.

»Langweiliges Bild«, sagt Latifa. »Mach eins, wenn er redet.«

»Kann ich nicht. Diese Kamera nimmt keinen Ton auf.«

»Aber ich werde wissen, dass er geredet hat. Dann ist es ganz anders.«

»Wie du meinst«, sagt Karim unwillig.

Latifa hält den Teddy an ihre Brust und drückt auf den Knopf. »Ich liebe dich«, sagt der Teddy. Es blitzt. Latifa steht auf und läuft zu Karim, um das Bild zu sehen.

»Siehst du, so macht man ein gutes Bild. Ich bin die bessere Fotografin.«

»Bist du nicht. Du hast nicht mal eine Kamera.«

»Gib mir deine Kamera und ich zeig es dir.«

Karim überlegt kurz, dann gibt er Latifa die Kamera und setzt sich aufs Bett.

»Jetzt sagst du das Gleiche wie der Teddy«, befiehlt das Mädchen.

»Isch lebbe disch«, sagt Karim.

»Das war falsch. Hör mal zu.« Latifa drückt auf den Knopf, und der Teddy sagt: »Ich liebe dich.« Karim kichert.

»Is liibe dis«, sagt der Junge.

»Falsch, falsch und noch mal falsch. Hör jetzt ganz genau hin.« Latifa drückt noch mal auf dem Knopf und der Teddy wiederholt: »Ich liebe dich.«

»Hast du das gehört? Sag es einfach genau so wie der Teddy. Ist das etwa zu viel verlangt?«

»Iss liibe dis«, versucht Karim verzweifelt.

»Ach, du wirst es nie lernen«, sagt Latifa verärgert. Sie wirft die Kamera aufs Bett, nimmt den Teddy unter den Arm und verlässt das Kinderzimmer. Tränen stehen in Karims Augen. Warum müssen Frauen immer so kompliziert sein. Und überhaupt, so darf sie nicht mit ihm reden. Erstens ist er ein Jahr älter und außerdem ist er ein Junge. Aber wenn er ihr das sagt, könnte er mächtig Ärger bekommen, und vielleicht würde sie ihm sogar ihre Freundschaft kündigen. Das will Karim auf keinen Fall riskieren. Immerhin liebt er Latifa.

Die Probleme mit der Telefongesellschaft

»Ich habe mir so viele Sorgen um dich gemacht.«

»Ich bin okay, Mama.«

»Ja, ja, das sagst du immer. Aber was ist mit mir? Darüber machst du dir gar keine Gedanken.«

»Du bist auch okay, Mama.«

»Du hast leicht reden. Egal, Hauptsache, du bist da.«

»Natürlich bin ich da. Vater liegt im Sterben.«

Mama schaut Rafik verwirrt an.

»Die Klimaanlage ist auf seinen Kopf gefallen. Schon vergessen?«

»Oh, das.« Mama winkt ab. »War nur eine ganz kleine Klimaanlage. Vater geht's gut.«

»Wie klein genau war diese Klimaanlage?«

»Weiß ich nicht. Habe sie nicht gemessen.«

»Nur so ungefähr.«

»Was willst du von mir? Soll ich noch Fotos vom Krankenhaus mitbringen? Hab ich nicht.«

»Ich will die Wahrheit.«

»Du bist schlimmer als die israelische Polizei.«

»Die Wahrheit, Mama.«

»Wahrheit! Was ist schon die Wahrheit. Ich wollte mit meinem Sohn reden. So unter vier Augen. Das ist die Wahrheit. Ist das etwa falsch? Ist es falsch, dass ich mit meinem Sohn reden wollte? Ich habe dich auf die Welt gebracht und großgezogen. Das ist also mein gutes Recht.«

»Mama, ich bin jetzt hier. Und ich rede mit dir.«

»Jetzt! Aber wenn du in Deutschland bist, kann ich dich nie erreichen.«

»Das stimmt nicht, Mama. Wir haben fast jeden Tag geredet ...«

»Nur weil ich immer anrufe. Und du antwortest nie. Ist die Telefonverbindung in Deutschland so schlecht?«

»Das weiß ich nicht, Mama. Kann schon sein.«

»Gott im Himmel, auch das noch. Schlechter Service und teuer dazu. Heute redet man mit Menschen auf der ganzen Welt. Es gibt Telefon, Mobiltelefon, und mit dem Computer spricht man auch. Man redet mit Menschen auf dem Mond. Aber meinen Sohn in Deutschland kann ich nicht erreichen. Das ist doch nicht normal!«

»Hast recht, Mama. Ich werde mich bei der deutschen Telefongesellschaft beschweren.«

»Das wirst du nicht!«

»Nicht?«

»Nein. Du bleibst jetzt hier und passt auf deine alte Frau Mama auf.«

»Okay, aber du versprichst mir, dass du nächstes Mal die Wahrheit sagst.«

»Ja, nächstes Mal. Gib deiner Mama jetzt endlich einen Kuss, du ungezogener Bengel.«

»Es war nicht nötig, mich zu belügen.«

»So? Wärst du auch so gekommen?«

»Natürlich nicht.«

»Siehst du!«, ruft Mama triumphierend. »Du zwingst mich dazu, dich zu belügen.« Mama umarmt Rafik. »Gib mir endlich einen Kuss!« Rafik küsst seine Mutter auf beide Wangen.

»Du warst aber gut, Mama. Die Geschichte mit der Klimaanlage hat dich leider verraten, aber sonst warst du gut. Echt. Ein anderer würde dir den Mist abkaufen.«

»Wirklich?« Mama schaut Rafik verunsichert an. Sonst macht Rafik nur, was er will. Was verbirgt er jetzt?

»Das kauf ich dir nicht ab, Rafik. Du würdest nie freiwillig zur Hochzeit deines Bruders kommen.«

»Das stimmt, Mama, ich bin auch nicht wegen Jamals Hochzeit hier. Ich bin wegen dir gekommen, Mama. Nur wegen dir.«

Mama, vom Gefühl überwältigt, schaut Rafik mit großen Augen an. Sie muss sich zusammenreißen, um nicht auf der Stelle vor lauter Glück zu heulen.

»Ich liebe dich, mein Sohn. Und ich bin stolz auf dich.«

Jetzt kann sie sich nicht mehr zurückhalten und bricht in Tränen aus.

»Ein bisschen hast du mir aber doch geglaubt, oder?«, fragt sie, als sie sich endlich beruhigt hat.

»Ein bisschen schon«, gibt Rafik zu, und beide lachen.

Unruhige Ziegen

»Ist es nicht ein Prachtstück?« Rafik zeigt stolz auf sein Hochzeitsgeschenk.

»Wofür soll das gut sein?«, fragt Jamal, nicht besonders begeistert.

»Espresso, Cappuccino, Latte Macchiato ... Das Ding kann alles. Genau so eine hab ich in meinem Restaurant.« Rafik zieht einen Hebel, und fauchend schießt Dampf heraus.

Die Gäste weichen einen Schritt zurück. Rafik macht einen Espresso und reicht Mama die Tasse. Die Hochzeitgäste schauen sie gespannt an und warten auf ihre Reaktion. Mama nippt am Kaffee und lächelt zufrieden. So eine Maschine kostet bestimmt ein Vermögen. Die ganze Welt benutzt die italienischen Maschinen, versichert ihr Rafik.

»Außer in Italien«, ergänzt Jamal. »Dort verkaufen sich am besten Maschinen aus China.« Das hat Jamal in einer Sendung im Fernsehen gesehen, und das zeigt, dass diese italienischen Maschinen vielleicht einen guten Ruf haben, aber in Wirklichkeit nichts taugen. Rafik reicht seiner Schwägerin eine Tasse. Aliya nimmt einen Schluck und nickt.

»Phantastisch«, bestätigt sie und hält Jamal die Tasse hin. Jamal lehnt ab. »In Europa haben sie gar keine Kaffeekultur. Bei uns trinkt man arabischen Kaffee, und das seit Tausenden von Jahren.«

»Seit Tausenden von Jahren ist leicht übertrieben«, meint Rafik. »Man hat den Kaffee erst im 14. Jahrhundert entdeckt.« Er holt ein kleines Fläschchen Amaretto hervor und gießt etwas davon in Aliyas Kaffee. Sie riecht daran, merkt dann, dass Jamal sie zweifelnd betrachtet.

»Was hast du, Schatz?«

Jamal ist sauer. Er kann nicht verstehen, warum sein Bruder eine italienische Espressomaschine aus Deutschland nach Palästina schleppt. Sehr ökonomisch ist dieser Weg nicht gerade. Aber wenn Aliya die Maschine gut findet ...

Rafik holt den Flakon *Kool Water* aus der Tasche.

»Parfüm?«, wundert sich Jamal. »Was soll ich damit?«

»Für Männer! Ist cool. Aliya wird's lieben.«

Jamal ist sich nicht sicher. Parfüm schenkt man Frauen.

»In Europa benutzen auch Männer Parfüm«, versichert ihm Rafik.

Noch immer verunsichert, nimmt Jamal den Flakon und umarmt seinen Bruder.

»Ich habe gehört, du machst gute Geschäfte«, sagt Aliya erleichtert.

»Er hat zwölf Mitarbeiter, aber er arbeitet wie ein Esel«, sagt Mama. »Warum lässt du die nicht für dich arbeiten? Wofür hat man schließlich Angestellte?!«

»Ist nicht so einfach, Mama. Wenn ich nicht aufpasse, machen sie das Geschäft kaputt.«

»Quatsch. Vater würde mit ihnen fertig werden. Du bist ein erfolgreicher Businessmann, kannst es dir aber nicht leisten, deine arme Mutter zu besuchen?! Das ist doch lächerlich!«

»Du hast recht, Mama.«

»Natürlich habe ich recht. Und jetzt geh zu Vater. Er wartet schon auf dich.«

Das will Rafik aber nicht. »Wenn Vater was von mir will, soll er selber zusehen, wie er sich hierherbewegt.«

»Was redest du da! Er ist dein Vater! Was ist verkehrt daran, sich Frieden im eigenen Haus zu wünschen?!«

Um sich unmissverständlich auszudrücken, fängt Mama erneut an zu japsen. Sie taumelt rückwärts und droht auf den Boden zu krachen und sich dabei ernsthaft das eine oder andere Körperteil zu brechen. Zum Glück schiebt ihr Rafik blitzschnell einen Stuhl hin, auf den sie sich plumpsen lässt. Ein Fremder könnte denken, dass Mama die Entfernung zum Stuhl wie auch Rafiks Reaktionszeit abgeschätzt hat, damit der Stuhl im richtigen Moment unter ihrem Hintern landet. Wobei man für eine derartige Berechnung Kenntnisse in Physik sowie Grundwissen in Psychologie braucht, und dieses erhält man nur mit einem Abschluss an der Staatsuniversität. Dabei es ist überall in Palästina bekannt, dass Mama nicht mal einen Realschulabschluss hat. Aber bei Mama kann man nie wissen. Rafik will seiner Mutter hochhelfen, doch sie schüttelt ihn ab, und ihr Atem wird schnell und unregelmäßig. Anscheinend bereitet sie sich erneut auf einen Nervenzusammenbruch vor. Rafik schaut sich hilflos um.

»Okay, Mama, hör auf damit. Ich werde mit Vater reden. Zufrieden?«

Mama lächelt Rafik liebevoll an. Sie wusste, dass er zur Vernunft kommen würde.

Die Kunst, eine Havanna zu rauchen

»Komm, gib deinem Vater einen Kuss.«

Weil Rafik sich nicht bewegt, gibt ihm Mama einen Schubs. Rafik küsst Mustafa auf beide Wangen.

»Ich lasse jetzt meine Männer allein. Ihr habt viel miteinander zu bereden«, sagt Mama und geht aus dem Arbeitszimmer. Die beiden setzen sich und schweigen.

»Wie läuft das Geschäft so?«, fragt Mustafa nach einer Weile.

»Danke, gut. Und bei dir?«

»Wie üblich.«

Mustafa nippt an seinem Tee, blickt zu Rafik und nippt noch einmal am Tee.

»Und sonst so?«, fragt Mustafa.

»Wie immer.«

»Ich höre, du machst gute Geschäfte.«

»Man tut, was man kann.«

»Inshallah«, sagt Mustafa.

»Inshallah«, erwidert Rafik. – »So Gott will.«

»Bisschen trocken, der Tee«, sagt Mustafa.

Er holt eine dicke Akte aus dem Regal, klappt sie auf und holt eine Flasche Brandy hervor. Mustafa macht sie feierlich auf und gießt beiden einen tüchtigen Schuss in den Tee.

»So ist es schon besser«, sagt Mustafa. Er lächelt Rafik verschwörerisch an. Dann schweigen sie weiter. Nach einer Weile holt Rafik ein Kästchen hervor und überreicht es seinem Vater. Es ist ein kleiner Humidor samt Probierset mit fünf Zigarren und Cutter, den Rafik zollfrei am Flughafen gekauft hat.

»Cohiba«, liest Mustafa. »Für mich?«

»Ja, nimm dir eine.«

Mustafa öffnet das Kästchen.

»Echte Havanna«, sagt Rafik stolz. »Aus Kuba.«

Mustafa nimmt eine Zigarre, rollt sie wie ein Experte zwischen den Fingern hin und her, riecht daran und steckt sie dann in den Mund. Er zündet sie an und zieht. Irgendwie klappt es nicht. Rafik nimmt sich auch eine, knipst das Ende mit dem Cutter ab und reicht sie seinem Vater.

»So geht's besser.«

»Ich weiß, wie man eine Zigarre raucht«, knurrt Mustafa und kappt das Ende seiner Zigarre. Eine Zeitlang schweigen sie wieder, nippen ab und zu am Tee und rauchen. Rauchkringel steigen nach oben und lösen sich langsam auf.

Früher, als Rafik noch ein kleines Kind war, hatte Mustafa ihn manchmal ins Café mitgenommen. Er bestellte dann Tee und eine Wasserpfeife, mit der er die größten Ringe produziert hatte. Rafik war stolz auf seinen Vater. Sie hatten über Politik und Geschäfte gesprochen und einmal, als Mustafa besonders gute Laune hatte, erzählte er Rafik von seiner Vision. Eines Tages würden die Menschen in einem Raumschiff auf dem Merkur landen und Kolonien errichten. Und weil es auf Merkur so heiß ist, würden Klimaanlagen sehr gefragt sein. Und dann würde Mustafa expandieren und große Geschäfte machen. Für Mars und Saturn habe er spezielle Klimaanlagen erfunden, die auch heizen könnten. Daraufhin wollte Rafik Astronaut werden. Irgendwann gab es im Fernsehen einen Bericht über das Leben in einer Raumstation. Die Astronauten können nur eine begrenzte Menge an Wasser mitnehmen, und deshalb sind sie darauf angewiesen, das gesamte Abwasser, einschließlich des Schweißes und des Urins, zu destillieren und zu Trinkwasser zu machen. Die Vorstellung, seine eigene Pisse trinken zu müssen, erschütterte Rafik so sehr, dass er sich für einen anderen Traumberuf entschied.

Vom Wohnzimmer aus beobachtet Jamal, wie sein Vater mit Rafik in vertraulicher Atmosphäre zusammen raucht. Erst verschwindet sein Bruder für sieben Jahre und dann, ohne Vorwarnung, ist er plötzlich wieder da und nimmt den ganzen Raum für sich ein. Jamal hasst Rafik.

»Sie haben sich lange nicht gesehen«, sagt Mama und streichelt über Jamals Schulter. »Lass den beiden ihren Spaß.«

»Er kann seinen Spaß haben. Aber warum auf meiner Hochzeit?!«

»Ist deine Hochzeit, in der ganzen Wohnung«, bestätigt Mama. »Nur nicht in Vaters Arbeitszimmer. Da darf Vater mit Rafik über alles reden. Und wenn sie fertig sind, werden sie zurück zu deiner Hochzeit kommen und sich nur für dich und Aliya freuen.«

Jamal ist nicht ganz überzeugt, aber gegen Mama kann man schlecht argumentieren. Trotzdem, er kann es nicht lassen.

»Als Vater ihn brauchte, ist er nach Deutschland gegangen, um Geld zu machen. Ich bin hier geblieben, hab geschuftet, um das Geschäft am Laufen zu halten, aber Vater liebt Rafik!«

Das arabische Schönheitsideal

»Hast du Magida schon gesehen?« Mustafa zeigt auf ein Mädchen im Wohnzimmer, das leidenschaftlich von einer Sahnetorte nascht, was ihr Übergewicht erklären könnte. Magida bemerkt die Blicke, schaut Rafik sehnsüchtig an und winkt. Mustafa winkt zurück und lächelt. »Sie steht auf dich.«

Rafik zuckt mit den Schultern, sagt aber nichts. Er kennt das Gespräch und hasst es, wenn seine Eltern versuchen, ihn zu verkuppeln.

»Letztes Jahr hat sie 15 Kilo abgenommen«, erzählt Mustafa weiter. »Und ihr Vater ist im Baugeschäft. Er macht Projekte für die UNESCO. Da ist viel Geld zu holen.«

»Das macht sie nicht weniger fett«, erwidert Rafik.

»Okay, okay, etwas Übergewicht hat sie vielleicht immer noch. So ist das arabische Schönheitsideal. Du verstehst das nicht. Aber sieh dir doch mal ihre Schwester Hanan an.«

Mustafa zeigt auf ein hübsches achtzehnjähriges Mädchen, das sich gerade Tante Samira auf der Tanzfläche anschließt.

»Sie würde glatt jeden Schönheitswettbewerb gewinnen.«

Das Mädchen ist wirklich sehr schön, und unter Umständen würde Rafik sie gerne näher kennenlernen, aber seine Zeit ist noch nicht gekommen. Außerdem möchte er nicht von seinen Eltern verheiratet werden.

»Bei mir hat es funktioniert«, sagt Mustafa.

»Ja, das merkt man.«

Die letzte Bemerkung findet Mustafa unverschämt, Rafik solle lieber den Mund halten, bevor er weiter Lügen verbreitet, von denen er keine Ahnung hat. Rafik lässt sich nicht herumkommandieren. Von ihm aus sollen Mustafa und Mama für den Titel Paar-des-Jahres kandidieren.

»Was willst du damit sagen?«

»Keine Sorge, ich erzähl's nicht weiter«, erwidert Rafik und schon bereut er, das gesagt zu haben. Mustafas Gesicht verzerrt sich vor Wut.

»Wie kannst du es wagen!« Er erhebt sich und will Rafik eine Ohrfeige verpassen. Der weicht aber aus und wendet sich ab zum Gehen.

»Entschuldige dich! Auf der Stelle!«, schreit Mustafa ihm wild hinterher. Rafik denkt nicht daran. Er geht aus dem Arbeitszimmer. Mustafa folgt ihm.

»Und sieh mich gefälligst an, wenn ich mit dir spreche. Du bist noch immer in meinem Haus!«

»Ich bin wegen Mutter gekommen.«

»Das reicht!«, schreit Mustafa und stößt Rafik zur Tür.

»Verschwinde!«

»Genau das habe ich vor«, erwidert Rafik. Er will das Haus verlassen, aber Mama stellt sich zwischen Vater und Sohn.

»Lass ihn in Ruhe, hörst du, lass ihn in Ruhe!« Sie schreit und hält Rafik zurück. Der versucht, sich sanft zu befreien. Auch Mustafa schiebt Mama zur Seite und geht auf Rafik los.

»Ja! Geh zurück in dein tolles Deutschland! Wir brauchen dich hier nicht!«

Mama greift sich ans Herz und schreit: »Wenn du meinen Sohn noch einmal hinauswirfst, dann bringe ich mich um. Ich bringe mich um!«

»Gut! Bring dich um! Aber zuerst bringe ich mich um!«, brüllt Mustafa außer sich und fasst sich mit beiden Händen an den Hals, als wolle er sich erwürgen. Es sieht sehr komisch aus, und ein paar Gäste fangen verlegen an zu lachen. Da stürzt Mustafa zu Boden. Die Gäste kennen Mustafa und denken, er mache einen schlechten Scherz. Aber auf der Hochzeit seines Sohnes? Das passt wirklich nicht. Mama schaut ihren Mann fassungslos an. Er blamiert die ganze Familie!

»Hör jetzt auf! Das ist kein Spaß! Steh auf!«

Doch Mustafa bleibt liegen. Langsam ahnt Mama, dass er nicht schauspielert. Sie stößt einen gellenden Schrei aus und sinkt neben ihrem Mann zu Boden.

Die Gäste verstummen. Jemand schaltet die Musik aus, dann hört man nur noch Mamas Weinen. Jamal beugt sich über Mustafa und versucht ihm auf die Beine zu helfen. »Vater, steh auf! Vater!«

Doch Mustafa bleibt regungslos liegen. Jamal schnappt sich das Fläschchen *Kool Water* und hält es seinem Vater unter die Nase. Das hilft. Mustafa schlägt die Augen auf und lächelt Jamal an. Dann legt er eine Hand auf seine Brust, japst und schließt die Augen für immer. Ein tiefer Schmerz sticht in Jamals Brust. Er will seinem Vater noch etwas sagen, dass er ihn liebt, dass er ihn immer geliebt hat, aber ein dumpfer Schrei ist das Einzige, was er hervorbringen kann.

Liebe

Latifa ist gelangweilt. Der Tod Mustafas ist sehr traurig, aber so zu trauern, wie die anderen es tun, dazu hat sie gar keine Lust. Alle schauen so grimmig drein und sogar Rafik ist nicht mehr witzig. Und spielen darf sie auch nicht. Jetzt würde sie sogar die Gesellschaft von Karim vorziehen. Nur Onkel Mustafa sieht zufrieden aus. Er liegt tot im Nebenzimmer und muss sich das alles nicht mehr anhören. Latifa hält den Teddy fest in ihrem Schoß und versucht nichts zu hören.

Dabei drückt sie auf den Knopf, und der Teddy sagt: »Ich liebe dich.« Samira schaut ihre Tochter streng an.

»Entschuldigung«, sagt Latifa und nimmt ihren Finger vom Knopf. Wie verhext bewegt sich der Finger von alleine und drückt noch mal. »Ich liebe dich«, wiederholt der Teddy. Alle schauen sie böse an und Latifa zuckt zusammen. Nur Rafik lächelt ihr aufmunternd zu. Also lächelt Latifa zurück und drückt nochmals auf den Knopf. Zu einem vierten Mal kommt es nicht, weil Samira ihrer Tochter eine Ohrfeige verpasst, »weil du es nicht anders verstehst«.

Latifa versteht wirklich nicht, warum alle so streng sind. Onkel Mustafa hat nichts davon, und so werden sie ihn bestimmt nicht wieder lebendig machen. Und auf einmal ist sie so traurig, dass sie in Tränen ausbricht.

»Wenn du dich nicht wie eine Erwachsene benimmst, musst du auf der Stelle schlafen gehen«, fährt Samira fort, und das ist wieder so ein Satz, mit dem Latifa nichts anfangen kann. Sie ist nicht erwachsen, das weiß jeder. Aber das bedeutet noch lange nicht, dass sie schlafen gehen muss, und langsam hat sie das Gefühl, dass es gar nicht so gut ist, erwachsen zu sein. Und wenn alle Erwachsenen sich so benehmen, dann will sie es erst recht nicht.

»Komm mit!«, sagt Rafik. Er nimmt Latifa an der Hand, und die beiden verlassen das Wohnzimmer.

Von all ihren Onkeln, also zwei, hat Latifa Rafik am liebsten. Aber auch wenn sie zwanzig Onkel hätte, wäre Rafik noch immer ihr Lieblingsonkel.

Latifa legt sich ins Bett und wünscht sich von Rafik einen Gutenachtkuss. Und danach noch eine Geschichte, eine witzige. Sie setzt sich und rutscht etwas zur Seite. Rafik setzt sich ebenfalls, zündet sich eine Zigarette an und pustet dem Teddy den Rauch ins Gesicht. Dann drückt er auf den Knopf und der Teddy sagt: »Ich liebe dich.«

Latifa lacht.

»Du bist ein Quatschkopf!«, sagt Rafik zum Teddy, und der antwortet dieses Mal auf Englisch: »I love you.«

»Und verdammt blöd bist du auch!«, fügt Rafik hinzu, und der Teddy sagt weiter munter: »Ich liebe dich.«

Latifa lacht heftig und will mehr. Rafik weiß aber nicht, wie er den Teddy weiter beleidigen kann. Würde Latifa ihm vielleicht helfen?

»Du bist soooo hässlich!«, sagt Latifa zum Teddy, und der sagt jetzt auf Französisch: »Je t'aime.«

Latifa nimmt den Teddy in den Arm und hält ihn fest.

»Ich liebe dich, Teddy«, flüstert sie in sein Ohr und legt sich dann hin.

Rafik wartet, bis sie ihre Augen zugemacht hat, dann küsst er Latifa auf die Stirn, macht das Licht aus und geht aus dem Zimmer.

Mustafas letzter Wille

»Euer Vater wollte immer in Kafer Karem beerdigt werden. Dem Ort seiner Geburt.«

Jamal protestiert »Wie soll das denn gehen? Kafer Karem gehört zu Ramallah.«

»Na und? Wir werden Vater dort hinbringen.«

»Das geht nicht, Mama. Ramallah ist in Palästina und Jerusalem gehört zu Israel. Man braucht eine Genehmigung von der Armee, das kann Wochen dauern!«

»Vater wollte nach Ramallah, also kommt er dort hin und damit basta!«

Jamal schaut zu seinem Bruder. Vielleicht hört Mama ja auf Rafik. Der konnte sich schon immer besser durchsetzen. Das muss Jamal ihm lassen.

»Jamal hat recht, Mama. Es gibt Kontrollen auf dem Weg. Wenn die Soldaten uns erwischen, landen wir im Knast.« Rafik legt seinen Arm um seine Mutter. Sie holt tief Luft, stellt fest, dass alle zuhören, dann wendet sie sich an ihre Söhne.

»Als ihr klein wart, hattet ihr immer Angst vor den Juden. Abends kamen sie immer, mit der Waffe in der Hand, schussbereit, durch unsere Straße. Und wenn ihr nicht schlafen konntet, hat euch Vater auf den Schoß genommen.«

Mama streichelt Rafiks Wange. Sie imitiert die Bassstimme ihres Mannes. »Keiner wird meinen Kindern etwas antun.«

»Solange ich der Herr im Haus bin!«, führen Rafik und Jamal den Satz zu Ende.

Hier gibt es keinen Leichnam

Ein Rettungswagen hält im Hof. Der Fahrer holt eine Trage heraus und kommt mit einem zweiten Mann auf Rafik zu.

»Guten Abend«, sagt der Fahrer in ernstem Ton, wie man es bei einem Todesfall erwartet.

»Guten Abend«, erwidert Rafik.

Der Fahrer schaut in seine Unterlagen, die Adresse stimmt.

»Der Arzt hat uns geschickt, wegen des Leichnams.«

Rafik schaut sich verwundert um: »Leichnam? Welcher Leichnam?«

Der Fahrer, jetzt etwas irritiert, schaut zu seinem Partner, dann wendet er sich wieder an Rafik.

»Ist das hier das Haus Abu-Rabah?«

»Ja. Aber hier gibt es keinen Leichnam.«

»Der Arzt hat gesagt ...«

Rafik holt aus seinem Portemonnaie einen 100-Schekel-Schein hervor und reicht ihn dem Fahrer.

»Sehen Sie hier einen Leichnam?«

Der Fahrer nimmt das Geld entgegen, rührt sich aber nicht.

»Aber der Arzt ...«

Rafik reicht dem Fahrer noch einen Schein. Der Mann blickt zu seinem Begleiter, der nickt. Der Fahrer zuckt mit den Schultern und steckt den Schein in die Tasche.

»Wie Sie meinen. Wenn es keinen Leichnam gibt, dann gibt es eben keinen.«

Die zwei steigen in den Rettungswagen und fahren davon. Rafik schaut ihnen nachdenklich hinterher. Er wäre bereit gewesen, auch das Doppelte zu zahlen.

»Warum hast du den Krankenwagen weggeschickt?« fragt Jamal.

»Vater braucht keinen Krankenwagen mehr«, erklärt Rafik.

»Aber die Beerdigung ...«

»Für das Beerdigen brauchen wir auch keinen Krankenwagen. Bis Ramallah sind es 40 Kilometer. Wir packen Vater ins Auto und fahren los. In 45 Minuten sind wir dort.«

Jamal ist verdutzt. Wie kann Rafik so respektlos mit dem Tod umgehen? Will er Mustafa zwischen eine gebrauchte Klimaanlage und eine alte Hinterachse in den Transporter stecken? Und was ist mit den Kontrollen? Und der Fahrer des Krankenwagens? Der weiß doch Bescheid. Was, wenn er zur Polizei geht?

»Du hast recht«, sagt Rafik.

»Natürlich habe ich recht. Wir rufen den Krankenwagen zurück.«

»Natürlich. Aber vorher besprichst du das Ganze mit Mama.«

Dieses letzte Argument überzeugt Jamal.

»Wir brechen früh auf«, sagt Rafik. »Richtung Ramallah gibt es nur zwei Checkpoints, an der Einfahrt nach Jerusalem und dann Calandia, kurz vor Ramallah.«

Wirst du mich vermissen?

Im seichten Mondlicht kann man die Aufschrift auf dem Transporter lesen: *Abu-Rabah & Söhne – Klimaanlagen*. Mustafa sitzt vorne. In seine Winterjacke gehüllt und mit dem Kopf auf der Brust könnte man glauben, er sei einfach eingenickt. Auch Latifa ist wach. Sie hat darauf bestanden, sich von Mustafa zu verabschieden.

Samira streichelt über die Haare ihrer Tochter.

»Mustafa ist nicht richtig weg. Ein Teil von ihm wird immer bei uns bleiben.«

Das kann Latifa nicht glauben.

»Und dieser Teil, wird er mit uns auch beim Abendessen sitzen?«

»Das nicht«, sagt Samira.

»Dann ist er auch nicht mehr bei uns«, schließt Latifa ihre Logik.

Mama sieht es genauso. »Mustafa ist tot, und er wird nicht mehr unter uns sein. Aber wir können immer mit ihm reden.«

»Und wird er antworten?«, will Latifa wissen.

»Das nicht, aber du kannst Mustafa alles erzählen, er wird immer zuhören und nichts dagegen sagen. Und das ist ein Beweis, dass die Menschen nach dem Tod viel klüger werden.«

Das versteht Latifa noch weniger, aber eine bessere Erklärung bekommt sie nicht.

Rafik nimmt Latifa in die Arme. »Es ist traurig, dass Onkel Mustafa geht, aber ich bin auch dein Onkel.«

Latifa lächelt, trotz ein paar Tränen, die ihr die Wangen herunterlaufen. Rafik hebt sie in die Luft und legt sie in Samiras Arme. Dann setzt er sich auf den Beifahrersitz neben Mustafa.

Mama umarmt Mustafa noch einmal. »Bis bald«, sagt sie vertraulich und küsst ihren Mann sanft auf die Stirn.

Aliya beugt sich zu Jamal, der hinter dem Steuer sitzt, und drückt ihn fest an sich. »Nur noch einen Tag, Schatz«, sagt sie und küsst Jamal leidenschaftlich. Als sie weggehen will, hält er sie fest.

»Wirst du mich vermissen?«

Aliya lacht. »Wie kann ich dich vermissen? Du lässt mich nicht los.« Sie zieht sich zurück und macht die Fahrertür zu. »Fahr vorsichtig, Schatz!« Dann wendet sie sich ab, damit Jamal ihre Tränen nicht sieht.

Mama sagt noch, dass es unterwegs kalt werden würde, sie sich warm anziehen, vorsichtig fahren und sich gleich melden sollen, wenn sie angekommen sind, und sich vor allem nicht mit den Israelis anlegen sollen. Jamal verspricht alles, dann startet er den Motor und fährt los.

»Ich vermisse dich jetzt schon!«, ruft Aliya hinter ihm her.

Noch einen Moment lang bleiben Mama, Aliya und Latifa vor dem Haus stehen und winken, bis das Auto hinter dem letzten Haus des Dorfes verschwunden ist.

Weniger als eine Stunde bis Ramallah

Rafik lehnt sich auf dem Beifahrersitz zurück und macht die Augen zu. Er spürt Mustafas Körper an seinem.

So nah ist er Vater schon lange nicht mehr gewesen. In den Kurven drückt sich der leblose Körper fester an ihn, als wollte sein Vater ihm etwas sagen. Aber was hat ein Toter schon zu sagen?

Seit sie losgefahren sind, hat Jamal kein Wort gesagt. Er sitzt steif hinter dem Steuer und schaut stur nach vorne. Nicht, dass Rafik besonders scharf darauf wäre, mit Jamal zu reden, aber so, wie sein Bruder ihn ignoriert, ist es kränkend.

»Würdest du bitte kurz anhalten, Schatz?«, fragt Rafik mit süßer Stimme.

»Hör mal Rafik, vor Mama müssen wir uns benehmen, aber sie ist jetzt nicht da. Also lass es.«

»Was hast du auf einmal, Schatz? Bist du mir böse?«

»Willst du wissen, was ich habe? Ich sag's dir. Du kommst uneingeladen zu meiner Hochzeit, und nicht etwa, um mir die Ehre zu erweisen, sondern nur um mich zu provozieren. Und das vor allen Gästen. Ich habe aber nichts gesagt. Ich wollte die Stimmung an meinem Hochzeitstag nicht verderben. Aber jetzt sind wir allein. Wir haben weniger als eine Stunde bis Ramallah, und ich würde es begrüßen, wenn du bis dahin nicht mit mir redest.«

Rafik ist einverstanden. »Aber wäre es nicht klüger, Vater zu verstecken, bevor wir beim Checkpoint ankommen? Nur falls die Soldaten am Checkpoint mit Mustafa plaudern wollen. Bei den Israelis weiß man ja nie.«

Jamal wirft Rafik einen vernichtenden Blick zu, dann hält er den Wagen an und beide steigen aus. Die Scheinwerfer eines vorüberfahrenden Wagens streifen den Transporter. Jamal und Rafik halten sich im Schatten, warten, bis es wieder dunkel wird. Dann ziehen sie den Leichnam aus dem Transporter und wickeln ihn in eine schwarze Plane. Schon zu Lebzeiten war Mustafa ziemlich groß. Als Toter scheint er aber noch größer zu sein, und es erweist sich als sehr schwierig, ihn im Kofferraum zu verstauen. Jamal beugt sich über Mustafa.

»Entschuldigung, Vater.« Dann schließt er die Tür und sie fahren weiter. Aus den Feldern hört man einen einsamen Hund den Mond anheulen. Eine Zeit lang sagen sie nichts, bis Jamal das Schweigen bricht.

»Warum bist du eigentlich zurückgekommen, Rafik?«

»Frag lieber, warum ich weggegangen bin.«

»Okay, warum bist du weggegangen?«, fragt Jamal erneut.

»Diese Frage hättest du Vater stellen sollen.«

»Vater ist tot.«

»Pech!«, erwidert Rafik. »Dann wirst du es eben nie erfahren.«

»Fick dich!«, sagt Jamal. Dann fährt er schweigend weiter. Es war ein Fehler, Rafik überhaupt anzusprechen. Nun hat sich Jamal endgültig geschworen, bis zur Ankunft in Ramallah kein Wort mehr mit seinem Bruder zu wechseln. Rafik ist es recht. Er lehnt sich zurück und zündet sich eine Zigarette an. Jamal wedelt sich mit der Hand den Rauch aus dem Gesicht.

»Bitte, rauch nicht im Auto.«

Rafik ignoriert ihn. Vielleicht denkt er, dass Jamal keinen Streit wegen Kleinigkeiten anzetteln wird. Da hast du dich geirrt, mein Lieber, denkt Jamal. »Ich habe freundlich gebeten. Eine halbe Stunde ohne zu rauchen wird dich schon nicht umbringen.«

Rafik macht nur das Fenster auf und raucht weiter. Jamal will es nicht tolerieren, aber einen Streit wegen einer Zigarette anzetteln will er auch nicht. Und obwohl es ihm richtig weh-tut, fährt Jamal schweigend weiter. Doch als sie am Stadtteil Gilo an der Mauer entlangfahren, kann sich Jamal nicht mehr beherrschen. Er macht das Fenster wieder zu.

»Rauch doch so viel du willst. Es sind deine Lungen.«

Rafik pustet den Rauch demonstrativ in das Gesicht seines Bruders, und Jamal fängt an zu husten. Er wedelt den Rauch aus seinem Gesicht, macht das Fenster erneut auf, schnappt frische Luft und macht das Fenster wieder zu. Rafik drückt auf den Knopf, und das Fenster öffnet sich mit einem leisen Summen.

»Lass es zu! Es zieht«, befiehlt Jamal.

»Und wenn nicht? Was willst du dann machen? Es Mama erzählen?«

Jamal reicht es. Er reißt Rafik die Zigarette aus dem Mund und wirft sie aus dem Fenster.

»Halt den Wagen an!«, sagt Rafik mit bedrohlicher Stimme. Doch Jamal fährt weiter.

»Halt sofort an!«, brüllt Rafik.

Jamal nimmt den Fuß vom Gas und tritt auf die Bremse. Rafik fliegt nach vorne mit der Stirn gegen die Frontscheibe. Wortlos steigt er aus und knallt die Tür zu. Auf der Straße steckt er sich die nächste Zigarette an und geht an der Mauer entlang. Die kalte Luft kriecht durch seinen dünnen Anzug. Er stellt den Kragen des Jacketts auf, versucht sich zu wärmen. Viel hilft es nicht.

Neben ihm rollt der Transporter, aus dessen Fenster Jamal lehnt.

»Willst du jetzt zu Fuß nach Ramallah gehen?«

»Nein, ich will nur in Ruhe rauchen«, antwortet Rafik, ohne seinen Bruder eines Blickes zu würdigen.

»Du benimmst dich wie ein Kind. Komm jetzt rein.«

Rafik geht stur weiter, versucht Jamal und die Kälte zu ignorieren.

»Ich bitte dich. In einer Dreiviertelstunde sind wir da … und wenn du willst, machen wir eine Pause in Jerusalem.«

Rafik bleibt vor der Mauer stehen und macht seine Hose auf, um zu pissen.

»Verstehe«, sagt Jamal. »Ein guter Palästinenser pisst gerne an die Mauer. Aber vergiss nicht, ein guter Israeli killt gerne Palästinenser, die die Mauer anpissen.« Ausnahmsweise klingt Jamal vernünftig. Rafik macht seine Hose zu, wirft die Zigarette weg und öffnet die Fahrertür des Wagens.

»Rutsch rüber. Ich fahre jetzt. Oder willst du mir das auch noch verbieten?!«

Jamal schaut ihn irritiert an, rutscht aber auf den Beifahrersitz. »Diese Nacht hätte ich mit meiner Frau verbringen sollen! Aber nein, ich sitze hier mit dir.«

Rafik nimmt seinen Platz hinter dem Steuer ein und fährt los. »So schlimm bin ich auch wieder nicht«, versichert er Jamal. »Ich kann sogar kochen, und das gar nicht mal so schlecht. Auf der anderen Seite, wenn du Aliya vorziehst, hast du mein volles Verständnis.«

Jamal antwortet nicht. Wenn Rafik immer das letzte Wort haben muss, bitteschön. Jamal würde sich nicht auf so einen kindischen Streit einlassen. In der Ferne sieht er die Lichter seines Dorfes und bildet sich ein, dass er auch sein Haus sehen kann. Ob das Licht in Aliyas Zimmer noch brennt, kann Jamal allerdings nicht erkennen.

Ein verlorener Hund bellt einmal kurz das Auto an und verschwindet wieder in der Dunkelheit. Danach sind nur noch das leise Brummen des Motors und das Pfeifen des Fahrtwindes zu hören.

Klimaanlage zum Spottpreis

Auf den Bergen kann man schon die Lichter von Jerusalem sehen. Zu dieser späten Stunde kehren die jungen Menschen der Stadt von ihren Partys heim. Sie dürfen sich frei bewegen und müssen keine Angst vor Soldaten haben. Teilweise sind sie selbst Soldaten oder werden es bald sein. Nur die Ultraorthodoxen gehen nicht zur Armee. Aber auch sie haben keine Angst. Wenn schon, dann hat die Armee Angst vor den Ultraorthodoxen.

Hinter der nächsten Kurve erscheint der Bethlehemer Checkpoint. Ein paar Fässer mitten auf der Straße markieren den Kontrollpunkt. Ein kleines Feuer lodert aus den Fässern und projiziert Schatten auf die wartenden Autos. Etwa zwanzig Fahrzeuge stehen schon davor, und es gibt keine Anzeichen von Bewegung. Jamal kann es nicht verstehen. Hier gab es schon lange keine Kontrolle mehr. Rafik beruhigt seinen Bruder.

Mit israelischen Pässen haben sie nichts zu befürchten. Doch Jamal ist sich da nicht so sicher.

»Der Mossad hat seine Informanten überall. Vielleicht war sogar einer der Hochzeitsgäste ein Agent.«

»Stimmt, und er suchte nach dem Geheimrezept für Shish Kebab von Mama?«, spottet Rafik.

»Oder der Fahrer des Leichenwagens. Du hättest ihm Geld anbieten sollen.«

»Habe ich getan. 200 hab ich ihm gegeben!«

»200 ist viel zu wenig. 200 nehmen sie beim Amt, um dir außer der Reihe einen Termin zu geben. Wenn es um das Verschwinden einer Leiche geht, sind 200 eine Beleidigung.«

»Du hast recht«, gesteht Rafik. »Jetzt, wenn ich darüber nachdenke – schon die Art, wie er das Geld genommen hat. Normale Menschen stecken das Geld in ein Portemonnaie, aber der hat es einfach in die Gesäßtasche gesteckt. Das lernt man nur beim Mossad. Aber du hast ihn durchschaut. War also kein besonders guter Agent.«

Rafik hält den Wagen an und stellt sich in die Reihe. Jamal will seinem Bruder noch sagen, was er von ihm und von seiner Art, Menschen zu verspotten, hält, als ein Soldat mit einem Gewehr näher kommt. Er geht auf und ab, beobachtet die Autos und spricht in ein Funkgerät.

Im Radio liest eine Sprecherin die Nachrichten vor: Letzte Nacht gab es einen Terroranschlag in Jerusalem. Sieben Menschen wurden getötet, zahlreiche weitere wurden verletzt. Die Terroristen kamen aus der Westbank. Die Armee hat sämtliche Checkpoints gesperrt und viele Palästinenser festgenommen.

»Nur eine Bombe«, sagt Rafik. »Hat nichts mit uns zu tun.«

»Und wie willst du das beweisen? Die Israelis sind nicht mehr so wie früher, Rafik.«

Ein Soldat untersucht den Kofferraum eines Taxis. Eine Werkzeugkiste zieht seine Aufmerksamkeit auf sich, und er befiehlt dem Fahrer, sie aufzumachen. Es sind nur Werkzeuge, aber wo er schon mal dabei ist, befiehlt der Soldat gleich allen Insassen auszusteigen. Der Fahrer zögert, aber der Soldat macht eine unmissverständliche Andeutung mit dem Gewehr, dass er keinen Widerstand duldet. Jamal verspürt Angst.

»Lass uns umkehren, Rafik, oder wir sind geliefert.«

»Und dann? Denkst du, wir sind frei?«

Jamal zögert. »Hast du eine bessere Idee?«

»Schon von dem Grizzlybären in Kanada gehört?«, fragt Rafik. »Wenn du dem im Wald begegnest, dann darfst du nicht weglaufen.«

Jamal schaut irritiert zu Rafik. »Was zum Teufel willst du damit sagen?«

»Wenn du wegläufst, versteht es der Bär als Jagd, und Bären können sehr schnell laufen. Du darfst auch nicht auf einen Baum klettern. Das tun die Bären auch, besser als du. Und am wichtigsten, mach freundliche Geräusche, so wie der Bär, wenn es ihm gut geht. Dann glaubt er, dass du ein Freund bist. Versuch es mal. Du wirst dich viel besser fühlen. Du kannst auch pfeifen«, ermutigt Rafik seinen Bruder.

Bei Rafik kann man nie wissen – aber unter diesen Umständen, was hat er schon zu verlieren. Jamal formt seine Lippen zum Pfeifen und versucht eine Melodie. Wegen der Angst kommt aber nur Luft heraus.

»Erst musst du dich beruhigen. In Panik kann man nicht singen«, sagt Rafik. »Atme tief durch, dann lass die Luft langsam raus. Ja, genauso. Jetzt leg deine Hand auf den Bauch. Spürst du, wie sich deine Hand bewegt? Und jetzt lehn den Kopf zurück. Nicht strecken, zurücklehnen.«

Rafik lehnt sich zurück, um zu demonstrieren, was er meint. Jamal ahmt ihn nach.

»So ist's gut, und langsam aus dem Bauch ausatmen.«

Jamal spürt die Entspannung wie Honig in seinem Körper fließen.

»Jetzt lass noch mal die Luft raus, dieses Mal sagst du aber Aaaaaa ...«

»Aaaaaa ...«, singt nun auch Jamal.

»Jetzt Beeeeeeeeeee ...«, singt Rafik, und Jamal singt mit. Allmählich gefällt es ihm.

Der Soldat Eli Shukrun ist müde. Seit Stunden wartet er darauf, dass seine Schicht endlich zu Ende ist. Zu Hause hat er ein kleines Geschäft für Baumaterial, und während der acht Wochen, die er als Reservist in der Armee dienen muss, hat er schon ziemlich hohe Verluste gemacht. Shukrun mag seinen Job am Checkpoint nicht, vor allem nicht die Nachtschichten. Anfang Dezember sind die Nächte viel zu kalt, um sie im Freien zu verbringen.

Shukrun ist schlecht drauf. Als er den Gesang hört, denkt er, dass sich jemand einen Spaß erlaubt. Auf seine Kosten. Die sitzen bequem im Auto, haben es schön warm und hören Radio. Während er hier draußen friert. Shukrun hasst die Araber nicht, aber in einer solchen Nacht fällt es ihm schwer, Sympathie für sie zu hegen. Er hält sein Gewehr bereit und geht auf den Lieferwagen zu. Stimmt, der Gesang klingt nicht besonders gefährlich, aber gerade dann muss man aufpassen. Die Gefahr ist am größten, wo man sie am wenigsten erwartet. Das haben sie im Antiterror-Kurs gelernt. Ein kleiner Fehler, und du bist tot.

Rafik sieht den Soldaten auf sich zukommen und hört auf zu singen. Vielleicht war die Singerei doch keine so gute Idee. Er versucht Jamals Aufmerksamkeit auf den Soldaten zu lenken, aber sein Bruder findet gerade Gefallen am Singen und bemerkt daher Rafiks Andeutungen nicht. Erst als Jamal das Gewehr vor seinen Augen sieht, erschrickt er und hört auf zu singen. Der Soldat klopft an die Scheibe und bedeutet Jamal, das Fenster herunterzukurbeln.

»Ausweis!«, sagt Shukrun.

Jamal reicht ihm seinen blauen israelischen Personalausweis. Seine Hände zittern. Der Soldat schaut Jamal in die Augen, dann vergleicht er dessen Gesicht mit dem Foto im Ausweis. Er lässt sich Zeit, das hat er auch im Antiterror-Kurs gelernt: »Ein langer Blick in die Augen verunsichert den Verdächtigen, und das bringt ihn dazu, Fehler zu begehen. Dann nagelt ihr den Bastard fest!«

»Jamal Abu-Rabah aus Ramallah?«

»J… Ja, das bin ich.« Jamals Stimme zittert.

»Wohin fahren Sie?«

»Wiwiwir … fafafahr…«, Jamals Stimme versagt. Er möchte weinen.

»Wir wollen Freunde in Jerusalem besuchen«, springt Rafik für seinen Bruder ein.

»Verstehen Sie kein Hebräisch? Ich habe ihn gefragt!«

»Wirwirwir wollen Freunde ininin Jerusalem ...«, fängt Jamal noch mal an, doch das dauert Shukrun zu lange.

»Aussteigen!«

Weil Jamal zögert, richtet Shukrun seine Waffe auf ihn. Das hilft. Jamal und Rafik steigen aus. Der Soldat richtet die Waffe auf Rafik.

»Hab ich gesagt, dass ihr beide aussteigen sollt?!«

Rafik steigt wieder ein. Von seinem Sitz aus beobachtet er im Spiegel, wie Jamal die Hecktür des Lieferwagens aufmacht. Mehr kann er nicht sehen, weil die Tür ihm die Sicht versperrt. Aber hinter seinem Rücken hört er, wie der Soldat auf die Ladefläche steigt. Es dauert noch eine Minute, der Soldat wird die Leiche finden, dann wird er Alarm schlagen. Andere Soldaten werden angelaufen kommen, sie werden Rafik und Jamal festnehmen und nach Bomben im Auto suchen. Sie werden die Leiche finden und die Brüder in das Gefängnis mit anderen Verdächtigen sperren. Nach Paragraph Soundso der Gesetze für Staatssicherheit brauchen sie nicht mal Beweise. Sie dürfen Palästinenser jahrelang ohne Urteil im Gefängnis schmoren lassen.

Und das Schlimmste daran: Diese Jahre muss Rafik zusammen mit seinem Bruder in einer Zelle verbringen. Da ist der Tod eine ernst zu nehmende Alternative.

Der Soldat Shukrun wühlt zwischen dem Werkzeug herum und entdeckt den schwarzen Sack, in den Mustafa eingewickelt ist. Jamal wird schlecht, er kann nicht mehr atmen. Da fällt Shukruns Blick auf die Klimaanlage. »Wie viel?«, fragt er Jamal.

»Wwwie viel was?«, fragt Jamal zurück.

»Die Klimaanlage. Wie viel willst du dafür haben?«

»Ah, die Kkklima... ttausend...ff..fünffhundert?«

»Bist du verrückt? Die ist Schrott, mindestens hundert Jahre alt.« Shukrun kratzt an einer rostigen Stelle der Klimaanlage.

»Völlig verrostet.«

Schrott?! Jamal ist empört. Er verkauft keinen Schrott. Das können Hunderte von zufriedenen Kunden bezeugen. Auch jüdische! Das hier ist eine Westinghouse, die beste auf dem Markt. Und sehr leise. Man hört nicht einmal die Luft, wie sie der Maschine entweicht.

Das weiß wahrscheinlich auch Shukrun, und das ist der Grund, warum er die Maschine haben will. Aber nicht für diesen Preis. Er springt aus dem Transporter und reibt sich die Hände an der Uniform.

»700. Und keinen Schekel mehr.«

»Tut mir leid. In Tel Aviv bekomme ich 1500 dafür! Ich überlasse sie dir für ... sagen wir ...«

Langsam wird Shukrun sauer. Er könnte genauso gut behaupten, dass in dieser Westinghouse eine Bombe versteckt ist und sie beschlagnahmen. Aber nein, Shukrun ist ein feiner Kerl, ein ehrlicher. Und das soll der Dank dafür sein? Also bitte, wenn dieser Araber es auf die harte Tour haben will ... Da mischt sich Rafik ein.

»700 sind okay.«

»Dein Chef ist ein kluger Bursche«, sagt der Soldat zu Jamal.

Jamal will noch protestieren, aber Rafik schiebt ihn in den Wagen und setzt sich selbst hinter das Steuer.

»Du hast gehört, was der Soldat gesagt hat«, zischt Rafik. »Ich bin ein kluger Bursche. Also halt die Klappe!« Er will schon losfahren, als das Gesicht des Soldaten vor dem Fenster auftaucht. Shukrun reicht Rafik seine Visitenkarte. »Sie haben meine Adresse nicht. Hebron Street in Jerusalem. Weißt du, wo das ist? Also, 700. Mit Montage!«

Shukrun gibt seinem Kollegen ein Zeichen, sie sollen den Lieferwagen durchlassen. Die Insassen besäßen blaue Ausweise. Ein Soldat öffnet die Sperre, und Rafik fährt los.

Auf der Gegenspur kommt ihnen ein Militärkonvoi entgegen. Die Armee will Vergeltung für den Anschlag in Jerusalem üben. Danach werden die Terroristen einen neuen Anschlag planen und die Armee wird sich erneut rächen, und so wird es für immer und ewig laufen, es sei denn, es gibt eines Tages ein Wunder. Rafik glaubt aber nicht an Wunder.

»Wir hätten mehr bekommen können«, sagt Jamal vorwurfsvoll.

»Ganz sicher! Mehr Jahre im Knast!«

»Du hast recht, war vielleicht nicht besonders klug von mir«, sagt Jamal nach einer Weile.

»Dafür bist du aber ein erstklassiger Verkäufer«, erwidert Rafik.

»Das stimmt. Ich habe für beide Geräte zusammen 300 bezahlt. Aber wir hätten mindestens 950 bekommen können, wenn du dich nicht eingemischt hättest.«

Rafik fängt an zu lachen, dann auch Jamal, und auf einmal lachen beide so sehr, dass ihnen der Bauch schmerzt, auch wenn sie gar nicht wissen, was denn eigentlich so lustig ist. Da klingelt Jamals Handy.

Du hast mich geschlagen

»Hallo, Schatz ... alles okay. Die erste Kontrolle haben wir hinter uns. Und ich hab da auch gleich die alte Klima für 700 verkauft. Die Westinghouse. Vater geht's gut ... Ich dich auch, mein Schatz«, flüstert Jamal.

Er will noch einen Kuss durch das Telefon schmatzen, da bemerkt er Rafiks Blick, verzichtet darauf und legt auf.

»Du und Aliya, habt ihr schon ...?« fragt Rafik.

»Du sprichst von meiner Frau!«

»Verstehe, dann hast du ...«

»Ich will nicht darüber reden.«

»Also nicht.«

»Aliya gehört nicht zu dieser Sorte Frauen, aber das verstehst du nicht.«

»Ach, die Frauen wollen, dass wir denken, sie seien nicht von dieser Sorte. Aber glaub mir, alle Frauen sind so.«

Jamal versteht nicht, was Rafik da sagt.

»Aber mit einem hast du recht«, fährt Rafik fort. »Aliya ist etwas Besonderes. Du bist ein Glückspilz.«

Ein Kompliment von Rafik? Jamal schaut seinen Bruder misstrauisch an.

»Woher willst du das wissen?«

»Was?«

»Aliya. Woher weißt du, dass sie was Besonderes ist?«

»Ist sie das etwa nicht?«

»Ich habe gesehen, wie du sie angeschaut hast.«

Rafik ist verwundert. Er weiß nicht mehr, wovon Jamal redet.

»Ich hab dich gesehen. Du hast es mit meiner Frau versucht. Auf meiner Hochzeit!«

»Du bist verrückt, Jamal«, stellt Rafik fest und macht es sich bequem. »Plemplem. Ist dir das klar?«

»Arschloch!«, sagt Jamal.

Rafik bremst, sodass Jamal gegen die Frontscheibe fliegt. Er fasst sich an seinen Kopf, es blutet. Er steigt aus dem Auto, stellt sich ins Licht der Scheinwerfer, krempelt seine Ärmel hoch und ballt die Fäuste. »Okay, du Arschloch. Komm jetzt raus.«

Rafik seufzt und steigt aus. »Na gut, Jamal. Wenn du es unbedingt brauchst ...« Rafik stellt sich vor Jamal und hält ihm seine Wange hin. »Schlag mich.«

Jamal schlägt zu, aber Rafik ist schneller. Er bückt sich, so dass Jamal ihn nicht trifft, dann schlägt er Jamal mit ganzer Kraft. Jamal fällt zu Boden, hält seine Hände auf den Bauch und stöhnt vor Schmerz.

»Du hast mich geschlagen.«

»Klar habe ich das. Würdest du mich nicht schlagen?«

»Doch! Und wie!«

»Siehst du. Ich musste es tun. Jetzt hör auf zu jammern und hör mir zu. Ich hatte nie, nie im Leben etwas mit Aliya. Okay?«

Rafik reicht Jamal die Hand, hilft ihm hoch und klopft den Staub von dessen Schultern.

»Rafik, ich habe Angst, dass sie mich wegen eines anderen verlässt.«

»Wird sie auch tun, wenn du weiter so grundlos eifersüchtig bist. Jetzt hör auf zu weinen und benimm dich endlich wie ein Mann.«

Das Problem mit dem Zündkabel

So, wie sie auf hohen Absätzen über die Kühlerhaube ihres Wagens gebeugt steht, ist das ein seltener Anblick an einer Tankstelle am Stadtrand von Jerusalem. Und das um sieben Uhr morgens. Das ist auch der Grund, warum ein paar Männer um sie herum stehen und auf ihren knapp bedeckten Po stieren. Von Automechanik verstehen sie alle nur wenig. Das kann man den Bemerkungen entnehmen, die sie hervorbringen: Ob die junge Dame den Luftdruck in den Reifen überprüft hat bzw. das Öl, wo auch immer es sich befindet. Als

Einziger versteht Rafik, dass sie vergeblich versucht, die Kühlerhaube ihres Autos zu öffnen.

»Probleme?«, fragt Rafik.

Die Frau schaut ihn zutraulich an. Anscheinend hat sie keine Ahnung, welche Wirkung ihre großen Augen auf Männer haben, sonst würde sie bestimmt vorsichtiger mit ihren Blicken umgehen. Für Rafik ist es aber schon zu spät. Er spürt, wie ihm die Luft wegbleibt, und als sein Blick zu ihrem Schmollmund gleitet, verschwimmt alles um ihn herum.

»Mein Auto. Es will nicht mehr«, sagt der Schmollmund mit einem starken russischen Akzent.

Rafik versucht die Kühlerhaube zu öffnen, was ihm aber nicht gelingt. Also winkt er Jamal heran. Daraufhin löst sich die Männerversammlung um sie herum auf.

»Die junge Dame hier hat ein Problem ...«, will Rafik sagen, doch bevor er den Satz zu Ende sprechen kann, hat Jamal die Kühlerhaube mit einem einzigen Handgriff geöffnet und inspiziert den Motor.

»Für mich ist das alles ein großes Rätsel«, sagt der Schmollmund und lächelt.

»Für mich auch.« Rafik versucht ganz normal zu reden, es scheint ihm aber, dass er laut schreit.

Inzwischen hat Jamal ein Kabel aus dem Motorraum gezogen.

»Das Zündkabel ist Schrott. Sie brauchen ein neues und das Auto läuft wie geschmiert.«

Die Frau schaut besorgt auf den Motor. »Dieses Zünskabel, ist es teuer?«

»Zündkabel«, korrigiert Jamal. »Und nein, es ist nicht teuer. Das bekommst du bei jedem Ersatzteilhändler in der Innenstadt.« Die Frau wirft einen Blick auf ihre Uhr und seufzt bedauernd. Es ist ihre erste Woche im neuen Job. Und jetzt werden sie sie rauswerfen.

Jamal sieht Rafiks Blick und ahnt nichts Gutes. »Wir sind nicht auf einer Vergnügungstour«, sagt er auf Arabisch.

Alle Frauen sind so

Ein süßer, schwerer Duft kitzelt in Rafiks Nase und er spürt den tiefen Wunsch, seinen Kopf in dem blonden Haar zu vergraben. Rafik schaut sehnsüchtig auf ihre sinnlichen Lippen, versucht sich vorzustellen, wie sie beim Küssen schmecken. Dann verwirft er den Gedanken wieder, weil sich so etwas kurz vor der Beerdigung seines Vaters nicht gehört.

Sie sei eine Immigrantin aus der Ukraine, erzählt Olga. So heißt die junge Frau. Nach der Schule hat sie ein Angebot bekommen, als Model zu arbeiten. Bald fand sie jedoch heraus, dass die Agentur, für die sie arbeitete, einem Mafioso gehörte und die Models versklavt wurden. Der Chef fand aber Gefallen an ihr und Olga durfte bei der Organisation arbeiten. Dann wollte sie aussteigen, konnte aber nicht, weil sie schon zu viel wusste, und musste das Land bei Nacht und Nebel verlassen. Seit drei Jahren lebt sie jetzt schon in Israel und jobbt, wo immer sie etwas findet. Zurzeit als Kellnerin im Fünfsternehotel Ramada. Das liegt 15 Minuten vom Zentrum entfernt.

Im Nu sind wir zurück auf der Hauptstraße nach Ramallah, versichert Rafik seinem Bruder. Jamal protestiert. In der morgendlichen Rushhour dauert die Fahrt fast eine Stunde und sie haben noch etwas zu erledigen, doch Rafik fährt weiter.

Endlich erreichen sie das Ramada Hotel, und Olga steigt aus. Sie schaut erleichtert auf die Uhr. Die Jungs haben ihr das Leben gerettet, sagt sie mit warmer Stimme. Dann wendet sie sich ab und verschwindet in der Drehtür des Hotels. Rafik schaut ihr sehnsüchtig hinterher. Seine letzte Chance, sie noch anzusprechen, ist wohl dahin, doch die Tür dreht weiter und Olga erscheint erneut im Eingang. Dank der Brüder hat sie noch ein paar Minuten, bis ihre Schicht anfängt. Ob sie die Herren zu einem Kaffee einladen dürfe? Als kleines Dankeschön.

Kurz darauf bringt Olga ein Tablett mit drei Tassen Kaffee zum Tisch. Sie muss sich nur kurz umziehen und wird gleich zurückkommen. Olga geht los, kommt aber gleich zurück und nimmt Rafik und Jamal die Jacketts ab. Die würde sie an die Garderobe hängen. Und falls sie Hunger haben, der Oberkellner schuldet ihr noch etwas. Sie dürften nehmen, was sie wollen. Olga winkt dem Kellner zu. Der lächelt ihr freundlich zu und winkt zurück. Dann geht sie mit den Jacken weg.

»Eine klasse Frau«, sagt Rafik.

»Alle Frauen sind so«, erinnert ihn Jamal.

Ramadan ist auch auf meinem Teller

»Kein Hunger?«, fragt Rafik.

»An Ramadan soll man tagsüber nicht essen. Außerdem, das ist Schwein.«

Rafik zuckt mit den Schultern und schiebt noch ein Stück Omelett in seinen Mund.

»Bacon ist kein Schwein«, sagt er mit vollem Mund.

Jamal wendet sich ab, versucht auf andere Gedanken zu kommen. Aliya zum Beispiel, sie fehlt ihm so sehr. Und Mama, und Vater. Doch sein Blick kehrt wie hypnotisiert immer wieder auf den Teller seines Bruders zurück. Rafik hat es bemerkt. Er pickt mit der Gabel noch eine Bratwurst auf und hält sie Jamal vor die Nase.

»Aber riechen darfst du. Hier, genieß es!« Rafik steckt die Bratwurst in seinen Mund. »Köstlich.«

Jamal starrt Rafik wütend an. Warum quält ihn sein Bruder so? Dann kann er sich nicht mehr beherrschen und sticht mit der Gabel in Rafiks Bratwurst.

»Was tust du da?«, fragt Rafik.

»Du hast recht. Schmeckt richtig gut«, antwortet Jamal und pickt sich noch ein Stück von Rafiks Teller.

»Hör auf!«, sagt Rafik wütend. »Ich hasse das!«

»Jetzt übertreibst du aber.«

Jamal verschlingt die Bratwurst und will sich noch eine nehmen, aber Rafik schirmt seinen Teller ab.

»Wirklich, so ein Theater wegen einer Bratwurst«, sagt Jamal und schnappt sich ein Stück Omelett vom Tellerrand.

»Wenn du so verrückt nach Bratwürsten bist, warum holst du dir dann nicht selbst welche?«

»Ramadan«, erklärt Jamal lakonisch.

»Auf meinem Teller ist nicht weniger Ramadan«, sagt Rafik und hält seinen Teller fest.

Jamal zieht beleidigt die Gabel zurück und schaut schweigend zu, wie sein Bruder weiter isst. Doch die gekränkten Blicke seines Bruders irritieren Rafik zu sehr. Er hört auf zu essen und schiebt seinen Teller zu Jamal hinüber.

»Kannst du haben.«

Jamal ist sich nicht sicher, ob Rafik es ernst meint.

»Nimm schon«, fordert Rafik seinen Bruder auf. »Es sind deine Flitterwochen! Du darfst alles haben, was du willst.«

Rafik steht auf und geht noch mal zum Büfett. Das Angebot ist vielversprechend: Gambas in Guacamole-Soße, Indonesische Feuerwerkssuppe und Ähnliches machen ihn sehr neugierig. Nach einigem Überlegen füllt Rafik seinen Teller nochmal mit Ham & Eggs. Der Oberkellner folgt ihm zurück zum Tisch und fragt, ob die Herrschaften noch einen Wunsch haben? Nein, danke. Aber vielleicht weiß der Herr, wo Olga bleibt.

»Olga?« Es tut dem Kellner leid, aber er kennt keine Olga.

»Die attraktive Kellnerin, mit der wir gekommen sind!«, erläutert Rafik.

Dass die Frau attraktiv ist, hat der Kellner mitbekommen, aber sie arbeitet nicht im Hotel. »Wollen die Herren die Rechnung haben? Es gibt gleich einen Schichtwechsel.«

Jamal und Rafik schauen sich entgeistert an.

»Hast du Geld?«, fragt Rafik, nachdem der Kellner gegangen ist.

»Klar.«

»Dann geh und zahl die Rechnung«, fordert Rafik Jamal auf.

»Warum ich? Es war dein Essen.«

»Typisch«, stöhnt Rafik. »Du isst alles von meinem Teller, und ich darf noch bezahlen.« Er steht auf, geht zur Garderobe und zieht schweigend seine Jacke an.

»Wir können auch teilen«, schlägt Jamal vor. «Obwohl du eindeutig mehr gegessen hast.«

Jamal steckt die Hand in die Tasche, sucht nach seinem Portemonnaie, aber die Tasche ist leer. Die andere Tasche auch. Er sucht auf dem Boden, aber sein Portemonnaie ist nicht zu finden. Jamal gerät in Panik. Jetzt hat auch Rafik bemerkt, dass seine Taschen leer sind.

»Dieses Miststück!«, flucht Rafik.

»Du bist so naiv, Rafik, die Schlampe hat dir total den Kopf verdreht.«

»Statt mir ständig zu erzählen, was ich alles falsch mache, könntest du dir vielleicht auch mal Gedanken darüber machen, wie wir dieses Problem lösen!«, faucht Rafik Jamal an. Er sucht weiter in seinen Taschen, aber die sind genauso leer wie vorher.

»Also, wirklich. Der ganze Schlamassel ist auf deinem Mist gewachsen. Sieh zu, dass du auch allein da wieder rauskommst.«

»Gut«, sagt Rafik. »Ich zähle bis drei, und wir hauen ab.«

Das findet Jamal falsch. »Wegrennen heißt, dass wir schuldig sind, und das sind wir nicht.«

»Da hast du recht«, sagt Rafik und geht Richtung Hinterausgang. Jamal zögert eine Sekunde, dann folgt er seinem Bruder. Sobald sie aus dem Hotel sind, sucht Rafik in seinen Taschen nach den Wagenschlüsseln. Aber weder Schlüssel noch Wagen sind da.

Das Herz einer Schlampe

Rafik setzt sich auf die Kante des Bürgersteigs und starrt in die Luft. Es geht nicht um das Auto. Nicht mal um das bisschen Geld, das Olga ihm abgeknöpft hat. Aber Mustafa. Was kann die Russin schon mit einem toten Palästinenser anfangen? Jetzt kann Rafik sich nicht mal richtig von seinem Vater verabschieden.

»Wir müssen es Mama sagen«, reißt Jamal Rafik aus seinen Gedanken.

»Sie wird sich umbringen.«

»Sie wird uns umbringen.«

Jamal setzt sich zu Rafik und sucht in seiner Tasche. »Sie hat mein Handy geklaut!«, schreit er überrascht. »Hat sie denn gar kein Herz?!«

»Doch, das Herz einer Schlampe. Und wenn du mit dem Jammern fertig bist, im Hotel gibt es eine Telefonzelle«, schlägt Rafik vor.

Jamal steht auf und geht Richtung Hotel.

»Wenn du Geld dafür hast«, ruft Rafik hinter ihm her. Jamal sucht in seinen Hosentaschen, eine Münze findet er noch. Er zeigt sie Rafik und geht weiter zum Hotel.

»Für das Frühstück wird's aber nicht reichen«, ruft ihm Rafik nach.

Jamal bleibt stehen und schaut hilflos zu seinem Bruder. Sie müssen den Diebstahl bei der Polizei melden. Rafik ist sich nicht sicher. Zechprellerei kommt bei der Polizei gar nicht gut an, besonders dann nicht, wenn es sich um Palästinenser handelt. Und das Auto würden sie sowieso nicht finden.

»Israel ist nicht Palästina«, meint Jamal. »Hier funktioniert die Polizei noch. Wir melden den Diebstahl, und sie werden den Wagen finden.«

»Mit einem Toten drin.«

»Wir sagen einfach, Vater starb an einem Herzinfarkt, als man ihn entführte«, schlägt Jamal vor.

»Verstehe«, sagt Rafik. »Und dann hat er sich in einen Sack gesteckt, den Reißverschluss zugezogen und sich noch mit Werkzeugen bedeckt. Während er drinliegt. Tot! Das glauben sie dir nicht mal in Palästina.«

In diesem Punkt hat Rafik recht, das gibt Jamal zu. Und jetzt zur Polizei zu gehen, ist auch nicht unbedingt Jamals

Traum. Aber eine bessere Idee hat er nicht. Und Rafik auch nicht. Jamal blickt Richtung Stadtzentrum. Etwa vier Kilometer den Hügel abwärts sieht man die Polizeiwache im Stadtteil *German Colony*. So weit ist es nicht. Er steht auf und geht los. Rafik folgt ihm.

Weit kommen sie nicht.

Nach einigen Schritten taucht ein Polizeiwagen auf. Ein Polizist ruft ihnen zu, sie sollten anhalten. Rafik und Jamal ignorieren die Aufforderung und marschieren weiter. Diese Art von Ignoranz ist der Polizist gewöhnt, die Welt ist böse und ungerecht. Heute zum Beispiel hat er sich einen freien Tag gewünscht. Es ist nämlich der Geburtstag seiner Frau und sie hat ihn ausdrücklich darum gebeten, den Tag mit ihr zu verbringen. Am Freitagvormittag ist es in Jerusalem immer sehr lebendig, die Cafés sind voll und überall in der Fußgängerzone gibt es Straßenkünstler. Der Oberkommissar zeigte auch Verständnis. Er weiß, wie es ist, verheiratet zu sein. Aber 80 Polizisten auf der Wache haben 80 Ehefrauen, die alle irgendwann Geburtstag haben. Wenn ihre Ehemänner alle einen freien Tag für ihren Geburtstag bekommen, macht es 80 Arbeitstage, und das kostet den Steuerzahler 40.000 Schekel pro Jahr.

Der Polizist hatte noch erklären wollen, dass es sich dieses Mal um einen runden Geburtstag handelte. Seine Frau wird nämlich 30, und wenn man es so rechnet, würde es den Steuerzahler nur 4000 kosten, und er würde auch in Kauf nehmen, wenn der Tag von seinem Urlaub abgezogen würde. Aber der Kommissar hatte nicht mehr zugehört. Er ging weg und ließ den Polizisten einfach mitten im Satz stehen. Das war gemein. Und jetzt hat er auch noch die zwei Palästinenser am Hals, am 30. Geburtstag seiner Frau. Das ist echt frustrierend und macht ihn wütend.

Der Polizist gibt Gas, überholt die Brüder und bremst vor ihnen mit quietschenden Reifen. Ein zweiter Polizist mit einem Maschinengewehr öffnet die Hintertür und fordert Rafik und Jamal dazu auf, einzusteigen.

Ich habe Vater nicht umgebracht

Der Fahrer rast den Hügel hinunter. Jamal versucht sich festzuhalten, aber mit auf dem Rücken gefesselten Händen fällt es ihm schwer. In den Linkskurven wird er auf seinen Bruder geschleudert.

»Würdest du bitte in deiner Ecke bleiben?«

»Was kann ich machen, wenn der so verrückt fährt. Und überhaupt, es ist deine Schuld, dass wir hier sitzen.«

Das versteht Rafik nicht. Er hat die Polizei nicht zum Hotel bestellt, nicht mal, um Jamal zu ärgern. Es ist sehr traurig, dass sein Bruder jetzt nicht mit seiner Frau die Flitterwochen am Roten Meer verbringt, aber dafür kann Rafik nun wirklich nichts. Jamal soll ihn doch bitte in Ruhe lassen.

Das hat Jamal nicht vor. »Ich wusste, es würde Ärger geben, schon als du den Fahrer des Leichenwagens weggeschickt hast«, sagt er erbost.

»Ach ja? Und ich wusste, dass es Ärger geben würde, als du Vater das *Kool Water* unter die Nase gehalten hast.«

»Was willst du damit sagen?!«, fragt Jamal empört. »Meinst du etwa, ich hätte Vater mit dem Parfüm umgebracht!? Ist es das, was du sagen willst?!«

»Das habe ich nicht gesagt«, entgegnet Rafik vorsichtig.

»Was hast du dann gesagt?!«

Rafik zieht es vor zu schweigen, aber Jamal ist nicht mehr zu bremsen.

»Ich habe Vater nicht getötet!«

»Okay«, sagt Rafik, um seinen Bruder nicht weiter zu provozieren.

»Dann sag es!«

»Sag, dass ich Vater nicht umgebracht habe!«, fordert ihn Jamal hartnäckig auf.

»Puh! Meinetwegen, du hast Vater nicht umgebracht. Zufrieden?«

Für eine Weile sagt Jamal nichts und dafür ist Rafik ihm dankbar. Er schließt die Augen und versucht zu vergessen, dass Jamal neben ihm sitzt. Es gelingt ihm nicht und er schaut sich die Straßen an. Durch das vergitterte Fenster sieht Rafik die unbesorgten Bürger Jerusalems in Straßencafés sitzen, plaudernd und rauchend. Plötzlich verspürt er den großen Wunsch nach einer Zigarette.

»Warum hast du es dann gesagt?«

Jamals Stimme reißt Rafik aus seinen Gedanken.

»Oh, Gott! Fang nicht schon wieder damit an!«

Aber Jamal kann nicht mehr aufhören: Seit Rafik in Jerusalem aufgetaucht ist, ist Jamals Leben aus dem Ruder geraten: Erst Rafiks Streit mit Vater und dessen darauffolgender Tod, dann Olga, dann frisst er an Ramadan, verführt dabei noch Jamal zu essen und schließlich rennt er weg, ohne zu bezahlen. Wenn sie diesen Kurs fortsetzen, werden sie bald sterben, und zwar qualvoll!

»Kein Wunder, dass die Polizei uns festgenommen hat«, stellt Jamal fest. »Du bist eine Zeitbombe, Rafik.«

»Wenn ich mich recht erinnere, wolltest du sowieso zur Polizei. Bitte schön, jetzt haben wir uns sogar das Geld für das Taxi gespart. Und du kannst denen alles genau berichten, sei doch froh!«

Jamal gibt auf. Sein Bruder hat eben eine große Klappe. Alles nur Gerede, nichts dahinter. Das ist Rafik.

Im Hof vor der Wache sitzen zahlreiche Palästinenser auf dem Boden mit den Händen über dem Kopf, die Blicke nach unten gesenkt. Weitere Gefangene steigen aus einem vergitterten Bus. Grün uniformierte Grenzpolizisten mit Maschinengewehren befehlen ihnen, ruhig zu sein und sich nicht zu bewegen. Dasselbe Szenario wiederholt sich jedes Mal, wenn eine Bombe in der Stadt explodiert ist. Dann bleibt man besser zu Hause, bis sie im Radio Bescheid geben, dass die Verantwortlichen gefasst sind. Zumindest sollte man die jüdische Stadt an solchen Tagen meiden. Das weiß jeder. Aber allzu lange geht das nicht, denn man muss doch zur Arbeit gehen. Ein Risiko, aber manche haben keine andere Wahl.

Jamal macht sich keine Sorgen. Alle anderen sind Terroristen, sie sind wegen der Bombe hier. Er und Rafik dagegen wurden wegen einer unbezahlten Rechnung festgenommen, und damit sind sie viel besser dran.

Euer Gott ist ziemlich naiv

»Kein Auto, kein Geld, keine Papiere. Interessant, Herr Rafik. Wollen Sie mir nicht sagen, was wirklich passiert ist?«

Ein Scheinwerfer strahlt direkt in Rafiks Gesicht, sodass er nur die Silhouette des Sicherheitsbeamten ihm gegenüber sieht. Zwei weitere Polizisten kann Rafik in der hinteren Ecke des Zimmers ausmachen. Alle drei sind bewaffnet und wirken unfreundlich. Rafik lässt sich grundsätzlich nicht auf Konflikte ein, die ihm keinen klaren Vorteil bringen. Hier aber hat er keine Wahl.

Der Beamte reicht Rafik eine Zigarette, Feuer bietet er ihm nicht an.

»Ich habe es Ihnen doch gesagt, das russische Mädchen ... Olga, sie hat uns zum Frühstück eingeladen, und dann ist sie verschwunden.«

Der Sicherheitsbeamte seufzt traurig und steht auf. Rafik kann sein Gesicht noch immer nicht sehen, und das beunruhigt ihn sehr.

»Wir wollten schon zahlen, aber sie hat unser Portemonnaie gestohlen. Also haben wir uns auf den Weg zur Polizei gemacht.«

»Das hast du schon gesagt! Denkst du wirklich, dass man mich mit dem Finger gezeugt hat?«

Der Sicherheitsbeamte hat eine Schwäche für die Wahrheit. Fantasiegeschichten mag er nicht besonders, und arabische Märchen schon gar nicht. Der Beamte rückt seinen Stuhl näher an den Gefangenen heran.

»Ich sage Ihnen was passiert ist, Rafik! Sie sind gestern Abend mit einem Wagen voller Sprengstoff nach Jerusalem gefahren. Sie haben ihn in der Agronstraße geparkt und den Zeitzünder auf 22 Uhr eingestellt. Anschließend habt ihr euch in ein schönes Café gesetzt und das Ganze aus sicherer Distanz beobachtet. Und dann ...« Der Beamte beugt sich zu Rafiks Ohr und flüstert: »BUMMMMM!«

Rafik zuckt zusammen. Der Beamte wartet kurz auf eine heftigere Reaktion, und weil die nicht kommt, fährt er fort.

»Sieben Zivilisten getötet! Mission erfüllt! Und jetzt machen wir uns einen schönen Abend. Jerusalem ist eine tolle Stadt, und die Jüdinnen sind hübsche Frauen, nicht wahr, Rafik?«

Rafik antwortet nicht. Was soll er schon sagen?

Alles klingt so plausibel, nur dass sie keinen Sprengstoff im Auto hatten, sondern eine Leiche. Aber das wird ihm der Beamte nie abkaufen, und Rafik kann ihm das nicht mal verübeln. Er selbst würde dieser Geschichte auch keinen Glauben schenken.

»Um acht Uhr seid ihr ins Ramada Hotel gekommen«, fährt der Beamte fort. »Schön gefrühstückt? Der Kellner sagte, ihr hättet ausgesehen, als hättet ihr die ganze Nacht nicht geschlafen. Aber euch ist ein Fehler unterlaufen. Ihr habt euer Geld und die Papiere im Wagen vergessen! Und du Blödmann hast es erst nach dem Frühstück bemerkt. Künstlerpech! Übrigens, haben wir jetzt nicht Ramadan? Tagsüber soll man nichts essen. Und dazu noch Schweinefleisch. Entschuldigung, es geht mich nichts an, aber damit hast du Allah mächtig verärgert. Glaubst du an Gott, Rafik?«

»Nicht unbedingt. Und Sie?«

Der Beamte hat nicht damit gerechnet, dass Rafik gleich singen würde. Dafür gibt es andere Methoden. Aber etwas mehr Respekt hätte er schon erwartet, nicht nur, weil er eine Waffe trägt. Dieses Land hier gehört den Juden, und das schon seit Tausenden von Jahren. Leider wollen die Araber es nicht einsehen, und das bereitet so manche Schwierigkeiten. Und dass dieser Abu-Rabah keinen Respekt zeigt, das macht den Beamten sehr misstrauisch. Der Beamte stellt sich hinter Rafik und wartet. Seiner Erfahrung nach haben die Gefangenen besonders dann Angst, wenn ihnen der Ermittler im Nacken sitzt. Er muss dann gar nicht erst zuschlagen. Die Angst macht ihnen schon genug zu schaffen. Als er denkt, dass Rafik so weit ist, beugt sich der Beamte noch mal zu ihm herunter.

»Diese Geschichte mit dem gestohlenen Wagen habt ihr euch schön ausgedacht, aber sie ist nicht gut genug für mich.«

»Das Mädchen war da. Sie können den Kellner fragen …«

»Natürlich war sie da. Eine russische Nutte. Und als sie mitbekommen hat, dass ihr kein Geld mehr habt, ist sie abgehauen. Frühstück an Ramadan, das geht noch. Euer Gott ist ziemlich naiv. Aber Ficken ohne Geld ... Tja, Nutten kassieren im Voraus.«

Rafiks Schweigen ist für den Beamten ein klarer Beweis, dass seine Version stimmt. Er hat allen Grund, mit sich zufrieden zu sein.

Die Wahrheit

»Ich will jetzt die Wahrheit hören. Ich werde sie sowieso herausbekommen, also mach es dir selbst leichter und rück damit heraus!«

Es ist Jamal, der jetzt auf dem Stuhl sitzt. Er kann das Gesicht des Beamten nicht sehen, und das macht ihn sehr nervös. Die Methoden des israelischen Sicherheitsdienstes sind ihm bekannt, am Ende bekommen sie aus Häftlingen alles heraus. Aber bis heute ist es Jamal gelungen, ihnen aus dem Weg zu gehen. Daher hat er sich entschieden, alles gleich zu erzählen. Darum hat ihn auch Aliya gebeten. Bloß nicht den Helden spielen, Liebling.

»Okay, okay, ich werde die Wahrheit sagen«, sagt Jamal hastig, er versucht, Zeit zu gewinnen. »Ich wollte schon die ganze Zeit die Wahrheit sagen.«

»Eine gute Entscheidung, Jamal. Und glaub mir, danach wirst du dich gleich besser fühlen.« Der Beamte lächelt Jamal beruhigend an.

»Ich weiß, es ist schwer zu glauben. Aber sehen Sie, gestern Abend habe ich geheiratet«, erzählt Jamal. »Und während der Hochzeit ist mein Vater gestorben.«

»Verstehe. Und jetzt bist du in den Flitterwochen, nur ohne Braut. Das soll ich dir glauben! Denkst du, ich bin ein Idiot?!« Die anderen Polizisten brechen in schallendes Gelächter aus, merken aber, dass der Offizier nicht mitlacht und hören sofort auf.

»Schauen Sie sich das an«, sagt Jamal verzweifelt und zeigt auf seinen Anzug. »Würden Sie im Smoking eine Bombe mit sich herumtragen?«

»Eine hervorragende Tarnung. Ich würde aber mehr Geld für meinen Hochzeitsanzug ausgeben, und das ist auch der Beweis dafür, dass du lügst! Wäre auch dumm, den teuersten Anzug für einen Bombenanschlag zu verschwenden. Obwohl man bei euch Arabern nie genau wissen kann. Ihr setzt nicht auf Qualität. Zieht ihn aus!«, befiehlt der Sicherheitsbeamte seinen Männern.

»Wozu?«, schreit Jamal ängstlich. »Ich habe doch die Wahrheit gesagt!«

Die beiden Polizisten zücken ihre Gummiknüppel und gehen auf Jamal zu. Der versucht zu fliehen. Die Polizisten laufen ihm hinterher und drängen ihn in eine Ecke. Der eine hält Jamal fest, der andere zieht ihm das Hemd aus.

»Es ist mein Vater«, schreit Jamal in Panik. »Er ist letzte Nacht gestorben. Wir haben ihn im Lieferwagen transportiert ... Durch den Checkpoint ohne Genehmigung ... Warum glaubt ihr mir nicht?!«

»Doch, doch. Wir glauben dir.« Der Sicherheitsbeamte grinst. »Palästinenser schmuggeln täglich tote Väter, das ist doch überall bekannt. Und weißt du was, Jamal? Es fällt gar nicht auf. Lebendig stinken die Araber genauso.«

Halb sieben ist nicht sieben

Rafiks Hemd ist zerrissen, sein rechtes Auge ist blau und geschwollen, aber er zeigt keine Angst, und das gefällt dem Sicherheitsbeamten gar nicht. Gute Araber haben Angst. Wenn sie keine haben, sind sie unberechenbar und gefährlich.

Jede Nuss lässt sich früher oder später knacken, pflegte der Lehrer des Sicherheitsbeamten bei der Ausbildung zu sagen. Egal wie hart eine Nuss ist, mit einem speziellen Nussknacker lassen sich alle knacken. Und dieser Rafik wird keine Ausnahme sein. Ein weiterer Polizist betritt den Raum und flüstert dem Sicherheitsbeamten etwas zu. Der Beamte nickt, dann stellt er einen Stuhl vor Rafik und setzt sich.

»Es ist aus, Rafik. Dein Bruder hat bereits gestanden. Du kannst also auspacken.«

»Wenn Sie alles so genau wissen, warum fragen Sie noch?«

Der Schlag ins Gesicht trifft Rafik so plötzlich, dass er vor lauter Überraschung nicht mal aufschreien kann. Und weil das so gut getan hat, setzt der Beamte zu einem neuen Schlag an, als sein Handy klingelt. Nicht besonders erfreut schaut er auf das Display und nimmt den Anruf entgegen.

»Hallo, Schatz ... Abendessen um sieben?« Der Beamte wirft einen Blick auf seine Armbanduhr.

»Natürlich, hab ich nicht vergessen ... Es ist noch nicht sieben ... Ja, aber halb sieben ist nicht sieben ... Ich werde rechtzeitig kommen ... Also, bis gleich, Schatz!«

Rafik atmet erleichtert auf, doch der Beamte schlägt ihn wieder mit voller Wucht. Rafik schreit vor Schmerz.

»Ich will Namen und Adressen deiner Organisation. Und mach dir keine Illusionen, raus kommst du hier eh nicht, aber du kannst dir das Leben im Knast leichter machen.«

Rafik macht sich keine Illusionen, der Beamte steht nicht auf ihn. Aber unversucht kann er es auch nicht lassen.

»Hören Sie, ich interessiere mich nicht für Politik, wirklich nicht. Ich lebe in Deutschland, bin in der Gastronomie tätig – Essen und Politik, das geht nicht gut zusammen.«

Der Sicherheitsbeamte schaut auf die Uhr. Es ist kurz vor sieben und er hat weder Zeit noch Lust, Rafik weiter zuzuhören. Zwölf Stunden am Tag reichen. Auch die Sicherheit braucht mal eine Pause, sagt seine Frau.

»Schafft diesen Clown hier weg!«, bittet der Beamte seine Kollegen. Froh über eine Pause zerren sie Rafik vom Stuhl und schleifen ihn aus dem Raum.

Wie man eine Flitterwoche verbringen kann

Im Flur trifft Rafik auf seinen Bruder. Auch der wird von zwei Polizisten über den Boden geschleift.

Jamal schreit und schlägt um sich, versucht sich zu befreien, bereitet den zwei Polizisten ziemlich viel Ärger, bis der eine ihn packt und mit dem Kopf gegen die Wand schlägt. Danach herrscht Ruhe, zumindest bis sie die Zelle erreichen. Aber als der Beamte die Metalltür öffnet und den Gefangenen hineinwerfen will, greift Jamal dessen Uniform und lässt diese nicht mehr los.

»Wir sind keine Terroristen! Sie haben kein Recht, uns so zu behandeln! Ich bin Bürger des Staates Israel! Genau wie Sie!«

Jamals Appell interessiert den Beamten nur wenig. Die zwei Palästinenser haben seinen Tag bereits verdorben, und er ist froh, sie endlich loszuwerden. Mit Hilfe seiner Kollegen gelingt es dem Beamten endlich, sich aus Jamals Griff zu befreien und ihn in die Zelle zu werfen. Rafik fliegt hinter ihm her und landet unsanft auf dem Zementboden. Der Polizist schlägt die Tür hinter ihnen zu und haut mit dem Knüppel gegen die Gitterstäbe. Anscheinend tut es ihm gut, denn er wiederholt es mehrmals.

Eine hässliche Beule bildet sich an Jamals Kopf und bereitet ihm ziemliche Schmerzen. Jamal, noch etwas benebelt, steht auf und schlägt gegen die Tür.

»Ich bin ein israelischer Bürger!«, schreit er. »Ich zahle Steuern, und mehr als Sie! Sie haben nicht das Recht, mich wie einen Verbrecher zu behandeln! Machen Sie lieber Ihre Arbeit und suchen Sie nach meinem Auto!«

Aber die Wächter sind schon verschwunden. Für heute haben sie sich vorgenommen, nichts mehr mit Palästinensern zu tun zu haben.

Auch Rafik ist sauer. War eine schwachsinnige Idee, sich auf Mamas Wunsch einzulassen und zur Hochzeit seines Bruders zu kommen. Hamburg ist vielleicht nicht die Stadt seiner Träume, aber letztlich sind die Europäer kultivierte Menschen. Don Giovanni vielleicht nicht, aber es gibt eine Menge anderer Restaurants in Deutschland. Er würde schon einen Job finden. Und eines Tages wird er vielleicht auch ein eigenes Restaurant eröffnen. Ngumba macht er dann zu seinem Küchenchef, und alle Mitarbeiter werden Ausländer sein. Aber nein, er sitzt im Gefängnis, mit seinem Bruder, und der Alptraum nimmt kein Ende.

Das mit dem Alptraum sieht Jamal ähnlich. Aber es ist eindeutig Rafiks Schuld. Bis zu dem Moment, als sein Bruder aus Deutschland kam, war die Welt noch in Ordnung. Warum musste ihn Mama zur Hochzeit einladen? Jamal hatte auch nicht bestimmt, wer zu ihrer Hochzeit kommt. Und vielleicht würde Mustafa sogar noch am Leben sein. Ja, Rafik ist auch für den Tod seines Vaters verantwortlich. In diesem Moment könnte Jamal mit Aliya beim Abendessen am Strand des Roten Meeres sitzen, danach eine romantische Nacht ... Weiter will Jamal gar nicht denken, weil er sonst weinen müsste.

Die Luft ist heiß und schwer und riecht nach Schweiß. Langsam gewöhnen sich Jamals Augen an die Dunkelheit und er bemerkt Blicke. Mindestens zwölf Terroristen sitzen in der Zelle, alle starren Jamal und Rafik mit hasserfüllten Augen an. Sie haben gehört, wie Jamal sich als guten israelischen Bürger bezeichnete, und das hat ihnen gar nicht gefallen. Einer der Gefangenen – er hat eine Narbe über dem linken Auge und einen ungepflegten Bart – schaut Jamal besonders bedrohlich an. Jamal schaut weg, versucht den Mann nicht zu beachten, aber gerade das scheint den Palästinenser zu provozieren. Er steht auf und kommt auf Jamal zu. Jamal schaut um sich, sucht nach einer Fluchtmöglichkeit. Es gibt aber keine. Er steckt tief in der Scheiße und alles wegen eines Missverständnisses. Als Israeli dürfte man ihn nicht zusammen mit Selbstmordkandidaten in eine Zelle schließen. Er hat das Recht auf eine Einzelzelle!

Der Gefangene kommt näher und Jamal weicht zurück, bis er mit dem Rücken gegen die Wand stößt. Seine Beine werden weich, und er muss sich zusammenreißen, um das Gleichgewicht nicht zu verlieren. Dass seine Beine ihn so im Stich lassen, ist für Jamal eine echte Enttäuschung.

»So, wir sind nicht gut genug für dich! Du willst lieber mit deinen israelischen Freunden in einer Zelle hocken!«

Jamal versucht nochmals sich zusammenzureißen, aber Narbengesicht versetzt ihm einen groben Stoß, und er sackt zu Boden.

Rafik stellt sich vor den Fremden, versucht seinen Bruder zu beschützen. Das hat er nie zuvor getan, und er bereut es jetzt schon. Das weiß aber Narbengesicht nicht. Er hält Rafik für Jamals Partner, obwohl Rafik es unter Eid bestreiten würde. Aber dazu kommt er nicht. Narbengesicht verpasst auch ihm einen Schlag in den Bauch, woraufhin Rafik zusammenklappt und neben Jamal zu Boden fällt.

»Er hat das nicht so gemeint. Wir sind Palästinenser, genau wie ihr ...«

»Kollaborateure seid ihr! Verräter! Noch schlimmer als die Israelis!«

Das findet Rafik unfair. Er hat schließlich nie um seinen israelischen Ausweis gebeten. Und überhaupt, er muss für seinen Bruder nicht geradestehen. Wenn die Kollegen Jamal unbedingt zusammenschlagen wollen, Rafik steht ihnen nicht im Wege. Narbengesicht spuckt vor Rafik auf den Boden und kehrt zurück zu seinen Freunden.

»Weichei!«, flüstert Rafik verächtlich. Er zieht seine Jacke aus und richtet sich einen Schlafplatz ein, obwohl er vor lauter

Wut sowieso nicht schlafen kann. Jamal tut es seinem Bruder gleich, versucht die bösen Blicke der Mitgefangenen zu ignorieren, was ihm jedoch nicht gelingt. Er hat Angst, und der Gedanke, seinen ersten Tag als verheirateter Mann im Gefängnis zu verbringen, macht ihn sehr traurig. Tränen steigen in seine Augen.

Auf der Suche nach Schutz und Geborgenheit rückt Jamal näher an seinen Bruder heran. Rafik klopft Jamal auf die Schulter.

»Hör auf damit! Du kannst hier nicht vor all diesen Kriminellen losheulen«, flüstert Rafik.

»Aliya ... sie wird vor Schmerz sterben. Und Mama auch«, schluchzt Jamal.

»Dann wirst du Waise und Witwer! Und wenn du nicht sofort aufhörst zu heulen, werden dir diese Kriminellen auch noch deine Jungfräulichkeit nehmen, und zwar bevor du die erste Nacht mit deiner Frau verbracht hast.«

Als ob sie Rafik bestätigen wollen, stehen Narbengesicht und sein Freund auf und kommen auf sie zu. Doch Jamal kann mit dem Weinen nicht aufhören. Rafik sieht die Männer abschätzend an. Beide sind groß und stark gebaut und sehen nicht danach aus, als wüssten sie nicht, wie man mit Verrätern umgeht. Aber Rafik hat nicht vor, es den Bastarden leicht zu machen. Er steht auf und macht sich auf einen Kampf gefasst.

»Steh auf!«, fordert Rafik Jamal auf. Doch der hört nicht auf zu schluchzen. »Steh auf!«, wiederholt Rafik. »Und hör auf zu plärren! Noch nie was von Gewalt im Knast gehört? Wenn du eine Schwäche zeigst, werden sie dich wie Hühner ficken. Einer nach dem anderen! Und dann mich!«

Narbengesicht und seine Kumpel kommen immer näher, und das sicher nicht mit freundlichen Absichten, ihrem Gesichtsausdruck nach zu urteilen.

»NEIN!« Jamal schreit hysterisch. »Das ist nicht fair! Nicht an meinem Hochzeitstag!«

»Hör auf zu heulen!«, fordert ihn Narbengesicht auf. »Du willst doch nicht, dass die Israelis uns für Memmen halten.«

Das von Narbengesicht zu hören, überrascht Jamal. Er wischt sich über die Augen, vergewissert sich, dass die beiden ihm tatsächlich nichts antun wollen, und fordert sie auf, sich zu ihm zu setzen.

Bald versammeln sich auch die anderen Gefangenen um Jamal. Er solle Narbengesicht nicht zu ernst nehmen. Der spiele sich immer so auf, sei aber harmlos wie ein Kind. Sie hören sich gespannt Jamals Geschichte an und wünschen ihm viel Glück zu seiner Hochzeit. Wegen des Problems mit seinem Vater gäbe es bestimmt eine Lösung. Diebe handeln mit Autos, nicht mit Leichen. Wenn sie Mustafa entdecken, werden sie ihn aus dem Wagen werfen. Irgendjemand wird die Leiche schon finden und die Polizei verständigen. So einfach ist das. Jamal lächelt unter Tränen. Zum ersten Mal seit 24 Stunden kann er ein bisschen aufatmen. Einer der Gefangenen fängt an, eine traurige Melodie zu summen. Bald singen die anderen mit.

Es ist schon spät in der Nacht, als die Gefangenen zur Ruhe kommen. Einer verteilt zerfetzte Decken, andere Gefangene schlafen schon auf dem Boden. Auch Jamal schnarcht leise neben seinem Bruder. Rafik schaut ihn nachdenklich an. Jamal hat die ganze Truppe mit seiner Geschichte fasziniert. Vielleicht ist er doch nicht ganz so schlimm. Rafik deckt Jamal zu.

Immer Ärger mit den Frauen

An diesem Morgen ist der Sicherheitsbeamte nicht gut drauf. Gestern Abend ist er zu spät nach Hause gekommen, und seine Frau hat ziemlichen Ärger gemacht. Sie hatten Besuch zum Abendessen, und sie erwartete seine Hilfe. Sie hat durchaus Verständnis für seine Arbeit und die Bedürfnisse des Staates, aber er ist doch mit ihr verheiratet. Da muss sich der Staat also mit Platz zwei zufrieden geben. Um es ihrem Mann deutlich zu machen, hat sie ihm letzte Nacht ihren Körper verweigert. Nun muss er eine Woche lang Treue zeigen, bevor sie ihn wieder ranlässt. Darüber hinaus hat sie erzählt, dass sein Vorgänger, also ihr erster Freund aus der Schule, sich gemeldet habe. Am nächsten Tag, das heißt heute, würde sie sich mit ihm in der Stadt treffen. Es sei nur der alten Zeiten wegen und er müsse sich keine Sorgen machen. Der Sicherheitsbeamte dachte lange darüber nach. Er lag auf dem Sofa im Wohnzimmer und hatte vor lauter Frust die halbe Nacht masturbiert, aber das machte ihn auch nicht glücklicher. Nach einem harten Arbeitstag mit Terroristen tut es ihm gut, die zarte Haut seiner Frau zu spüren und ihre verführerische Stimme zu hören. Und das ist auch sein gutes Recht. Der Sicherheitsbeamte liebt seine Frau, und Enthaltsamkeit kann er schwer ertragen. Und dass sie sich mit ihrem Ex trifft, macht es nicht gerade leichter. Natürlich wird sie mit ihm nicht schlafen, aber was, wenn doch. Erst wollte er ihr das Treffen verbieten, aber der Sicherheitsbeamte kennt seine Frau. Wenn sie sich etwas vornimmt, kann nichts in der Welt sie davon abbringen.

Und alles wegen dieser zwei Palästinenser.

Der eine spielt den Naiven, erzählt Märchen aus 1001 Nächten, der andere ist frech und giftig. Deswegen ist er gestern zu spät gekommen. Aber jetzt ist Schluss mit lustig. Heute werden sie singen.

Und schon wieder die Wahrheit

Ein Wächter holt Jamal und Rafik aus der Zelle. Er sieht müde aus und redet kaum. Jamal und Rafik wechseln Blicke. Werden sie jetzt in eines der gefürchteten Gefängnisse in der Wüste verlegt? Der Wächter führt sie zu einem Büro im Erdgeschoss, befiehlt ihnen zu warten und geht wieder.

Hinter einem Tisch sitzt ein Polizeibeamter und macht sich Notizen. Es dauert eine Weile, bis er seinen Kopf hebt und die beiden anschaut. Dann liest er aus einer Akte.

»Jamal Abu-Rabah, Besitzer einer Baufirma für Klimaanlagen in Bir Schakasch, Rafik Abu-Rabah, ebenfalls aus Bir Schakasch.«

Der Beamte reicht Rafik ein Dokument. »Bitte hier unterschreiben.« Rafik überfliegt es, unterschreibt aber nicht.

»Was unterschreiben wir hier?«, will er wissen.

»Nur Routine. Dass Sie keine Folter oder Gewalt im Gefängnis erlitten haben.«

Das kann Rafik nicht unterschreiben. Das Dokument entspricht nicht der Wahrheit. Der Beamte ist irritiert. Warum sind Araber immer so stur? Ist das genetisch bedingt oder wollen sie ihn persönlich fertig machen? Es sind nur Papiere. »In der Wüste gibt es keine Bürokratie, was? Schön für Sie. Aber ich habe leider den ganzen Tag damit zu tun, und ich habe auch ein Recht auf Feierabend. Also bitte unterschreiben Sie.«

Rafik zögert noch immer. Der Beamte seufzt. Wenn die Brüder Abu-Rabah die nächsten zwei Jahre lieber in der Zelle verbringen wollen, von ihm aus ...

Rafik und Jamal unterschreiben.

»Was ist mit unserem gestohlenen Wagen?«, fragt Rafik.

Der Beamte schaut ihn etwas verwirrt an. Wollen die Brüder eine Anzeige erstatten? Dann braucht er ihre Ausweise.

»Die Papiere sind zusammen mit dem Wagen gestohlen worden«, erklärt Rafik. Dem Beamten tut es leid. »Um eine Anzeige zu erstatten, müssen Sie einen Ausweis vorlegen. Gehen Sie also zum Innenministerium und lassen Sie sich neue Dokumente ausstellen. Dann kommen Sie wieder, und ich nehme Ihre Anzeige auf. Okay?«

Der Beamte greift zum Telefon und wählt eine Nummer.

»Was mache ich mit den beiden?«, fragt er jemanden am anderen Ende der Leitung. Dann legt er auf und bittet Jamal und Rafik, im Flur Platz zu nehmen. Rafik will weiter protestieren, aber Jamal schiebt ihn zur Tür raus. Sie setzen sich im Flur auf eine Bank und warten.

»Das soll dir eine Lektion sein«, sagt Jamal. »Wir sind frei, weil wir die Wahrheit gesagt haben.«

»Komm mir nicht damit. Wir sind frei, weil wir beide dieselbe Geschichte erzählt haben.«

»Das stimmt, aber es war dieselbe Geschichte, weil wir die Wahrheit gesagt haben.«

Rafik sieht es anders. »Wir haben dieselbe Geschichte erzählt, weil ich wusste, dass dir nichts Besseres einfällt.«

Jamal gibt auf. Sein Bruder verdreht die Dinge schon wieder so, dass man gar nichts mehr versteht.

Am Ende des Flurs erscheint der Sicherheitsbeamte, gefolgt von einem Soldaten, Eli Shukrun.

»Das sind die beiden«, sagt Shukrun. »Was ist mit der Klimaanlage? Wir hatten eine Abmachung.«

»Machen Sie sich keine Sorgen, die Klimaanlage gehört Ihnen. Wir müssen nur unser Auto wiederfinden.«

Shukrun versteht nicht, was Jamal damit meint, aber das macht nichts. Das Geschäft wird zustande kommen. »Bezahlt wird aber erst, wenn ich das Gerät bekomme«, macht Shukrun klar. »700, inklusive Montage.«

Der Sicherheitsbeamte wird neugierig. Eine Klimaanlage für 700 Schekel ist ein Spottpreis. »Haben Sie auch eine für mich?«

Alles Kontakte

Die Caféhäuser im Zentrum Jerusalems sind voll und die Menschen lassen es sich gutgehen. Für einen kurzen Moment vergessen die Brüder ihre Probleme.

»Ein Kunde bringt den nächsten, so laufen die Geschäfte«, sagt Jamal. »Zwei Klimaanlagen an einem Tag ist gar nicht schlecht. Alles Kontakte.«

Kontakte findet Rafik gut. Vielleicht würde Jamal seine nutzen, um ihm eine Zigarette zu beschaffen? Jamal lehnt ab. Das wäre ein Missbrauch seiner Fähigkeiten. Und an Rafiks Stelle würde er aus der Not eine Tugend machen und endlich mit dem Rauchen aufhören.

Rafik würde Jamal lieber auf die Fresse hauen, aber dafür reicht die Zeit jetzt nicht.

An der Ecke Agrippastraße betreten sie ein graues Gebäude. Nach den Gesichtern der Menschen zu urteilen könnte man denken, dass sich hier die Antidepressionsabteilung des staatlichen Krankenhauses befindet. Dabei handelt es sich um das Innenministerium. Hunderte von Menschen sitzen in den langen, kahlen Korridoren auf Holzbänken. Manche stehen am Ende des Korridors und rauchen. Ab und zu schauen sie zur digitalen Tafel an der Wand, in der Hoffnung, dass ihre Nummer aufleuchtet. Vergeblich. Hier läuft die Zeit viel langsamer als irgendwo sonst.

Ein Mann mit einer Kippa auf dem Kopf sitzt neben Jamal und füllt ein Kreuzworträtsel aus. Seit ein paar Minuten grübelt er über den Begriff »Bestes Auto der Welt«. Ferrari ist für zehn Buchstaben zu kurz. BEEMWE passt auch nicht.

»Rolls Royce«, schlägt Jamal vor.

Der Mann schaut Jamal neugierig an, dann schreibt er doch *Rols Royce*. Es passt nicht.

»Rolls mit zwei ›l‹«, bemerkt Jamal.

Der Mann blickt irritiert. »Was macht Sie da so sicher?«

»Entschuldigen Sie bitte, aber Rolls schreibt man eben mit zwei ›l‹. Da können Sie fragen, wen Sie wollen.«

Noch nicht ganz überzeugt schreibt der Mann Rolls-Royce.

»DIGITAL«, sagt Jamal, noch bevor der Mann sich dem nächsten Begriff zuwenden kann. Der Nachbar reagiert nicht. Langsam geht ihm der Araber auf die Nerven.

»14 senkrecht, moderne Datenübertragung. Ist digital«, erklärt Jamal und zeigt mit dem Finger auf die Zeile.

»Hören Sie, ich kann mich nicht daran erinnern, Sie um Hilfe gebeten zu haben.«

»Entschuldigen Sie«, sagt Jamal beleidigt und wendet sich ab.

Die digitale Tafel an der Wand schaltet auf Nummer 124. Der Mann mit dem Kreuzworträtsel blickt auf seine Nummer, es ist die 176. Dazwischen liegen noch 51 Nummern. Mit drei Sachbearbeitern und durchschnittlich zehn Minuten pro Person heißt das noch mindestens zweieinhalb Stunden Wartezeit. Die würde er gern ungestört verbringen.

»Hier, Sie können es haben.« Der Mann gibt Jamal die Zeitung, steht auf und geht zum Flur. Jamal holt einen Stift hervor und schreibt DIGITAL. Auch den Rest füllt er ziemlich zügig aus. »Amerikanischer Boxer« ist Muhammad Ali und die »Schönste Frau der Welt« ist nicht Angelina Jolie, sondern Helena von Troja. Das stimmt nicht ganz, denkt Jamal. Aliya ist tausendmal schöner als die Jolie und Helena von Troja zusammen, aber die von der Zeitungsredaktion kennen Aliya eben nicht. Rafik starrt auf eine Hand mit einer Zigarette. Kent, nach dem Geruch zu urteilen, oder Marlboro Light. Das Zeug, das Frauen rauchen. Die Hand gehört einem Mann im Businessanzug mit Jackett und Krawatte. Er steht am Ende des Korridors mit ein paar anderen Männern und wickelt ein Geschäft ab. Geld wechselt Hände. Rafik schaut sehnsüchtig auf die Zigarette.

»Hält nicht immer, was er verspricht«, sagt Jamal.

Rafik schaut Jamal fragend an.

»Hält nicht immer, was er verspricht«, wiederholt Jamal und zeigt auf das Kreuzworträtsel.

»Büstenhalter«, sagt Rafik und fixiert dabei weiter die Zigarette auf der anderen Seite des Korridors.

»Fängt mit P an.«

Rafik runzelt die Stirn. »Propaganda, Prostitution, Politiker ... Paket voll mit Zigaretten.« Nervös wühlt Rafik in seinen Taschen, auf der Suche nach einer Zigarette. Vergeblich.

»POLITIKER.« Jamal trägt das Wort ein. »Warum fragst du die da nicht nach einer Zigarette?«

Rafik schaut Jamal überrascht an. Komisch, dass er nicht selbst auf die Idee gekommen ist.

»Igor Warschawski mein Name«, stellt sich der Geschäftsmann mit einem starken russischen Akzent vor. »Mein Job: Menschen helfen. Ich arbeite im Ministerium.«

Er reicht Rafik ein goldenes Etui mit Zigaretten und gibt ihm Feuer. Mit der Zigarette im Mund scheint die Welt wieder in Ordnung zu sein. Rafik zieht genüsslich und bläst den Rauch langsam durch die Nase aus. Er weiß, dass russische Immigranten Palästinenser nicht besonders lieben, aber das ist ihm jetzt egal. Beim Rauchen sind alle Menschen gleich. Trotzdem kann Rafik es nicht lassen.

»Sagen Sie, Igor, warum lässt man uns hier stundenlang warten? Weil wir Araber sind?«

Igor lacht herzlich. »Werter Herr, Sie nehmen zu persönlich. Juden, Araber alles warten, Politik unwichtig. Leute warten drei Wochen. Mit Beziehung hat man Papiere, nicht warten.«

Das versteht Rafik nicht ganz. »Beziehung?«

»Geld«, klärt ihn Igor auf. »Bezahlen, dann Papiere nur ein Tag. Nicht teuer.«

Mit seinem gebrochenen Hebräisch ist Igor nicht die ideale Besetzung für einen Beamten. Rafik spricht perfekt Hebräisch. Englisch und Deutsch kann er auch. Er wäre eher für den Job geeignet. Aber Palästinenser im Innenministerium, das geht nicht. Palästinenser sind gut als Bauarbeiter und Tellerwäscher. Es gibt auch Terroristen, aber das ist kein Beruf, denn dafür wird in der Regel nicht bezahlt.

»Wie viel nicht teuer?«, fragt Rafik.

»500, gut Preis.«

»500 für einen Ausweis? Ist das nicht etwas übertrieben?«

»500 sehr wenig. Zahlen du Gebühren 80 Schekel. Mehr 400 zahlen du neues Ausweis nicht drei Wochen warten.«

»Entschuldigen Sie mal, Igor, 80 und 400 zusammen, das macht 480.«

Igor schaut den Palästinenser verwirrt an.

»Du nicht gut Geschäftsmann. Man sagt 500, du sag 300, dann 380 geben Hand. Verstehen Geschäft? Aber für dich 330, letzte Preis.«

Da bemerkt Igor Jamal, der sich zu Rafik gesellt.

»Sie zusammen Ausweis? Zwei Mann siebenhundert gut Preis. Foto zahle ich.«

»330 für eine Person, das macht 660 für zwei. Wie kommen Sie auf 700?«, fragt Jamal. Igor lacht.

»Sie wollen warten, auch gut. Ein Tag, zwei Tag, wenn nicht mehr wollen warten, kommt zu Igor. Ich jeden Tag hier 13 Uhr, Raum 205.«

Igor gibt Rafik seine Visitenkarte und verabschiedet sich. Rafik schaut Jamal wütend an.

»Wir haben Unmenge von Problemen, wir könnten eins weniger haben, aber NEIN, du musst mit einem Gangster über die Differenz von 40 Schekel streiten!«

»Es geht ums Prinzip, der Mann handelt illegal. Ich sage dir, Rafik, wenn du keinen Ärger haben willst, bleib legal.«

Drei Stunden später sitzen Jamal und Rafik vor einem Beamten und füllen Formulare aus. Es ist alles viel einfacher, als sie dachten.

»Sie gehen jetzt zur Kasse, bezahlen 180 Schekel und kommen wieder zu mir. Dann bekommen Sie einen vorläufigen Ausweis«, erklärt der Beamte.

»Wir haben aber keine 180 Schekel dabei.«

»Das ist kein Problem«, sagt der Beamte. »Wir haben bis 16 Uhr geöffnet. Die nächste Bank mit einem Automaten liegt nur ein paar Häuser weiter in der Agrippastraße.«

Die Ehre eines Bankangestellten

Eine Bank ist kein Selbstbedienungsladen. Um Geld abzuheben, muss sich der Kunde ausweisen, erklärt der Kassierer. Ist auch besser so, sonst würde jeder Geld vom Konto der Abu-Rabahs abheben. Jamal versucht verzweifelt, die Lage zu erklären. Vielleicht könnte der Kassierer seine Bankfiliale anrufen? Sie würden seine Identität bestätigen. Die Firma Abu-Rabah ist in Ost-Jerusalem bekannt. Und auch im westlichen Teil der Stadt haben sie Kunden. Sie haben sogar bei Kashtan eine Klimaanlage eingebaut. Dror Kashtan, der Trainer von Beitar, den kennt jeder. Der Kassierer interessiert sich aber nicht für Fußball und er hat Vorschriften: kein Geld ohne Ausweis. Eine telefonische Bestätigung ist nicht gestattet. Jamal verliert die Geduld. Ist das eine Verschwörung gegen ihn und seinen Bruder? Sollen sie den Rest ihres Lebens zwischen Bank und Ministerium hin und her laufen, nur weil eine russische Kriminelle sie ausgeraubt hat?

Jamals Ausdrucksform gefällt dem Kassierer gar nicht. Er kommt auch aus Russland. Das interessiert vielleicht die Herren aus Ost-Jerusalem nicht, aber die russische Immigration hat viele Künstler und Wissenschaftler nach Israel gebracht.

»Und was haben die Herrn Abu-Rabah schon für unser Land getan? In die Armee gehen Sie auch nicht, Herr Abu-Rabah. Also machen Sie bitte Platz für den nächsten Kunden und kommen Sie wieder, wenn Sie einen Ausweis dabeihaben. Dann bekommen Sie auch Geld!«

Eis und Kaffee

»Du gehen nehmen Mann Mittagessen. Nicht zurückkommen vor drei. Verstanden?«

Olga ist genervt. Allein für das enge rote Kleid und die hochhackigen Pumps hat sie schon 800 Schekel bezahlt.

»Geld Investition wichtig, sexy«, sagt Igor. »Gut Top-Model, Gut Hure. Du Olga nicht Top-Model, nicht Hure. Du Autoklauen. Autoklauen muss nicht sexy. Verstanden?«

Olga protestiert. Heute geht es nicht um Autoklau, es geht um eine persönliche Kundenbetreuung. »Komm, Igor, hundert reichen nur für das Essen. Bis drei Uhr brauchen wir auch Eis und Kaffee ...«

»Geld nur Mann Essen. Du Essen selbst zahlen. Muss immer essen, auch ohne Mann.«

Olga bleibt stur. Sie isst im Dienst, also muss Igor die Kosten begleichen, fordert sie. Oder wäre es ihm lieber, eine neue Assistentin zu engagieren. Olga zeigt auf ein paar religiöse

Frauen im Flur. Die würden sich bestimmt über einen Job freuen. Der Russe gibt Olga weitere zwanzig Schekel. Wenn sie so weitermacht, ist er bald pleite, beschwert er sich.

Um Punkt 13 Uhr kommt der Beamte Eran Lerner aus Zimmer 205. Lerner ist sehr aufgeregt. Gleich trifft er sich mit der hübschen Olga und ist sich nicht sicher, ob es richtig ist. Er ist verheiratet, und wenn man ihn fragte, würde er Tag und Nacht behaupten, dass er seine Frau liebt. Anderseits wird er im Alter von 48 Jahren nicht oft von einer attraktiven jungen Frau angesprochen. Er hat die Russin vor ein paar Tagen an der Bushaltestelle getroffen. Sie fragte nach dem Weg zum Innenministerium. Zufällig arbeitet er da, und so hat er sie begleitet, ohne Hintergedanken. Vielleicht will sie ja gar nichts von ihm, obwohl sie selbst eine Verabredung vorgeschlagen hat.

Lerner zieht seinen Bauch ein und steckt sein Hemd etwas tiefer in die Hose. Viel bringt es nicht. Dann sieht er Olga. In ihrem roten Kleid sieht sie hinreißend aus. Er fragt sich, warum eine so junge und hübsche Frau gerade ihn ausgesucht hat. Sie könnte jeden haben. Stimmt, er hat Humor und Charme! Das haben die jüngeren Männer von heute kaum. Sie wissen gar nicht, was Charme ist. Die Russin ist bestimmt anderes gewohnt. In ihrer Heimat waren die Männer anders. Hier in der Levante vermisst sie die Kultur und sehnt sich nach ein wenig Respekt.

Alle brauchen Respekt, aber davon gibt es in diesem Land viel zu wenig. Da trifft sie einen Mann mit Manieren von Welt und verabredet sich mit ihm. Das ist doch normal. Diese Russin wirkt sehr kultiviert, denkt Lerner. Wenn seine Tochter nur einen kleinen Teil ihrer Manieren hätte ... Vielleicht sollte er die beiden miteinander bekannt machen. Wobei, wenn er weiter darüber nachdenkt, findet Lerner die Idee doch nicht so gut. Auch wenn er nicht vorhat, mit der Russin zu schlafen. Aber das muss er jetzt nicht gleich ausschließen. Soll er ihr sagen, dass er verheiratet ist?

Olga sieht Lerner auf sich zukommen, setzt ihren aufreizenden Blick auf und nimmt seinen Arm. Zusammen gehen sie aus dem Gebäude. Igor wartet noch kurz, dann holt er einen Schlüssel aus der Tasche, schaut sich kurz um, versichert sich, dass keiner ihn sieht, und öffnet die Tür zu Raum 205.

Alte Bekanntschaft

Als Jamal und Rafik in Zimmer 205 ankommen, füllt Igor gerade ein Formular aus. Auf dem Tisch neben dem Telefonapparat steht ein Bild, auf dem er seine Frau im Hochzeitskleid innig küsst. Scheinbar haben sie erst neulich geheiratet, denn Igor sieht noch immer genauso aus.

»Hören Sie, Igor, wir haben ein Problem.«

»Was Problem?«, fragt Igor.

»Wir haben kein Geld.«

»Kein Geld? Problem. Hat Familie Geld?«

»Wir haben Geld auf der Bank. Aber man will es uns nicht geben, weil wir keine Papiere haben.«

»Verstehe«, sagt Igor nach einer Weile. Er braucht immer etwas länger, um einen so langen Satz auf Hebräisch zu kapieren. »Kein Geld, kein Papiere, Problem. Igor löst. Wir gehen Bank, Bank gibt Herr Abu-Rabah Geld, Abu-Rabah gibt Igor Geld, Igor gibt Abu-Rabah Papiere, alles gut. Nur jetzt mehr Arbeit, mehr Geld. 1.500 Schekel.«

Dass die Dienstleistung jetzt teurer wird, war Rafik klar. Der Typ war Rafik vom ersten Moment an unsympathisch. Aber das hier ist nur ein Geschäft.

Er muss Igor nicht mögen.

Am frühen Abend treffen sich Rafik und Jamal mit Igor vor einem Reisebüro. Durchs Schaufenster sieht Jamal eine junge Mitarbeiterin vor einem Computer sitzen. Sie sieht richtig nett aus. Und sie lächelt ihn an. Das beruhigt Jamal. Er steht nicht besonders auf Blond, das ist Rafiks Abteilung, aber es ist lange her, dass ihn überhaupt jemand freundlich angelächelt hat, und es tut einfach gut. Eigentlich waren es nur ein paar Stunden, aber die dauerten eine Ewigkeit. Jamal lächelt zurück. Irgendwie kennt er die Frau. Vielleicht war sie eine Kundin. Allein im vergangenen Jahr hat er mehr als 30 Klimaanlagen in West-Jerusalem montiert. Eine bei einem Kunstprofessor, dessen Tochter sehr ähnlich aussah. Die war aber nicht ganz so hübsch.

Auf einmal verspürt Jamal Sehnsucht nach Aliya und schämt sich, dass er eine fremde Frau anlächelt. Doch dann dämmert es ihm und sein Lächeln verschwindet. Er starrt die Frau nur an und ist nicht in der Lage, ein Wort zu sagen.

Der verstörte Blick Jamals irritiert Rafik. Was beunruhigt seinen Bruder so sehr?

Rafik ist sich bewusst, dass Igor keine koscheren Geschäfte macht. Und wenn schon. Menschen machen überall krumme Geschäfte. Wenn das ein Grund wäre, unruhig zu schlafen, würde die halbe Welt Drogen konsumieren. Da fällt Rafiks Blick auf die Blonde im Büro. Es ist die Russin vom Hotel! Jetzt entdeckt Olga Rafik und ihr Lächeln verschwindet ebenfalls. Panisch schaut sie sich um, sucht nach einer Fluchtmöglichkeit. Ihr bleibt nicht viel Zeit zu überlegen, weil Rafik in den Laden stürzt. Mittlerweile hat es Jamal geschafft, seinen Mund wieder zu schließen, und er stürmt ebenfalls in den Laden. Olga bleibt aber nicht stehen. Fluchtartig läuft sie davon, stellt den beiden Stühle in den Weg und wirft mit Aschenbechern und allem, was ihr sonst noch in die Hände kommt. Schließlich haben die Brüder sie in eine Ecke gedrängt. Olga hält einen schweren Locher in der Hand und droht damit den Brüdern: Sie sollen sich bloß von ihr fernhalten, sonst ...

»Sonst was?« Rafik umklammert Olgas Hand und drückt sie gegen den Tisch.

Olga schreit auf. »Du tust mir weh!«

»Ich werde dir noch viel mehr wehtun, wenn du unseren Wagen nicht zurückbringst, du Hure!«

Olga ist empört. Sie ist eine Diebin, keine Hure. Für Männer mag es keinen Unterschied geben: Sie mögen das Kleid einer Frau nicht oder ihren Haarschnitt, und schon ist sie eine Hure. Nicht mit Olga. Sie tritt Rafik gegen das Schienbein und versucht zu entkommen. Rafik schreit auf vor Schmerz, aber er hält sie weiter fest.

Igor versteht sofort: Olga hat Mist gebaut. Frauen! Er würde lieber allein arbeiten, leider sind Titten und lange Beine nützlich im Geschäft. Die kann er aber auch stundenweise mieten. Komisch, dass er nicht früher auf die Idee gekommen ist. Olgas Diva-Manieren gehen ihm schon seit Monaten auf die Nerven. Wer ist sie schon? Eine gewöhnliche Schlampe, mehr nicht. Vielleicht etwas hübscher als andere, aber eine Schlampe bleibt eine Schlampe.

»Warum böse, Freunde? Nicht böse.«

»Sie hat unser Auto geklaut!«, schreit Rafik ihn an.

»Olga Auto klauen nicht möglich. Olga sehr nett.«

Igor drängt sich zwischen Rafik und Olga, versucht sie voneinander zu trennen, aber Rafik versperrt ihm den Weg.

»Diebin!«, schreit er Olga an. »Wo ist das Auto?!«

»Olga nie stehlen«, plädiert Igor und versucht dabei, Olga aus Rafiks Händen zu befreien. »Sie glaube nicht? Frage Olga! Olga Engelchen, hast du Auto gestehlt?«

»Nein!«, sagt Olga empört. »Ich habe sie nur zum Kaffee eingeladen. Ich dachte, sie sind nette Kerle.«

»Hören selbst.« Igor lächelt erleichtert. »Olga sagt, nix stehlen, dann Olga nix gestehlt. Jetzt Freunde.« Igor reicht Rafik seine Hand.

»Nicht Freunde! Die Schlampe lügt!«, schreit Rafik Igor an.

»Ich lüge nicht!«, schreit Olga zurück. »Ich habe gesehen, wie jemand dein Auto klaut. Ich bin sofort hinter ihm her gerannt, aber er war zu schnell. Danach hatte ich Angst, es euch zu erzählen. Ihr seid brutal! Lass mich jetzt los!«

»Lügnerin! Der Kellner im Hotel kennt dich nicht. Du arbeitest gar nicht dort!«

Natürlich hat Olga gestohlen, und man hat sie erwischt. Dafür wird jemand bezahlen, aber nicht Igor. Igor zahlt nicht für die Fehler anderer Menschen. Igor zahlt nicht mal für Igors Fehler. Igor macht keine Fehler. Aber jetzt muss er zu Olga stehen. Die Rechnung mit ihr wird er später begleichen. Igor setzt sein nettestes Lächeln auf.

»Ich wie Vater für Olga. Sie Fehler, ich gibt Fehler zurück.« Igor holt einen 100-Schekel-Schein aus der Tasche und bietet ihn Rafik an. »Igor Scham für Olga. Nehmen Geld. Nicht Problem.«

»Doch Problem!«, brüllt Rafik Igor an. »Wo mein Auto?!!!«

Igor holt noch einen Schein heraus und versucht, Rafik das Geld in die Tasche zu stecken. Der schüttelt ihn ab.

»Ich will meinen Wagen wiederhaben, du Hurensohn!«

Verhandeln findet Igor okay. Vielleicht müsste er noch einen Schein dazu geben, aber den Hurensohn hat er nicht verdient. Und alles wegen Olga. Die Frau hat sich wie eine Anfängerin benommen. Dabei war sie immer die Beste. Neulich hat Olga ein paar Tausender von einem Polizeioffizier kassiert, damit seine Frau von ihrem Treffen nichts erfährt. Der Offizier war wütend. Sie haben nur Kaffee zusammen getrunken. Olga wollte ihn nicht mal küssen. Aber sie kam mit so einem aufreizenden Kleid, dass keiner ihm geglaubt hätte. Besonders nicht seine Frau. Die hat weitere Tausend bezahlt, damit Olga den Mann in Ruhe lässt. Und schließlich hat Olga sogar der Tochter noch 500 abgenommen. Wie sie das gemacht hat, ist für Igor noch immer ein Rätsel. Und jetzt so eine Pleite. Olga kennt Igor. Der Mann ist geizig, und sie erwartet keine Geschenke von ihm. Aber ein Dankeschön ab und zu würde ihn nichts kosten. Darum geht es aber nicht. Wenn etwas schiefgeht – dabei ist es nicht mal ihr Fehler –, benimmt sich Igor wie das Arschloch, das er tatsächlich ist. Das passt Olga gar nicht.

Igor passt es noch weniger. Immer muss er alles wieder in Ordnung bringen.

»Olga, du denken jetzt sehr stark. Wo Auto?«

»Schrottplatz Levy«, schießt das Mädchen zurück.

»Gut Olga. Du nimmst nette Jungs in mein Auto, geh Levy, gibt Auto Jungs zurück. Wenn du zurück, wir haben Diskussion! Verstanden?«

Noch eine Methode, eine Leiche zu beerdigen

Autofahren hat Olga schon immer beruhigt. Das Lenkrad in ihren Händen fühlt sich wie ein lebendiges Wesen an, und eine winzige Bewegung mit dem Fuß treibt den Wagen zu höherer Geschwindigkeit. Sie hat alles unter Kontrolle, langsam ist die Welt wieder in Ordnung. Und wenn sie sich nicht täuscht, entdeckt sie schon wieder diesen Männerblick in Rafiks Augen. Mit Männern kennt sich Olga aus. Wenn sie die Brust bekommen, sind sie glücklich, und auch sonst sind sie wie Kleinkinder. Aber wenn sie Probleme haben, sind die Frauen schuld! Die Schlange hat Eva mit einem Apfel verführt, aber die Welt gibt den Frauen die Schuld. Wenn eine Frau die Bibel geschrieben hätte, würde diese Geschichte anders ausgehen.

Olga fährt in einen Industriepark: Autowerkstätten und kleine Industriebetriebe. Ein Polizeiauto überholt Olga und fährt auf einen Schrottplatz. Zwei Beamte steigen aus. Olga fährt an ihnen vorbei und biegt in den nächsten Schrottplatz ein. Sie hält vor einem Büro-Container, hupt und steigt aus. Auch Rafik und Jamal steigen aus und schauen sich um. Hunderte von Autowracks, nach Hersteller und Modellen in Reihen sortiert.

Der Besitzer Levy ist einsneunzig groß, er hat breite Schultern und sein Gesichtsausdruck ist nicht gerade freundlich. Ob er tatsächlich schlagen kann, ist nicht bekannt. Bis heute hat es niemand gewagt, ihn auf die Probe zu stellen. Seit einigen Jahren macht er Geschäfte mit Igor, und bis heute lief alles gut. Der Russe bringt Autos, und Levy verkauft sie weiter. Er stellt keine Fragen; es interessiert ihn nicht, wo die

Autos herkommen. Man wickelt ein Geschäft ab, Ende. Israel ist doch ein freies Land.

Levy führt Jamal und Rafik durch Reihen von Autos. Sie haben schon fast das Ende des Hofes erreicht, aber ihr Transporter ist nicht dabei.

Rafik macht sich Sorgen. Dieser Levy ist ihm nicht geheuer. Vielleicht führt er sie jetzt in eine versteckte Ecke und dann ...

»Hier ist es«, sagt Levy.

Rafik schaut sich um, kann aber ihr Auto noch immer nicht entdecken. Levy zeigt auf einen Metallklotz von etwa einem Kubikmeter auf dem Boden.

»Ist faszinierend, was man alles mit Technik schafft. Vor einer halben Stunde war es noch ein Lieferwagen.«

Ein neuer Metallklotz kommt aus einer riesigen Presse und fällt krachend neben den ersten. Rafik und Jamal schauen verdutzt, und es dauert noch einen Augenblick, bis sie begreifen. Dann schreit Jamal auf, wirft sich auf den Metallklotz und umarmt ihn. Tränen laufen über sein Gesicht.

»Vater!« Mit bloßen Händen versucht Jamal, den Metallklumpen auseinanderzunehmen. Levy schaut ihn irritiert an.

»Was macht der denn? Es ist nur ein Auto.« Levy legt seine schwere Hand auf Jamals Schulter, versucht ihn zu beruhigen. »Ich kenne einen Sachbearbeiter bei der Versicherung, bei dem macht ihr noch Profit. Kostet natürlich etwas ...«

»Unser Vater war dadrin«, unterbricht ihn Rafik. »Ihm kann der Sachbearbeiter nicht mehr helfen.«

Levy versteht nicht. Wer bleibt denn in einem Auto sitzen, wenn es in die Presse geht. So was gibt es nur in Mafiafilmen.

»Wir waren auf dem Weg zur Beerdigung«, erklärt Rafik. »Vater war im Auto, schon tot.«

Levy hat noch immer nicht kapiert, aber Olga. Sie versucht etwas zu sagen, bringt aber keinen Ton heraus. Sie spürt nur einen Kloß in ihrem Hals, und sie kriegt keine Luft mehr.

Inzwischen greift Jamal zu einer Metallstange, mit der er verzweifelt versucht, den Metallklotz auseinanderzunehmen.

Er schlägt mit der Stangenspitze auf das Metall und drückt mit seinem ganzen Gewicht darauf.

»Es tut mir so leid«, sagt Olga. »Es tut mir so leid ...« Mehr kann sie nicht sagen. Sie wünscht sich jetzt, ganz weit weg von hier zu sein, von den Brüdern, von dem Geschäft mit den geklauten Autos. Und von Jamal, der weiter mit der Stange auf den Metallklotz einschlägt und schreit: »Vater! Vater!«

Das Auto war leer, oder hat sie etwas übersehen? Olga versucht sich an die Einzelheiten zu erinnern. Es war reine Routine, sie musste das Auto nicht mal knacken. Rafik hatte den Schlüssel in der Jackentasche gelassen. Nicht, dass es sonst ein Problem wäre. Es gibt kein Auto, das Olga nicht innerhalb von fünf Minuten knackt. Kurz danach hat sie das Auto auf einen Parkplatz neben dem Busbahnhof gestellt. Den Schlüssel hat sie dem Parkwächter gegeben, mit einem Zettel und zehn Schekel dazu. Für Olga würde der Parkwächter es auch ohne Geld machen, trotzdem, Dienstleistungen in Anspruch zu nehmen, ohne dafür zu bezahlen, findet Olga nicht in Ordnung. Dann ist sie zu Fuß ins Büro gegangen. Auf dem Weg hat sie noch einen Cappuccino im Café Tamar getrunken und mit dem Kellner geplaudert. Um ein Uhr Mittag kam der Anruf, dass das Auto abgeholt wurde. Igor war wütend, dass sie ihn so lange allein im Büro gelassen hat, und mit dem Preis war er auch nicht einverstanden. Aber Igor hat immer etwas zu meckern. Und jetzt auf einmal heißt es, es gab eine Leiche im Auto. Aber die anderen haben sie auch nicht bemerkt. Wieder mal ist die Frau schuld. Olga hat es so satt.

»Sie können ihn vielleicht so beerdigen ...«, schlägt Olga vor.

»Klar«, sagt Rafik verbittert. »Im Metallklotz verpackt. Das Geld für den Sarg können wir dann sparen. Ich fürchte nur, dass unsere Mutter damit nicht einverstanden sein wird.«

Olga schweigt. Wie im Traum sieht sie Jamal, der weiter mit der Metallstange auf den Klotz schlägt. Er kann sich kaum noch halten. Noch ein paar Schläge, dann lässt er die

Stange aus der Hand gleiten und fällt kraftlos zu Boden, legt sein Gesicht an den Metallklotz und japst leise.

»Ich muss weg«, flüstert Olga verstört. »Ich muss hier weg.« Ohne sich zu verabschieden, rennt sie davon.

Auf dem Metallklotz sieht Rafik einen gelben Farbfleck. Er hebt eine Schraube aus dem Boden und kratzt damit an der Kante des Blocks. Unter dem Rost kommt eine gelbe Linie zum Vorschein, sie läuft an dem ganzen Klotz entlang. Rafik schaut Olga hinterher. Sie sitzt im Auto und will den Motor starten, doch der Autoschlüssel fehlt. Da sieht sie Rafik auf sich zu kommen. Er hält den Autoschlüssel in seiner Hand, winkt damit und fixiert dabei Olga mit seinem Blick.

»Das Auto ist gelb, Olga. Unseres war aber weiß. Wo ist unser Auto?!«

Rafik spricht leise, aber Olga spürt die Wut in seiner Stimme. Der Kerl könnte gefährlich sein. Offensichtlich hat sie ihn unterschätzt, aber das ist alles nicht ihre Schuld. Was denkt er sich? Und woher nimmt er das Recht, ihr den Autoschlüssel zu klauen. Sie steigt aus dem Auto und versucht den Schlüssel zu schnappen. Rafik macht einen schnellen Schritt zurück.

»Willst du im Knast landen, Olga?« Rafik deutet zum Nachbargrundstück. Das Polizeiauto steht immer noch da. In Israel ist die Polizei nicht so korrupt wie in Russland, trotzdem, Olga zieht es vor, eine friedliche Beziehung zu dem Gesetz zu pflegen, am liebsten aus der Entfernung. Einmal, beim Gedränge im Bus, war eine fremde Hand auf ihrem Hintern gelandet. Olga griff zu und schlug den Mann mit ihrem Ellbogen in den Solarplexus. Der Mann brach zusammen und blieb auf dem Boden liegen, rang verzweifelt nach Luft, die er sehr nötig hatte. Doch die Luft blieb lieber draußen. Er war nicht mehr ganz jung, dieser Mann, und nicht ganz so tough, wie er gerne gewesen wäre. Aber er hatte einen Bruder bei der Polizei. Olga, sie war gerade erst immigriert, konnte sich noch nicht klar genug ausdrücken, und das Gericht bestrafte sie mit einer Geldbuße von tausend Schekel. Beim Verlassen des Gerichts griff der Mann schon wieder an ihren Hintern. Olga hätte schwören können, dass sein Bruder, der Polizist, es gesehen hatte. Aber sie traute sich nicht mehr, etwas zu sagen. Danach fuhr Olga nie wieder Bus. Und Angst vor der Polizei hat sie auch.

Rafik erkennt diese Angst. Der Blick eines Rehs, das direkt in den Lauf eines Gewehrs schaut. Die Frau tut ihm leid. Zu gerne würde er sie in seine Arme schließen und sie beruhigen. Stattdessen hebt er seine Hand, um sie zu schlagen. Olga weicht nicht aus.

»Okay, wenn es dir gut tut, dann schlag mich!«

Auf einmal fühlt Rafik eine unendliche Traurigkeit in sich aufsteigen, und er lässt seine Hand sinken.

»Jetzt zufrieden?«, fragt sie.

Das ist Rafik nicht. Er ist nur traurig und müde.

»Männer schlagen mich oft ohne Grund«, sagt Olga verachtend. »Aber wenn ich es einmal verdiene, schreckt ihr zurück. Ich werde euch nie verstehen.«

Die schallende Ohrfeige landet mit voller Wucht in Olgas Gesicht. Ihre Lippe blutet. Erst ist sie überrascht, dann bricht sie in ein verbittertes Lachen aus.

Monster

Ein Auto schnell zu fahren, dazu gehört nicht viel, sagt Olga. Man drückt auf die Tube und konzentriert sich darauf, mit mindestens zwei Rädern auf der Straße zu bleiben. Wenn es klappt, jubeln alle. Wenn nicht ... Bei Olga hat es bis heute geklappt. Mit 14 gehörte sie zu einer Bande von Autoknackern in Odessa. Sie galt als die schnellste Fahrerin, abgesehen von Alexei, dem Bandenführer. Der fuhr einen Porsche. Mit einem Porsche hätte Olga genauso schnell fahren können, aber das hätte Alexei nicht gerne gehört, und Olga wusste schon immer, wann sie ihren Mund halten musste. Fast immer. Nur heute nicht.

Igor hatte schlechte Laune gehabt. Die ganze Fahrt über hatte er kein Wort gesagt. Zu Hause, nach einem ordentlichen Schluck, hatte er Olga von seinem Problem mit Nikolai erzählt. Igor mag keine Probleme, besonders nicht mit Nikolai. Und wenn er welche hat, dann ist es ihre Schuld. Olga war empört. Sie gibt ihm ja auch nicht jedes Mal die Schuld, wenn sie ihre Tage nicht bekommt. Sie könnte schwanger werden und abtreiben, und er würde es nicht einmal bemerken. Das Wort »schwanger« war ein Fehler. Igor wurde sauer. Sie hatte doch immer die Pille genommen. Und wenn sie es vergessen hat, ist sie noch blöder als eine blöde Kuh. Er würde die Abtreibung jedenfalls nicht bezahlen! Da ist auch Olga sauer geworden. Sie hat ihn nicht um Geld gebeten, und das Ganze geht ihn gar nichts an. Und überhaupt, vielleicht war sie ja von einem anderen schwanger. Darauf hat ihr Igor eine geknallt, sie zu Boden geschleudert und ihr in die Rippen getreten. Und die ganze Zeit schrie er »Blöde Kuh« und »Hure«. Später hat sich Igor entschuldigt. Sie sollte ein Auto klauen, keine Leiche! Darauf reagieren die israelischen Behörden nämlich allergisch. Das Problem mit der Leiche konnte Olga nachvollziehen, aber die Schläge hat sie Igor nicht verziehen. Sie hat ihren Koffer gepackt und als Entschädigung Igors BMW genommen.

Durch die Frontscheibe des BMW sieht Jamal, dass sie auf die Villengegend »Ramot« zufahren. Vor den Häusern stehen Mercedes, Jaguar und andere Luxuswagen. Die Bewohner hier werden bestimmt nicht den geklauten Lieferwagen der Familie Abu-Rabah herausrücken.

»Erst hat sie gesagt, dass wir unser Auto auf dem Schrottplatz finden«, sagt Jamal auf Arabisch. »Und jetzt behauptet sie auf einmal, das Auto hier zu finden. Und du glaubst ihr immer noch. Wir hätten die Schlampe an die Polizei ausliefern sollen.«

Olga versteht kein Arabisch, aber dieses Wort benutzen auch die Juden.

»Schlampe ist kein netter Ausdruck«, sagt sie zu Jamal.

»Ach, wirklich? Und unseren Vater zu klauen, das ist nett.«

»Ich bringe es wieder in Ordnung«, verspricht Olga.

»Es gibt da sehr viel in Ordnung zu bringen.«

»Wird schon klappen«, sagt Olga. »Nikolai ist sehr nett.«

»So nett wie Igor?« Rafik betrachtet ihr blaues Auge. Die geplatzte Haut über ihrem linken Auge hat sie mit viel Make-up retuschiert, aber langsam wird die Stelle schwarz.

Olga öffnet das Handschuhfach, holt eine große Sonnenbrille hervor und setzt sie auf.

»Nikolai hat schon Menschen wegen einer Kleinigkeit umgebracht, aber er würde nie eine Frau schlagen.«

»Ich habe mich entschuldigt«, sagt Rafik. »Du hast mich wütend gemacht, dann ist mir die Hand ausgerutscht ...«

»Nikolais Hand ist noch nie auf dem Gesicht einer Frau ausgerutscht.«

»Nikolai, Nikolai. ›Wegen einer Kleinigkeiten jemanden umbringen‹. Das allein macht mich schon nervös.«

»Er ist okay. Und er ist einflussreich. Allein hier in Jerusalem hat er drei Clubs und noch zwei in Tel Aviv, direkt am Hafen. Er wird dein Auto schon finden.«

Olga parkt den BMW vor einer großen Villa. Der Garten ist von einem hohen Zaun umgeben und eine Überwachungskamera ist auf das Tor gerichtet. Olga steigt aus, streicht sich übers Haar und winkt in die Kamera. Auch Rafik steigt aus. Er schaut misstrauisch in die Kamera und geht Olga hinterher. Die Überwachungskamera folgt ihnen.

Ein kleiner Hund hinter dem Zaun schaut die Besucher neugierig an.

»Der ist aber niedlich«, sagt Rafik und streckt seine Hand nach dem Hund aus. Der Kleine knurrt, dann schnappt er ohne weitere Warnung nach Rafiks Hand.

»Teufel!«, schreit Rafik erschrocken und zieht seine Hand zurück.

»Nicht Teufel, Monster. Er heißt kleines Monster. Das große Monster ist letztes Jahr gestorben. Seitdem heißt der Kleine nur noch Monster. Er ist für seine Überraschungstaktik bekannt. Letztes Jahr hat er zwei Finger eines russischen Geschäftsmannes namens Wassily abgebissen, samt Ehering.«

Rafik schätzt Monster nicht. Klein oder groß, er mag keine Hunde. Und dieser Köter ist da keine Ausnahme.

»Nikolai behauptet, dass Monster es absichtlich gemacht hat, weil Wassily seine Frau betrogen hat«, fährt Olga fort. »Bei so was ist Nikolai sehr empfindlich.«

Der kleine Hund läuft am Zaun entlang und bellt. Olga bellt zurück und macht den Hund damit ganz verrückt.

»Du solltest mit ihm in seiner eigenen Sprache reden«, erklärt sie Rafik und lacht. Zu spät merkt sie, dass das Tor sich lautlos geöffnet hat und Monster auf sie zu hechtet. Olgas Lachen erstickt, und sie versteckt sich hinter Rafik. Dieser tritt um sich, aber der Hund ist schneller. Er beißt in Rafiks Hose und zerrt an ihr. Rafik hebt sein Bein hoch, versucht, den Hund loszuwerden, aber der Kleine lässt nicht los und bleibt an Rafiks Hose hängen.

»Hau ab, Monster! Hau ab, oder ich bringe dich um!«

»Gibt es Probleme?« Die Stimme gehört einem Bodyguard, der aus dem Haus kommt. Er schaut Rafik missbilligend an.

»Nicht wirklich«, sagt Rafik, an dessen Hose noch immer der Hund hängt. Er stellt seinen Fuß auf den Boden, knurrt und bellt Monster an. Auf einmal jault der kleine Hund auf, zieht seinen Schwanz ein und läuft weg.

»Jetzt hat er mich verstanden«, sagt Rafik stolz. Olga schaut ihn verblüfft an. Ist der Kerl witzig oder verrückt?

Wie es wirklich war

Mit 18 war Ivet Lederman, so heißt der Bodyguard, Mitglied in Nikolais Bande. Ob Geschäfte plündern, Schutzgeld, Erpressungen – Ivet war immer dabei. Um die Opfer machte er sich kaum Gedanken. Warum auch? Keiner scherte sich um Ivet. Nicht einmal Ivet selbst. Dann kam ein neuer Polizeichef in die Stadt, und der hatte seine eigene Bande. Für Nikolai wurde es eng und er emigrierte nach Israel. Ivet folgte ihm. Was konnte er schon allein in der Ukraine machen? Mit seiner Mutter hatte er zuletzt vor drei Jahren gesprochen. Mit seinem Vater sprach er seit seinem 15. Geburtstag nicht mehr. Der hatte ihn immer geschlagen, bis Ivet eines Tages zurückschlug, und zwar so gründlich, dass sein Vater die Hälfte seiner Zähne verlor, worauf Ivet die nächsten drei Jahre in einem Zuchthaus für Jugendliche verbrachte. Nikolai war der Erste, bei dem Ivet ein Zuhause fand. Nikolai ist intelligent. Er kann sogar lesen, ohne dabei seine Lippen zu bewegen. Und zu Weihnachten gibt es Geschenke. In Israel heißt es Chanuka, aber die Geschenke gibt es trotzdem. Nikolai vergisst seine Leute nie. Obwohl Nikolai es nach wie vor »Weihnachten« nennt und an Maria und Jesus glaubt.

»Es geschah alles hier in dieser alten Stadt«, sagt Nikolai. »Deshalb ist Jerusalem so heilig.«

Die Geschichte kennt Ivet auch, aber sie ist nicht ganz glaubwürdig, findet er. Und wenn man ihn fragt, ist Ivet bereit zu erzählen, wie es wirklich war. Da gab es einen Dachdecker namens Eviatar, Sohn von Zadok. Ein netter Bursche und guter Arbeiter. König Herodes hatte gerade einen neuen Tempel gebaut. Ein Prestigeobjekt, wie Könige es oft bauen, damit man sie nach dem Tod nicht vergisst. Die Zimmerleute hatten viel zu tun, und alle waren zufrieden, außer dem Priester Zadok. Der träumte immer noch davon, dass sein Sohn Eviatar auch einmal Priester wird. Aber Eviatars Interesse galt nur den Frauen, und er konnte nicht aufhören, an sie zu denken. Er stand auf dem Dach der Baustelle und schaute, wie die Mädels im Bad nebenan planschten. Besonders begehrenswert war Shulamit. Eine zierliche Frau mit leuchtendem honigfarbenen Haar. Immer wenn sie zum Baden kam, ließ Eviatar seine Arbeit liegen und verschlang sie mit den Augen. Sie zog ihre weiße Toga aus, darunter trug sie nichts. Eviatar sah auf ihren prallen Busen, hart wie Marmor, und bekam einen riesigen Steifen. Da kam ihm ein Zimmermann entgegen, mit einer langen Holzlatte auf der Schulter. Die traf Eviatar am Hinterkopf. Er verlor sein Gleichgewicht und rutschte vom Dach. Er versuchte panisch, sich an etwas festzuhalten, doch vergeblich. Er flog vom Dach und fiel zwanzig Meter tief.

Unten ging gerade das junge Mädchen Maria. Sie kam vom Markt zurück und hatte keine Ahnung, was da auf sie zukam. Eviatar schoss aus der Luft und traf sie mit seinem Ding. Zum Glück war Maria nichts Schlimmes passiert, und wegen des Schocks hatte sie gar nicht mitbekommen, was zwischen ihr und Eviatar geschehen war. Sie stand auf und ging ahnungslos weiter. Neun Monate später bekam sie ein Kind, und der Rest ist ja bekannt.

Nikolai schaut Ivet irritiert an. »Was ist aus diesem Dachdecker geworden?«

Da ist Ivet nicht informiert. »Das Wichtigste ist, es war ein Wunder. Die geschahen damals täglich. Denk nur an das kleine Fass mit Öl für das ewige Feuer im Tempel von Jerusalem. Es reicht eigentlich nur für 24 Stunden, aber das Feuer brennt acht Tage lang. Und das ist noch ein Kinderspiel im Vergleich mit dem Wunder, das Maria mit Eviatar erlebte. Aus 20 Metern Höhe und 15 Metern Entfernung mit dieser Präzision zu treffen. Das konnte kein Zufall sein.«

»Interessante Sichtweise«, sagt Nikolai. »Bring Olga her.«

Ivet hat den Eindruck, dass Nikolai ihm nicht glaubt, aber das ist ihm egal. Er geht ins Wartezimmer und bittet Olga, ihm zu folgen. Auch Rafik steht auf, setzt sich aber wieder, als Ivet eine entsprechende kleine Bewegung mit dem Finger macht. Rafik ist sich nicht sicher, ob er diese Fingerbewegung richtig verstanden hat. Könnte auch ein Tick von einem notorischen Raucher sein, wie es manche machen, um die Asche fallen zu lassen. Aber Rafik will kein Risiko eingehen und bleibt lieber sitzen. Die Zeit vergeht langsam, und Rafiks Gedanken kreisen um seinen Vater und um seine Chancen, jemals wieder lebendig zurück nach Deutschland reisen zu können. Er hat keine Angst, aber wohl ist ihm auch nicht gerade. Um sich abzulenken, schaut sich Rafik um. Die Messingskulptur einer nackten Frau auf einem Pferd zieht seine Aufmerksamkeit auf sich. Auch die Wände sind voller Kunstwerke.

Anscheinend ist Nikolai ein Kunstliebhaber. Vielleicht verdient er sein Geld nicht immer mit ehrlicher Arbeit, aber ein Killer ist er nicht. Der letzte Gedanke beruhigt Rafik.

Arkadis Vorliebe für Fußball

Gestern hat Nikolai sieben Maschinengewehre verkauft sowie einen Eimer voller Handgranaten. Die Araber haben bar bezahlt, ohne Steuer und Mehrwertsteuer oder sonst was, das die Laune verdirbt. Mit dem Geld kann er sich alles Mögliche leisten, um gute Stimmung in die Bude zu bringen. Olga zum Beispiel. Sie arbeitet nicht umsonst, aber sie ist ihr Geld wert. Nikolai hat entschieden, ihr ein Angebot zu machen, mehr, als Igor ihr je bezahlt hat. Der alte Sack kann sich viel leisten, lebt aber wie ein Penner. Was findet so ein klasse Mädchen nur an ihm.

Nikolai sitzt hinter seinem riesigen Marmortisch und liest die Sportartikel in der Zeitung. Ein blondes Mädchen mit künstlichem Busen serviert ihm Kaffee und Wodka.

»Danke, Schatz«, sagt Nikolai und nimmt das Glas Wodka in die Hand. Nikolai mag keinen Wodka, das dürfen seine Bodyguards aber nicht erfahren.

Das Mädchen lächelt bescheiden und will das Zimmer wieder verlassen, als Nikolai sie anspricht.

»Sag mal, Sweetie, warum kauft ein russischer Millionär eine israelische Fußballmannschaft?«

Das weiß Sweetie nicht. Vielleicht mag er Fußball?

»Frauen!«, sagt Nikolai. »Arkadi schwärmt für Fußball so viel wie die beiden für toten Fisch.« Er zeigt auf seine Bodyguards, Pavel und Ivet. Die sitzen auf dem Sofa und spielen Schach. Sweetie kichert.

»Arkadi ist ein Geschäftsmann. Er hat Pläne, und dafür braucht er die Politiker«, sagt Olga. Sie wartet schon seit ein paar Minuten darauf, dass Nikolai sie wahrnimmt. »Und er weiß auch, dass der Bürgermeister für Beitar schwärmt.«

Nikolai schaut Olga überrascht an. »Habt ihr das gehört, Jungs? Olga ist eine Frau, aber sie denkt wie ein Mann.«

»Klar, Olga ist eine Frau«, sagt Ivet.

»Kluges Kind«, sagt Nikolai zu Olga. »Das, was ich vorher über Frauen gesagt habe, nehme ich zurück.« Er nimmt Olgas geschwollenes Auge wahr.

»Schöne Sonnenbrille. Nimm sie ab.«

Weil sie nicht reagiert, steht Nikolai auf. Er ist nur einen Meter fünfundsechzig groß. Dafür kommt sein dicker Bauch zur Geltung. Nikolai geht auf Olga zu und nimmt ihr die Brille ab.

»Hast du mir etwas zu erzählen, Olga?«

Sie nimmt ihre Sonnenbrille zurück und setzt sie wieder auf.

»Olga, ich frage mich, was ein kluges Mädchen wie du bei Igor sucht.«

Das weiß Olga auch nicht. Deshalb hat sie Igor verlassen. Sie wollte schon immer für Nikolai arbeiten, aber es gibt da ein Problem.

»Es gibt keine Probleme, Olga Schatz. Erzähl Nikolai, was du auf dem Herzen hast.«

Ivets kleine Finger

Als Rafik elf war, hatte sein Lehrer ein Bild der halbnackten Sophia Loren in seinem Schulbuch gefunden. Daraufhin wurde Rafik für zwei Wochen aus der Schule entfernt. An jenem Abend hatte Mustafa Rafik geschlagen und anschließend ohne Abendessen ins Bett geschickt. Rafik biss die Zähne zusammen, weinte aber nicht.

Später kam Mama in sein Zimmer und brachte ihm etwas zu essen. Sie bat Rafik, sich bei Mustafa zu entschuldigen, dann würde alles wieder gut. Dazu war Rafik jedoch nicht bereit. Er hatte selbst gesehen, wie Vater beim Friseur ganz ähnliche Bilder in den Magazinen anschaute, und ihn hatte niemand geschlagen. Wenn Rafik sich entschuldigen sollte, dann Mustafa auch. Mamas Erklärung, dass Erwachsene dürfen, was Kinder nicht dürfen, hatte Rafik nicht überzeugt. Mustafa hatte Rafik nie wieder geschlagen, aber auch nie wieder mit ihm gespielt. Dafür aber umso öfter mit seinem Bruder Jamal.

Oft hatte sich Rafik in Tagträume versetzt. Er war mit seinem Vater auf einer Geheimmission gegen die Juden. Sie retteten ihr Land und wurden zu Nationalhelden. Aber bald waren auch diese Träume verschwunden. Von Jahr zu Jahr wurde sein Vater ihm fremder. Und jetzt war er tot. Zum ersten Mal spürte Rafik, wie sehr er Mustafa vermisst.

An der Schwelle des Zimmers erscheint Ivet. Er sagt nichts, bewegt nur seinen kleinen Finger, als wollte er sagen: »Bitte mitkommen.« Rafik steht auf und folgt Ivet. In Nikolais Büro wiederholt der Bodyguard dieselbe Bewegung, nur dass sie jetzt bedeutet »Bitte setzen!«, was Rafik auch tut. Erstaunlich, wie viel Ivet mit dieser kleinen Fingerbewegung ausdrücken kann. Dabei wäre es Rafik lieber, wenn der Gorilla ganz normal »Bitte kommen Sie mit!« und »Setzen Sie sich bitte!« und all dieses Zeug sagen würde, so wie der Rest der Welt redet, damit man sich gegenseitig besser versteht. Darüber würde Rafik den Bodyguard gerne aufklären, aber der könnte die Offenheit falsch interpretieren und unüberlegt reagieren. Wenn es etwas gibt, was Rafik verabscheut, dann sind es unüberlegte Reaktionen, aber das sollte er dem Gorilla vielleicht auch nicht sagen. Als er Nikolai sieht, wundert sich Rafik, wie klein der Mann ist. Dieser wandert im Raum hin und her, bleibt dann vor Rafik stehen und beobachtet ihn nachdenklich. Dann wendet er sich an Olga.

»So, du meinst, ich könnte deinem Freund helfen. Wie kommst du darauf?«

»Du weißt, wo sein Wagen ist«, sagt Olga.

»Olga, Olga! Wie lange kennst du diesen Araber?«, fragt Nikolai.

»Also, wenn ich alle Tage zusammenzähle, sind es ja ... ungefähr ein Tag.«

»Oh, ein voller Tag!«, sagt Nikolai beeindruckt. »Und da bringst du ihn zu mir und weihst ihn in die Geheimnisse meines Geschäftes ein? Wie kannst du mir so etwas antun, Olga?! Du bringst mich echt in Schwierigkeiten. Was hast du dir nur dabei gedacht? Und das Ganze wegen einer arabischen Leiche! Lächerlich!«

So hat sich Olga Nikolais Hilfe nicht vorgestellt, und für Rafik sieht es nicht besonders gut aus. Und was Rafiks Chancen angeht, den Tag zu überleben, darauf sollte sie lieber nicht setzen.

Nikolai baut sich wieder vor Rafik auf und beobachtet ihn einen langen Moment.

»Was erwartest du von mir, Olga?«, fragt er schließlich.

Darauf hat Olga keine Antwort, aber sie weiß, dass Nikolai immer Ideen hat. Hat er auch.

»Bring ihn zum Industriegebiet«, sagt Nikolai zu Ivet. »Und hinterlasse bitte keine Spuren.«

Das ist das Ende. Rafik würde gerne fliehen, aber Ivet richtet seine Pistole auf ihn. Olga schaut Rafik hilflos an. Das hat sie nicht gewollt und das mit seinem Vater tut ihr sehr leid.

Rafik würde es begrüßen, wenn sie aufhören würde, ihm helfen zu wollen. Er hat es auch so schon schwer genug. Olga zerrt an Rafiks Hemd und fleht ihn um Verzeihung an. Ihr Leben war nie besonders einfach, aber seit sie ihn getroffen habe, sei alles noch beschissener.

Dann sei die Trennung das Beste, was beiden passieren könne, erwidert Rafik. Und jetzt solle sie ihn gefälligst in Ruhe lassen, sonst würde sie noch seine Exekution verderben.

Rafiks Ton gefällt Nikolai nicht. Was erlaubt sich der Araber eigentlich? So darf niemand mit Olga reden. Es ist ein Fehler bei der Arbeit unterlaufen, na und? Kann jedem mal passieren. Das gibt Rafik nicht das Recht, so zu reden. Er soll sich jetzt bitte bei Olga entschuldigen. Rafik lacht zornig auf. Und wenn nicht? Wird Nikolai ihn dann zweimal umbringen? Das mag Nikolai auch nicht hören. Er nimmt die Pistole von Ivet und zielt auf Rafiks Knie.

»Entschuldige dich oder du wirst mich noch anbetteln, dass ich dich töte!«

»Aufhören! Hört auf!« Olga wirft sich vor den beiden auf den Boden.

»Bitte, Nikolai! Er will nur seinen Vater beerdigen. Er wird nicht reden. Ich garantiere für ihn.«

Nikolai würde Menschen gerne vertrauen, aber er kann es nicht.

»Du garantierst? Wie? Du kennst ihn doch kaum!«

»Doch! Ich weiß, er wird schweigen.«

Nikolai fummelt an seinem Ohrläppchen und denkt nach, geht im Zimmer hin und her, bleibt vor dem Fenster stehen und schaut hinaus, als gäbe es da eine Lösung für das Problem.

»Wie kannst du so sicher sein, Olga? Wie?«

»Ich habe mich in ihn verliebt«, antwortet Olga, selbst von ihrer Antwort überrascht.

Nikolai fängt an zu lachen.

»Habt ihr's gehört, Jungs? Olga liebt einen Araber!«

Auch Pavel und Ivet lachen. Plötzlich hört Nikolai auf zu lachen. Wie ein Echo hören auch die Bodyguards damit auf.

»Na gut, Olga, beweise es mir!«

Olga schaut irritiert zu Nikolai. Was will er genau?

»Beweis mir, dass du ihn liebst. Ich will es sehen.«

Alle schauen zu Olga und warten. Sie zögert kurz, dann nimmt sie Rafiks Kopf in ihre Hände, zieht ihn zu sich heran und gibt ihm einen langen Kuss. Erst ist Rafik überrascht. Dann aber schließt er seine Augen und lässt sich darauf ein, und schließlich küsst er sie.

Wenn er schon sterben muss, dann ist dies noch besser als eine letzte Zigarette. Vielleicht wird Nikolai Rafik jetzt erschießen, denkt Olga.

So, mitten im Kuss. Das passt zu ihm. Und vielleicht wird er sie auch erschießen, obwohl sie daran nicht recht glaubt. Doch bei Nikolai kann man nie wissen. Olga presst ihren Körper gegen Rafiks, schließt ihre Augen ebenfalls und küsst Rafik leidenschaftlich. Das schuldet sie ihm.

Nikolai schaut die beiden verblüfft an.

»Sag mal, Olga, wie ist es denn so, einen Araber zu küssen?«

Olga befürchtet, dass Nikolai nur mit ihr spielt. Auch Rafik spürt, dass er nichts mehr zu verlieren hat. Er trennt sich von ihren Lippen, macht ein Schritt auf den Tisch zu und beugt sich zu Nikolai.

»Willst du's herausfinden? Warum versuchst du es nicht mal?«

In diesem Moment springt Monster vom Sofa, bellt und beißt in Rafiks Hose. Rafik tritt ihn weg. Pavel und Ivet springen auf, ziehen ihre Pistolen und richten sie auf Rafik. Nur Nikolai beginnt wie wild zu lachen.

»Du arabischer Dreckskerl! Du bist okay.«

Sehnsucht

Jamal traut Olga nicht über den Weg. Die Frau ist wie diese intelligenten Bomben aus Amerika, sie bahnt sich ihren Weg, bis sie ihr Ziel erreicht hat. Dann explodiert sie dort, wo es ein Maximum an Schaden verursacht. Erst hat sie das Auto geklaut, mit Vater. Dann erzählt sie Lügengeschichten auf dem Schrottplatz. Warum sollte er ihr jetzt glauben?

Rafik hält sich für schlau, aber diese Frau hat ihm im Nu den Kopf verdreht. Eine Lachnummer. Ein Rätsel, wie sein Bruder es zu einem erfolgreichen Geschäft in Deutschland gebracht hat. Wenn es nach Jamal ginge, hätte er Olga schon längst an die Polizei ausgeliefert. Dann hätten sie noch eine kleine Chance gehabt, Vater zu finden, und Jamal wäre längst wieder bei seiner Liebsten. Stattdessen sitzt er jetzt in einem geklauten BMW und betet zu Gott, dass die Frau sie nicht noch mal reinlegt.

Nach der Überwachungskamera und dem Bodyguard zu urteilen, gehört das Haus einem Kriminellen. Und wenn sie Pech haben, was öfter der Fall war, seitdem Rafik wieder in seinem Leben auftauchte, werden sie hier nicht lebendig herauskommen. Jamal hätte so gerne ein Mal in seinem Leben mit einer Frau geschlafen, nur um zu wissen, wie es ist. Aber dazu wird es nicht mehr kommen. Auf einmal spürt Jamal eine tiefe Sehnsucht nach Aliya. Sie fehlt ihm so sehr. Was macht sie wohl gerade? Er will am liebsten auf der Stelle abhauen und zu ihr zurückkehren. Aber was, wenn der Mafioso Rafik tötet? Mama würde Jamal die Schuld geben. Und er würde ihr nie wieder in die Augen sehen können.

Nach kurzem Zögern greift Jamal zum Telefon und wählt Aliyas Nummer. Es klingelt ein paar Mal, aber sie antwortet nicht. Jamal will schon auflegen, als er ihre Stimme hört. »Wer ist da?« Jamal lauscht, sagt aber nichts. So sehr er mit ihr reden will, was soll er schon sagen? »Aliya, Schatz, wir haben Vater verloren.« Dann würde sie antworten: »Was meinst du, Vater verloren?« – »Na ja, man hat uns das Auto geklaut und die Diebin ist mit Vater abgehauen.« Das Telefon würde aus Aliyas Hand gleiten und sie würde ohnmächtig zu Boden fallen. Eine tolle Unterhaltung.

»Bist du es Jamal?«, hört er Aliyas Stimme. »Jamal?«

Jamal stößt einen tiefen Seufzer aus und legt den Hörer auf. So gern würde er jetzt weinen, er kann es aber nicht.

Ein kurzer Vortrag über das Gesetz

Olga hält nicht viel von Mord, aber bis heute hat sie sich nie in die Geschäfte eingemischt. Warum auch? Dadurch macht man sich nur unbeliebt. Nikolai wollte Rafik wegpusten, na und? Es geht sie nichts an. Ein Palästinenser weniger. Die sterben doch gerne, sprengen sich in die Luft und dokumentieren alles noch auf Video. Das ist krank. Und dann dieser Kuss ... Was Rafik wohl von ihr denkt?

»Hat es dir gefallen?«

»Was?«, fragt Rafik.

»Was! Der Kuss.«

»Oh, das. War okay.«

»Okay?« Olga ist empört. »Nur okay? Mehr hast du dazu nicht zu sagen. Warum hast du mich dann so leidenschaftlich geküsst?«

Rafik ist verunsichert. Der Kuss hat ihm schon gefallen. So was hat er noch nie vorher erlebt. Obwohl er es nie laut zugeben würde. Aber die Frau ist verrückt. So wie sie ihn vor den Augen eines Profikillers geküsst hat ... Rafik muss lächeln.

»Nicht, dass du dir was einbildest«, fährt Olga fort. »Ich habe dich nur geküsst, um dein Leben zu retten.«

Rafiks Lächeln verschwindet. »Verstehe, eine ganz neue Art, einen Mord zu verhindern, mit deiner Zunge in meinem Mund. Ich danke dir.«

Olga wirft Rafik einen tödlichen Blick zu. »Du bist ein Idiot!«, sagt sie.

Olga fährt in eine Tiefgarage, parkt Igors BMW und steigt aus. Den Schlüssel versteckt sie im Auspuff mit einem Brief an Igor: Er solle nicht auf sie warten, denn sie arbeite jetzt für Nikolai. Und für das blaue Auge erwarte sie eine Entschädigung. Fünf Tausender findet sie angemessen. Olga würde zu gerne Igors Gesicht sehen, wenn er den Brief liest. Er wird mit dem Geld nicht rausrücken, und möglicherweise hat er selbst Forderungen an sie, wegen Vertragsbruch. Das muss er aber mit Nikolai klären.

Ein Mercedes der E-Klasse wartet auf dem Parkplatz. Olga steigt ein und startet den Motor. Auch Jamal und Rafik steigen in den Wagen und sie fahren los.

»Warum tauschen wir den Wagen?«, will Jamal wissen.

»In Ramallah lässt sich ein Mercedes besser verkaufen«, erklärt Rafik.

»Verstehe«, sagt Jamal. »Aber warum nach Ramallah?«

»Vaters Begräbnis. Schon vergessen?«

»Begräbnis? Ohne Vater?«

»Er ist schon da«, sagt Rafik.

Jamal grübelt. Er hat den Eindruck, dass Rafik ihm nicht alles sagt, will aber nicht als Dummkopf dastehen. Nach ein paar Minuten kann er sich jedoch nicht mehr beherrschen. »Wie meinst du das, Vater ist schon da?«

»Sie haben unseren Wagen nach Ramallah verkauft«, sagt Rafik. Langsam geht ihm Jamals Fragerei auf die Nerven.

Jamal versteht gar nichts mehr. Wer sind »sie«? Warum verkauft man einen Metallklotz mit einer Leiche aus Jerusalem in Ramallah? Das macht alles keinen Sinn.

»Olgas Freunde«, erklärt Rafik. »Wir fahren jetzt nach Ramallah, verkaufen den Mercedes und holen unseren Wagen. Alles klar?«

Jamal ist sich noch nicht sicher. Heißt das, dass dieser Mercedes auch gestohlen ist? Er will nicht in einem gestohlenen Wagen fahren!

»Du willst doch Vater finden, oder? Dann halt den Mund, oder wir fahren ohne dich.«

Steuervorteile für Reservisten

Der Soldat Avi Aloni steht schon seit sechs Uhr früh in der kleinen Bude und wartet auf den Schichtwechsel. Bei 29 Grad Hitze würde er lieber die Beine im Pool baumeln lassen und kaltes Bier trinken. Stattdessen muss er hier Araber kontrollieren. Einmal jährlich muss er in Calandria als Reservist dienen, weil irgendwelche Palästinenser illegal in Israel arbeiten wollen oder Bomben ins Land schmuggeln oder sonst was. In fünf Tagen wird er ins Zivilleben zurückkehren. Aloni ist Steuerberater, und gerade in diesem Monat hat er viel zu tun. Zum Jahreswechsel wollen alle ihre Steuererklärungen machen. Geschäftlich ist es eine Katastrophe. Er bekommt zwar 60 Prozent seines Einkommens als Entschädigung, aber ein Teil des

Geschäfts läuft ohne Quittungen, da verursachen fünf Wochen Armeedienst einen ziemlich hohen Verlust. Aloni wollte seinen Wehrdienst in den Sommer verlegen, aber das will seine Frau nicht. Als Lehrerin hat sie fast drei Monate Sommerferien, da will sie nach Europa zum Skifahren. Was für ein Blödsinn! Im Sommer gibt es keinen Schnee in Europa.

Als er jung war, wollte Avi Aloni zu einer Kommandoeinheit. Die Jungs kamen gut bei den Mädchen an. Mit einem Job bei der Aufklärungseinheit wäre er auch zufrieden gewesen. Aber dafür hätte er Arabisch in der Schule lernen müssen oder er müsste ein flinker Programmierer sein. Aloni hat Französisch gehabt, völlig nutzlos. Damit könnte er im besten Fall eine Briefmarke in Frankreich kaufen oder ein Kondom. Die zwei Worte hat er noch in Erinnerung. Briefmarke heißt »une timbre«, aber man sagt »tämbre«. Eine komische Sprache. Arabisch wollte Aloni nicht lernen. Mit Arabern wollte er nichts zu tun haben. Aber man hat ihn als einfachen Soldat nach Nablus geschickt. Dann gab es einen Unfall. Ein palästinensischer Schüler starb bei einer Razzia. Daraufhin kamen seine Freunde, eine ganze Schule, und randalierten. Ein Stein traf Alonis Kumpel Miki ins linke Auge. Seitdem sieht er nur noch mit dem rechten. Und so hat Aloni gelernt, die Araber zu hassen.

Der Mercedes hat ein israelisches Nummernschild. Muss ein Siedler sein. Avi Aloni mag keine Siedler. Sie zahlen kaum Steuern, und ihre Landwirtschaft wird hoch subventioniert – mit seinem Steuergeld.

Die Frau am Steuer fällt ihm gleich auf. Blond, große Sonnenbrille und eine enge Bluse. In diesem Outfit passt sie eher an den Strand von Tel Aviv. Der Mann neben ihr ist etwas dunkler, und sein Gesicht zeigt eine gewisse Autorität. Sieht aus, als wäre er ein hoher Offizier auf einer Ficktour mit seiner Sekretärin. Nur der Mercedes passt nicht ins Bild. Der Dienstwagen von hohen Offizieren ist Mazda oder Skoda. Es sei denn, sie gehören dem Nachrichtendienst an. Und das würde auch den Mann auf dem Rücksitz erklären. Sieht aus wie ein Araber. Bestimmt ein Kollaborateur. Jetzt bloß keinen Fehler machen, denkt Aloni.

Der Mercedes hält vor der kleinen Hütte, und die Blonde reicht dem Soldaten Aloni die Papiere. Olga Blumas, Wohnsitz in Jerusalem. Starker russischer Akzent. Die anderen zwei sind Rafik und Jamal Abu-Rabah. Kein Offizier also.

»Was machen Sie denn in Ramallah?«, fragt Aloni.

»Geschäfte«, sagt Olga. Sie versucht neutral zu klingen.

»Was für Geschäfte? Prostitution?«

Olga würde dem Soldaten Aloni zu gerne in die Eier treten, aber mit zwei Palästinensern im Auto könnte der Soldat das als einen Terroranschlag missverstehen, und es würde für alle drei schlecht enden.

»Autos«, sagt Olga. »Wir handeln mit Autos.«

Aloni umrundet den Mercedes, schaut in den Kofferraum und wirft einen prüfenden Blick in das Wageninnere. Dabei schaut er immer wieder auf Olgas Busen. Wenn sie nichts mit Arabern zu tun hätte, würde er sie gerne ficken. Gleich hier in der Bude. Der Gedanke daran macht ihn heiß. Nach vier Wochen in der Prärie werden Soldaten zu Tieren. Darüber witzeln sie oft, aber man darf es nicht laut sagen. Die linke Presse wartet nur auf einen solchen Skandal.

»Sie müssen zu Übergang 12«, sagt Aloni und gibt Olga die Papiere zurück. »Fünf Kilometer südlich.«

Das versteht Olga nicht. Sie fährt immer diese Route, und es gab noch nie ein Problem. Mag sein, meint Aloni. Aber da hatte sie auch keine Araber im Auto.

»Was haben Sie gegen Araber?«, fragt Rafik.

»Nichts, aber dieser Übergang ist nur für Israelis. Palästinenser müssen zum Übergang 12. Fahren Sie bitte zurück.«

»Entschuldigung!« Rafik lässt nicht locker. »Wir sind Israelis.«

»Wirklich? So seht ihr aber nicht aus.«

»Du auch nicht und die blonde Frau hier auch nicht. Aber wir besitzen alle den israelischen Ausweis!«, sagt Rafik und winkt mit dem falschen Ausweis, den er von Igor bekommen hat. Er macht die Tür auf und ist schon dabei auszusteigen. Olga zieht ihn zurück ins Auto und schließt die Tür.

»Alles okay, Übergang 12.«

Ein Übergang für Mercedes E-Klasse

Ein drei Meter hoher Zaun, eine kleine Holzbude, darauf die blau-weiße israelische Flagge neben der grün-weißen Flagge der Grenzpolizei. Das ist Übergang 12. Fahrgäste steigen aus Taxen und stehen in einer langen Reihe zur Kontrolle an. Mehrere bewaffnete Soldaten patrouillieren hin und her, aber nur ein einziger überprüft die Ausweise und stellt Fragen. Seine Anweisungen sind nicht immer ganz klar, und manchmal muss der Soldat eine Entscheidung selbst fällen. Wenn er nicht ganz sicher ist, lässt er die Palästinenser nicht durch.

Ein paar Glückliche bekommen doch einen Stempel. Sie gehen durch ein enges Drehtor, werden auf der anderen Seite noch mal nach Waffen und Bomben untersucht, dann steigen sie in Taxis, die sie zu ihren Arbeitsstellen in Israel bringen. Die Arbeitsgenehmigung in Israel gilt nur einen Tag, aber die Palästinenser bleiben länger. Für einen neuen Passierschein müssen sie einen neuen Antrag stellen, und auch dann ist eine neue Arbeitsgenehmigung noch immer nicht sicher. Es ist einfacher, illegal in Israel zu bleiben. Das Risiko ist gering. Keiner schert sich um illegale Arbeiter.

Der junge Soldat Amikam ist erst 19 und seit zehn Monaten in der Armee. Nach drei Monaten Grundausbildung als Soldat hat man ihn hierhergeschickt. Anfangs hat er noch Mitleid gehabt. Mal war es ein kranker Mann, der ins Hospital musste, mal eine Mutter, deren Kinder allein zu Hause warteten. Einmal hat Amikam einen Palästinenser getroffen, der mit einer jüdischen Frau einen Sohn hat, und der hat sogar in der Armee gedient. Der alte Palästinenser war auf dem Weg zur Hochzeit seines Sohnes, aber wegen fehlender Dokumente hatte man ihn nicht durchgelassen. Eine Kopie der Heiratsurkunde hatte er dabei, aber die Geburtsurkunde seines Sohnes fehlte.

Der Soldat Amikam wollte sich einmischen, aber sein Kommandant mahnte ihn ab. Der alte Mann könnte eine Handgranate tragen. Der Bauch einer schwangeren Frau könnte sich als zwölf Kilogramm TNT entpuppen. Was würde Amikam tun, wenn dann dreißig Kinder in Tel Aviv sterben? Seitdem ist Amikam sehr vorsichtig. Er blättert in Olgas Ausweis und reicht ihn zurück.

»Sie dürfen hier nicht durchfahren«, sagt Amikam.

»Warum denn nicht?«, protestiert Olga.

»Dieser Übergang ist nur für Palästinenser ohne Autos. Sie müssen zu Übergang 5, ein paar Kilometer nördlich.«

»Dort waren wir gerade. Sie haben uns hierhergeschickt.«

Amikam mustert die beiden Palästinenser. Der Kleine mit dem türkischen Schnurrbart sieht eher wie ein Zuhälter aus, aber sie könnten genauso gut Terroristen sein. Man kann nie wissen. Die Unsicherheit macht Amikam nervös.

»Sie dürfen mit dem Auto nur über Gate 12 fahren. Die Palästinenser müssen hier bleiben.«

»Entschuldigen sie mal«, mischt sich Rafik ein. »Gibt es auch einen Übergang für eine weibliche russische Immigrantin in einem Mercedes der E-Klasse?«

»Ich habe mir diese Regel nicht ausgedacht«, sagt Amikam. »Machen Sie jetzt Platz und lassen Sie die anderen durch.«

Wer ist der Herrscher im Land

Die Sonne steht hoch im Zenit, und die Luft hängt wie eine warme Decke über der Erde. Soldaten kontrollieren lustlos die Passanten, gestatten einigen durchzugehen, anderen nicht. Gründe werden nicht genannt, und in der Hitze geht die Zeit nur schleppend voran.

Rafik sitzt neben Jamal auf dem Boden und zieht seine Jacke über den Kopf, um sich vor den Fliegen zu schützen. Viel bringt es nicht, und das ewige Summen macht ihn verrückt.

Rafiks Opa und dessen Opa mussten Steuern an den türkischen Gouverneur zahlen. Mit dem Geld baute die osmanische Regierung ein tausend Kilometer langes Aquädukt und eine Eisenbahn nach Bagdad. Die Bürger von Palästina hatten nichts davon. Bis der Kommandant Mustafa Kemal den Kampf gegen die Briten verlor. Die nächsten 30 Jahre kassierten die dann das Steuergeld. 1948 wurde das Land zwischen Israel, Jordanien und Ägypten aufgeteilt und wieder scherte sich keiner um die Palästinenser. 1967 gewann Israel den Krieg gegen seine arabischen Nachbarn und erhob Anspruch auf das gesamte Land. Seitdem kassieren die Israelis die Steuern. Als Trost dürfen die Palästinenser eine eigene Regierung haben, doch auch die steckt das ganze Geld in die eigene Tasche und deponiert es auf einem Schweizer Konto. Eines Tages werden auch sie weg sein, wer kommt dann? *Allah u akbar* – Gott ist mächtig. Herrscher kommen und gehen, nur die Fliegen bleiben.

Eine Staubwolke nährt sich mit hoher Geschwindigkeit, dann kann man auch die Silhouette eines Autos erkennen. Rafik steht auf, um besser sehen zu können, doch es ist nicht Olgas Mercedes. Enttäuscht setzt er sich wieder. Die Fahrt mit dem Mercedes dauert zehn Minuten. Drei Minuten bei der Kontrolle, weitere zehn Minuten Fahrt und sie sollte hier sein – vor ungefähr zwei Stunden. Hat sie sich aus dem Staub gemacht? Erst spielt sie die hilflose Frau, hübsch und naiv, dann stellt sie sich als Betrügerin heraus. Rafik kennt sich aus mit Betrügern, und sie war gut. Natürlich hat sie ihn überrascht. Kein Betrüger trägt ein Schild, auf dem sein Beruf steht. Aber zweimal mit demselben Trick reingelegt zu werden, das lässt sich Rafik nicht bieten. Auf dem Schrottplatz war er bereits vorbereitet, aber die Frau interessierte ihn. Nicht nur, weil sie so hübsch war. Sie war klug, und eine gute

Schauspielerin war sie auch, und sie hatte noch etwas, das Rafik gar nicht mit Worten beschreiben kann. Und vielleicht wollte er sich auch mit ihr messen.

Der Gedanke, dass eine Frau ihn reingelegt hatte, war ihm nicht geheuer.

Dann, bei Nikolai, hatte sie ihn vor dem sicheren Tod gerettet. Schon wieder eine Überraschung. Zu dem Zeitpunkt hatte er beinahe eine gute Meinung von ihr, und jetzt diese Nummer. Rafik versucht sich die letzten zwölf Stunden vor Augen zu führen: Warum hat Nikolai Rafik nicht auf der Stelle erledigt? Hat er nur Theater gespielt? Wofür? Ein echter Mafioso würde kein Risiko eingehen. Aber vielleicht war es ein ausgeklügelter Plan. Olga hat sie hierhergebracht, und jetzt erzählt sie den Grenzsoldaten, dass die Brüder Abu-Rabah im Besitz falscher Ausweise sind. Palästinenser mit falschen Ausweisen sind sicher Terroristen. Olga gibt der Polizei Hinweise, und als Gegenleistung bleibt ihr eine Strafe wegen Betruges erspart. Rafik muss jetzt klar denken. Wenn die falschen Ausweise dem Sicherheitsdienst in die Hände fallen, ist er geliefert. Er muss den Ausweis vernichten.

»Was, wenn sie nicht kommt?«, fragt Jamal.

»Warum sollte sie nicht kommen?«

»Sie ist seit mehr als zwei Stunden weg. Vielleicht ist sie schon längst zurück in Jerusalem. Der einzige Mensch, der uns zu Vater bringen könnte – und du lässt sie gehen!«

»Mach dir nicht in die Hose. Vielleicht hat sie eine Panne, oder die Soldaten haben sie angehalten. Der eine am Checkpoint war äußerst unsympathisch, und er hat sie mit zwei Palästinensern gesehen. Du solltest der Menschheit etwas mehr Vertrauen schenken.«

»Vertrauen! Das musst ausgerechnet du sagen. Nie vertraust du jemandem! Und wenn ja, ist es garantiert der Falsche. Sie hat dein Auto geklaut, dich belogen, und du glaubst ihr immer noch. Du bist echt naiv, Rafik!«

Rafik schaut auf die Uhr. Der Zeiger läuft ununterbrochen weiter. Vielleicht hat sein Bruder ja recht.

»Lass uns umkehren!«, sagt Jamal. »Mama wird traurig und wütend sein, aber sie hat wenigstens noch uns. Das Leben geht weiter. Du hast dein Restaurant in Deutschland und ich würde das Geschäft mit den Klimaanlagen übernehmen.«

»Warum gerade du?«

»Wer sonst?«

»Ich bin schließlich der Ältere.«

Jamal schaut Rafik verblüfft an. »Was verstehst du schon von Klimaanlagen. Und du lebst in Deutschland. Was wird mit deinem Restaurant? Willst du alles aufgeben, nur um mir das Geschäft aus der Hand zu nehmen?«

Rafik hat keine Lust, sich mit seinem Bruder zu streiten. Außerdem hat Jamal recht. Er interessiert sich nicht für Klimaanlagen. Aber Jamal könnte ihn wenigstens fragen; so tun, als ob er bereit wäre, darüber zu reden.

Froschschenkel auf französische Art

Der alte Abu-Ali überquert das Feld mit seinem nicht weniger alten Esel. Früher besaß der Palästinenser Land mit 70 Olivenbäumen, und eine kleine Herde Schafe hatte er auch gehabt. Aus Sicherheitsgründen, und weil die Bäume die Sicht versperrten, sägte die Armee die Bäume ab. Abu-Ali wollte die Schafe weiter auf seinem Feld weiden, doch der Weg war jetzt gesperrt und das Land beschlagnahmt. Warum er die Schafe unbedingt über die Grenze schaffen müsse, fragte ihn ein Offizier. Warum man denn die Grenze mitten durch sein Feld ziehen müsse, konterte Abu-Ali. Darauf hatte der Offizier keine Antwort. Das liege nicht in seiner Verantwortung. Wenn Abu-Ali Einwände hätte, müsse er sich an die Behörden wenden.

Weil er kein Land mehr hatte, musste Abu-Ali seine Schafe verkaufen. Mit dem Geld kaufte er seinem ältesten Sohn Ali ein Taxi. Dann kam die Mauer, und die Fahrten wurden auf kleine Strecken begrenzt. Sein Sohn konnte nicht mal den Kredit abzahlen. Aber Abu-Ali gab nicht auf. Er kommt täglich mit seinem Esel hierher und verkauft Getränke. Alle kennen ihn und stehen Schlange, um kalte Getränke zu bekommen.

Gestern hat der Soldat Amikam ein Telegramm von der Zentrale erhalten, demzufolge der Araber keine Getränke mehr am Grenzübergang verkaufen darf. Es stelle ein Sicherheitsproblem dar. Daher fordert Amikam Abu-Ali auf, den Posten zu verlassen. Dies sei Militärgebiet und kein Markt. Abu-Ali protestiert. Die Armee hat nicht das Recht, ihn wegzuschicken. Das hier ist sein Land! »Falsch!«, sagt der Soldat Amikam. »Es ist mein Land. Und jetzt hau ab!«

»Dein Land? Wer hat es dir gegeben?«

»Wer mir das Land gegeben hat?« Der Soldat Amikam lacht. »Gott! Der hat mir das Land gegeben! Und jetzt verschwinde!«

»Ja?«, fragt Abu-Ali. »Hat dir Gott auch einen Auszug aus dem Grundbuch gegeben?«

Der Soldat Amikam schaut den Alten verblüfft an. Der verrückte Araber will es also wissen, das kann er gerne haben. Amikam greift den Getränkekorb und wirft ihn auf den Boden. Die Flaschen zerbrechen.

»Hau jetzt ab, bevor ich dich abknalle!«

Der Soldat richtet sein Gewehr auf Abu-Ali. Die Palästinenser um sie herum schauen ängstlich auf die beiden, doch keiner wagt es, sich einzumischen. Abu-Ali beugt sich zu Boden und sammelt die noch nicht zerbrochenen Flaschen ein. Eine Getränkedose liegt direkt vor den Füßen des Soldaten. Als der Alte sich nach ihr bückt, kickt der Soldat die Dose ein paar Meter weit weg. Abu-Ali geht der Dose nach, beugt sich erneut, doch ein anderer Soldat tritt und schleudert die Dose wieder weg. Abu-Ali gibt auf. Gekränkt führt er seinen Esel weg. Keiner lacht mehr.

Im Grunde ist Amikam kein böser Mensch. Er weiß, dass er übertrieben hat, und würde es gerne wiedergutmachen. Er wollte nur Spaß haben, aber bei Palästinensern kann man keinen Humor erwarten. Und jetzt ist er der Arsch. Das ist ungerecht, es macht Amikam wütend. Er hebt die Dose vom Boden auf.

»Hey, Opa!«, ruft er dem Alten nach. »Hier ist noch eine.«

Weil der Alte nicht reagiert und Amikam vor seinen Kumpels keine Schwäche zeigen will, wirft er die Dose Abu-Ali hinterher. Er trifft den Esel. Das Tier gerät in Panik und fängt an zu laufen, Abu-Ali hinter ihm her. Es sieht sehr komisch aus, und die Soldaten brechen erneut in Gelächter aus.

»Das Gewehr auf einen unbewaffneten Mann zu richten ist kriminell«, sagt Rafik. Er will schon aufstehen, doch Jamal hält seinen Bruder zurück. Sie sind auf der Suche nach Vater, und Rafik soll es jetzt nicht vermasseln! Außerdem, so schlimm ist es auch nicht. Der Alte wusste, dass er hier keine Getränke verkaufen darf. Wenn er es doch tut, ist es sein eigenes Risiko.

»Franzosen kochen die Frösche lebendig«, sagt Rafik. »Wenn man den Frosch ins kochende Wasser wirft, ist es ihm unangenehm, und er springt heraus. Aber wenn du das Wasser langsam kochst, gewöhnt sich der Frosch an die Hitze und stirbt glücklich.«

»Frösche sind ekelhaft«, sagt Jamal. »Egal, wie man die kocht. Ich esse keine.«

Rafik isst zwar auch keine Frösche, aber er würde ihnen dringend ans Herz legen, sich nicht mit einem Koch anzulegen. Doch keiner fragt Rafik. Von weitem sieht er den Mercedes herankommen.

Gebrauchtwagenhändler Abu-Money

Olga fährt in schnellem Tempo durch die schmalen Straßen von Ramallah. Man merkt, dass sie schon öfter hier war. Rafik betrachtet sie von der Seite. Die Linien ihres Gesichts, der breite Mund, ihre Beine und die Hände mit den langen Fingern am Steuer, alles an ihr ist so perfekt. Und sie überrascht ihn immer noch.

Er will sie berühren, an sich ziehen, beherrscht sich aber.

Noch ein paar Wendungen, und sie erreichen den Marktplatz. Überall schreien Verkäufer, bieten ihre Ware an. Kunden laufen von einem Stand zum nächsten. Olga parkt den Mercedes, und die drei steigen aus. Olga reißt ein Stück Papier von ihrer Zigarettenschachtel ab und schreibt eine Adresse darauf.

»Euer Auto ist beim Gebrauchtwagenhändler Abu-Money«, sagt sie. »War nicht leicht zu finden. Wann ist die Beerdigung?«

»Morgen, spätestens übermorgen«, antwortet Rafik.

Olga kauft eine weiße Lilie am Marktstand nebenan. »Leg sie auf das Grab«, sagt sie und gibt Rafik die Lilie. Sie schiebt die Sonnenbrille hoch in ihr Haar. Rafik ist nur ein paar Zentimeter von ihrem Gesicht entfernt, sieht direkt in das Blau ihrer Augen und fühlt sich in die unendliche Tiefe gezogen. Ihre Gesichter kommen sich näher, ihre Lippen berühren sich fast. Rafik will sie leidenschaftlich küssen, als wäre es sein letzter Tag im Leben, zieht sich dann aber wieder zurück. Gefühle zeigen war noch nie seine Stärke. Olga setzt ihre Brille wieder auf und steigt ins Auto.

»Passt gut auf euch auf. Und falls ihr in Schwierigkeiten kommt ...«

»Wir kommen nicht in Schwierigkeiten«, sagt Rafik.

»Nur für den Fall«, sagt Olga. »Dann warte ich hier am Marktplatz. Ich komme jeden Tag vorbei. Nikolai freut sich, wenn ich viele Autos verkaufe.«

Rafik beugt sich zu Olga hinunter, eine letzte Chance, sie zu küssen, doch die Fensterscheibe schnurrt schon hoch, und das Auto fährt los – das war's. Wer weiß, ob er sie je wiedertrifft. Doch nach ein paar Metern stoppt sie bereits und die Scheibe fährt wieder herunter. Rafik läuft zu ihr und bleibt neben dem Wagen stehen. Sein Herz zerspringt fast, sie ist also genauso heiß auf ihn, und das zeigt, dass seine Taktik richtig ist.

Zeig den Frauen bloß nie, dass du sie begehrst!

»Noch eins«, sagt Olga. »Sag bitte nicht, dass Nikolai dich geschickt hat.« Ohne auf eine Antwort zu warten, fährt sie los. Rafik schaut ihr nachdenklich nach. »Du bist ein Idiot, Rafik«, sagt er zu sich selbst.

Rafik ist es nicht gewohnt, über Frauen nachzudenken. Genau genommen denkt Rafik überhaupt wenig nach. Denken sollte man vorher, meint er. Nachher hat es keine Wirkung mehr und ist daher bloße Zeitverschwendung. Nicht, dass Rafik etwas gegen Zeitverschwendung hätte. Er verschwendet seine Zeit gerne: mit Frauen, Rauchen und ab und zu damit, etwas zu trinken. Aber das ist natürlich etwas ganz anderes.

»Wir suchen Abu-Money«, sagt Rafik zu einem Verkäufer am Gemüsestand. »Gebrauchtwagenhändler Abu-Money.«

Der Verkäufer lacht. »YU-SU-UF!«, ruft er laut. Ein junger Mann, fast noch ein Kind, kommt angelaufen.

»Bring die Herren zu Abu-Money«, befiehlt der Verkäufer.

Der Junge verschwindet und erscheint zwei Minuten später mit einem blauen Opel.

Yusuf ist nicht gerade ein guter Fahrer, dafür aber umso wilder. Er rast durch die engen Straßen der Altstadt, drückt ständig auf die Hupe und erschreckt die Passanten.

»Ihr sucht also einen Wagen. Wie wäre es mit diesem? Den kann ich euch billig verkaufen.«

»Wir suchen einen Transporter«, klärt ihn Jamal auf.

»10.000 Schekel, und das Auto gehört euch. Hat nur 50.000 Kilometer drauf.«

»Tut mir leid, einen Transporter«, wiederholt Jamal.

»Einen Transporter habe ich auch. Einen Transit. Hat einen kleinen Blechschaden, aber dafür ist er ganz günstig.«

Jamal antwortet nicht.

»Okay, sagt Bescheid, wenn ihr etwas haben wollt«, beendet Yusuf die Verhandlungen. »Und sagt Abu-Money nicht, dass ich euch ein Angebot gemacht habe.«

Ein Schild mit der Aufschrift »ABU-MONEY AUTOS GmbH« weist zu einem Autohandel um die Ecke. Yusuf fährt auf den Hof und hupt. In seinem teuren Geschäftsanzug und mit dem mächtigen Schnurrbart wirkt Geschäftsführer Abu-Money wie ein Mafiaboss aus einem amerikanischen Film, und abgesehen von einer langen Narbe im Gesicht hat er eine verblüffende Ähnlichkeit mit ihrem Vater Mustafa. Seit einer halben Stunde führt er Jamal und Rafik an Reihen von Autos und Kleintransportern entlang. Bis jetzt haben sich die beiden für kein Auto interessiert.

Abu-Money spielt ungeduldig mit seinem Schlüsselbund. Was suchen die Herren eigentlich? Ein Auto aus Gold? Wenn er das hätte, würde er keine Autos mehr verkaufen. Über den Preis können sie verhandeln, bitteschön, sie sollen ein Angebot machen.

»Der Wagen, den wir suchen, ist nicht dabei«, sagt Jamal.

Abu-Money blickt irritiert. Er kennt die beiden nicht. Nach dem Akzent kommen sie aus Jerusalem.

Jamal sieht seinen Bruder ratlos an.

»Wir suchen nach einem gestohlenen Transporter mit Jerusalemer Kennzeichen«, sagt Rafik.

»Gestohlen? Auf meinem Platz? Wofür haltet ihr mich? Bei mir gibt es keine gestohlenen Autos.«

»Aber Nikolai hat gesagt ...«

»Nikolai? Nie von ihm gehört.«

Rafik und Jamal schauen sich deprimiert an. Sie haben schon auf das Ende ihrer Odyssee gehofft, aber Allah wollte es anders. Allah will es immer anders.

»Euer Transporter wurde also gestohlen?«, fragt Abu-Money. »Hm. Ihr seid nette Kerle. Vielleicht kann ich euch doch helfen. Yusuf, gib den Herren was zu trinken.«

Durch das Glasfenster sieht Rafik Abu-Money in seinem Büro telefonieren. An der Wand über seinem Tisch hängt ein Bild des verstorbenen Präsidenten Arafat. An einer Ecke ist das Bild schon leicht zerfleddert, und eine Spinne hat auf der linken Wange des Vorsitzenden ihr Netz gebaut. Abu-Money beendet das Gespräch und legt auf.

Als er rauskommt, strahlt sein Gesicht. »Ihr habt Glück. Ich habe euer Auto gefunden«, sagt er den Brüdern stolz.

Eine Falle

Es ist schon dunkel, aber immer noch warm und stickig. Yusuf betätigt die Klimaanlage, und kalte Luft strömt in den Fond des Autos.

»Schön«, sagt Jamal.

»Die Klima habe ich nachgerüstet«, sagt Yusuf stolz. »Der Kompressor ist aus einem Chrysler. War nicht einfach. Der Keilriemen im Chrysler ist viel breiter. Ich musste die Kurbelwelle wechseln, dann passte es.«

Jamal ist beeindruckt. Er würde das Auto vielleicht doch kaufen. Yusuf wird ernst. Das Auto steht nicht mehr zum Verkauf. Den Rest des Weges schweigt er. Sie fahren durch eine enge, menschenleere Straße. Nur ein paar schwache Laternen beleuchten die alten Häuser. Yusuf hält vor einem Hochhaus und schaltet den Motor aus.

»Der Mann heißt Shahada. Er hat das Auto«, sagt Yusuf.

Rafik und Jamal betrachten das Haus skeptisch. Die Farbe blättert von den Wänden, und der Putz bröckelt ebenfalls. Plötzlich hören sie einen Schrei. Rafik ballt seine Fäuste, bereit, sich zu verteidigen, aber es ist nur eine Katze, die aus einer offenen Mülltonne springt. Eine zweite läuft hinterher. Die Brüder lachen nervös und gehen ins Haus.

Eine einzige Glühbirne hängt von der Decke und wirft lange Schatten an die Wände. Man kann kaum etwas sehen. Langsam gewöhnen sich ihre Augen an die Dunkelheit, und sie können die Schrift an einer Tür lesen: Abd Abu Mass. An der anderen Türe gibt es keine Namenschilder. Dafür sind die Wände mit Parolen beschmiert.

Sie gehen weiter, entfernen sich immer mehr vom schwachen Licht der einzigen Glühlampe. Plötzlich hören sie Schritte. Jamal bleibt stehen und starrt erschrocken nach vorn. Zwei dunkle Gestalten stehen am Ende des Korridors und starren die Brüder ebenfalls an. Jetzt sieht auch Rafik die beiden. Er hebt seine Hand und winkt. Der Mann gegenüber winkt ebenso.

»Ein Spiegel«, sagt Rafik. »Nur ein Spiegel an der Wand.«

Jamal lacht nervös, hebt seine Hand und winkt. Der Schatten gegenüber winkt mit. »Nur ein Spiegel«, sagt er und winkt weiter seinem Schatten zu.

»Sag ich doch. Und hör auf zu winken, du machst mich ganz nervös.«

»Ich mache dich nervös? Du machst mich nervös.«

»Gut, dann haben wir das geklärt«, sagt Rafik. »Können wir jetzt weiter nach Shahada suchen?«

Sie machen noch ein paar Schritte, als das Licht im Korridor ausgeht. Jamal bleibt stehen.

»Ich gehe keinen Schritt weiter«, verkündet Jamal.

Rafik zündet ein Streichholz an. »Bin ja Raucher.« Er hält das Streichholz hoch und geht vorsichtig weiter. Die Flamme flackert, und lange Schatten werden an die Wand geworfen. Ein schwacher Windstoß zieht durch den Korridor und löscht die Flamme. Rafik zündet noch ein Streichholz an und geht weiter. Bald ist das zweite Streichholz abgebrannt, und sie bleiben im Dunkeln stehen.

»Zünde noch eins an.«

»War das letzte«, sagt Rafik.

»Also, du rauchst wirklich zu viel«, sagt Jamal. »Was machen wir jetzt?«

»Keine Ahnung.«

»Mir reicht's. Ich geh zurück«, sagt Jamal und marschiert los. Rafik folgt ihm.

In der Dunkelheit sieht der Korridor eher wie ein langer Tunnel aus, an dessen Ende schwaches Licht durch die Türritzen schimmert. Plötzlich hören sie Schritte. Ohne zurückzusehen, fangen Rafik und Jamal an zu laufen. Die Schritte hinter ihnen rennen nun auch. Kurz bevor sie den Ausgang erreicht haben, hört Rafik hinter sich einen dumpfen Schlag, gefolgt von einem Schrei. Dann wird ein Sack über seinen Kopf gezogen, und auch er bekommt einen Schlag über den Schädel und wird zu Boden geworfen. Danach ist es still.

Ein Landrover mit einer Sonderfunktion

Es ist stockdunkel. Aus der Ferne kann er Stimmen hören, und von irgendwo tropft Wasser auf seinen wunden Körper. Rafik fragt sich, wo Jamal ist. Er versucht seinen Bruder zu rufen, aber kein Ton kommt aus seinem Hals. Dann wird ein Wassereimer über seinem Kopf geleert, und Rafik ist wieder hellwach. Das Atmen fällt ihm schwer. Bald weiß er auch, warum, sein Mund ist mit einem Band zugeklebt. Langsam gewöhnen sich seine Augen an die Dunkelheit, und er kann Jamal aus den Augenwinkeln sehen. Er liegt auf dem Betonboden neben ihm, ebenso mit Handschellen gefesselt und mit einem Klebeband über dem Mund. Wie lange sie schon so liegen, weiß Rafik nicht. Im Hintergrund hört er das Klackern von Würfeln, dann eine Stimme. »Zwei, vier.« Nur mit viel Anstrengung gelingt es Rafik, nach hinten zu schauen. Zwei Männer sitzen an einem kleinen Tisch und spielen Backgammon. Wieder rollen die Würfel. »Sechs, fünf«, sagt der Gegenspieler.

Offenbar befinden sie sich in einer großen Garage, denn es stehen einige Edelkarossen herum. Ein Jaguar, ein Rover und zwei Mercedes. Weiter kann Rafik seinen Kopf nicht drehen. Irgendwo öffnet sich eine Tür, und eine weitere Person kommt in die Garage. Es ist Abu-Money. In der Hand hält er die gefälschten Ausweise von Rafik und Jamal. Abu-Money bleibt vor Rafik stehen und vergleicht dessen Gesicht mit dem Bild im Ausweis.

»Rafik Abu-Rabah«, liest er aus dem Ausweis. »Was suchst du wirklich in Ramallah?«

Mit dem Klebeband auf dem Mund kann Rafik nicht reden. Sonst würde er dem Autohändler schon sagen, was er von ihm hält.

»Keine Antwort ist eine falsche Antwort.« Abu-Money seufzt und tritt Rafik brutal in die Seite. Ein stechender Schmerz durchbohrt Rafiks Rippen. Sein Schrei bleibt unter dem Klebeband gedämpft. Abu-Money wendet sich zu Jamal.

»Bist du bereit zu reden?« Jamal nickt. Abu-Money lächelt süffisant und zieht Jamal das Klebeband vom Mund. Das tut furchtbar weh, Jamal schreit auf.

»Definitiv eine falsche Antwort!«, schreit Abu-Money und tritt nun auch Jamal in die Rippen. Der schreit wieder auf.

»Wieder eine falsche Antwort!«, schreit Abu-Money. »Ich hasse das!« Er tritt Jamal noch mal in die Seite. Jamal beißt sich auf die Lippen, schreit aber dieses Mal nicht.

»Und jetzt denkt sorgfältig nach. Für wen arbeitet ihr?«

Jamal ist verängstigt – er sieht seinen Bruder fragend an. Doch mit zugeklebtem Mund fällt es Rafik schwer, einen Rat zu geben. Und selbst wenn er reden könnte, er wüsste nicht, was er Jamal sagen soll. Weil er es nicht besser weiß, entscheidet sich Jamal für die Wahrheit. Eine schlechte Entscheidung, findet Rafik. Mit dem Klebeband auf dem Mund kann er aber seine Meinung nicht kundtun.

Jamal redet schnell. »Wir suchen unseren Vater! Ist mit dem Wagen gestohlen worden ...«

»Lügner!«, schreit Abu-Money. »Ihr seid israelische Agenten! Wer hat euch auf mich angesetzt!? Der Mossad? Der Sicherheitsdienst? Wer war es?! Wer war es?« Mit jeder neuen Frage tritt Abu-Money auf Jamal ein. Dieser schreit vor Schmerz und schwört hoch und heilig, dass er die Wahrheit sagt, aber Abu-Money tritt weiter in Jamals Rippen und noch einmal gegen seinen Kopf.

Dann verliert Jamal das Bewusstsein.

Abu-Money mag es nicht, wenn Leute mitten im Verhör ohnmächtig werden. Mit Rafik muss er also etwas vorsichtiger sein. Abu-Money reißt Rafik das Klebeband vom Mund. Rafik beißt sich auf die Lippen, um nicht aufzuschreien. Irgendwie gefällt das Abu-Money auch nicht.

»Willst du nun die Wahrheit sagen?«

Rafik schaut verzweifelt von einer Seite zur anderen und sucht nach Hilfe, die nicht kommt.

»Unser Vater ist tot«, sagt er dann.

»Gelogen!«, schreit Abu-Money. Er tritt Rafik in die Seite.

»Die Israelis haben unseren Vater getötet«, versucht es Rafik noch mal, doch Abu Money ist wie in Trance.

»Falsche Antwort! Falsche Antwort!«, schreit er und tritt mit voller Wucht immer weiter zu.

»Bassem, Kaugummi!« Abu-Money wendet sich an Bassem, einen der Backgammon-Spieler. Der ist gerade am Gewinnen.

»Jetzt Kaugummi?«, fragt Bassem.

»Warum nicht? Oder wartest du lieber auf die Kaugummi-Saison?!«

Bassem steht unwillig auf und verschwindet aus Rafiks Sichtfeld. Im Hintergrund startet ein Auto. Dann rollt ein Landrover heran. Der Kollege lockert die Winde des Landrovers und zieht ein Seil zu sich, das er an Rafiks Handschellen befestigt. Bassem steigt aus dem Jeep und zieht an dem Hebel. Die Winde dreht sich und das Seil strafft sich ein wenig. Abu-Money beugt sich über Rafik.

»Du weißt, was passiert, wenn du nicht die Wahrheit sagst.«

Rafik nickt.

»Gut«, sagt Abu-Money gutmütig. »Ich mag Klarheit bei der Arbeit. Wie kommt ihr an israelische Ausweise?«

»Die haben wir schon immer. Wir wohnen in Israel«, wimmert Rafik. Er zittert jetzt am ganzen Körper vor Angst.

»So, so. Die Israelis haben sie euch gegeben? Verräter! Ihr seid alle Verräter!«

Bassem zieht an dem Hebel, und Rafik sieht mit Schrecken, wie das Kabel sich weiter strafft. Abu-Money beugt sich tiefer über Rafik. Der spürt den Atem des Autohändlers über seinem Gesicht. Der Mann hat Mundgeruch, und seine gelben Zähne verlangen dringend nach einem Zahnarzt.

»Sag, was sind Palästinenser mit israelischen Ausweisen?«

Rafik schweigt. Egal, was er jetzt sagt, es wird falsch sein.

Abu-Money gibt Bassem ein Zeichen, und die Winde dreht sich ein wenig. Das Seil spannt sich und hebt Rafik langsam vom Boden.

»Ich höre nichts. Hast du was gesagt?«

»Palästinenser mit israelischem Ausweis sind Palästinenser.«

Die Antwort stellt Abu-Money nicht zufrieden. Er gibt Bassem ein neues Zeichen, und die Winde setzt sich wieder in Gang. Rafik fühlt, wie sein Körper auseinandergezogen wird, als wäre er ein Kaugummi.

»Wir sind Verräter«, schreit Rafik in Panik. »Palästinenser mit israelischen Ausweisen sind Verräter!«

»Gute Antwort«, lobt Abu-Money. Er winkt Bassem zu und die Winde stoppt. »Und wer sind wir?«

»Gute Palästinenser?«, versucht Rafik sein Glück.

»Richtig«, lobt Abu-Money schon wieder. »Und was sind gute Palästinenser?«

Mit der letzten Frage ist Rafik überfordert. Bassem dreht wieder an der Winde. »Aaaaaa ... Terroristen!?«, schreit Rafik verzweifelt.

»Nenne uns NIE, NIEMALS Terroristen!«, brüllt Abu-Money. »Wir sind die Heiligen Freiheitskämpfer.« Um sicher zu gehen, dass Rafik ihn versteht, versetzt er Rafiks Kopf einen Tritt. »Wiederhole es bitte!«

»Gute Palästinenser sind Heilige Freiheitskämpfer!«, schreit Rafik laut.

»Richtig! Und was bist du?«

»Ein schlechter Palästinenser?«

»Richtig!«

Abu-Money nickt Bassem zu, und er zieht am Hebel. Die Winde dreht sich.

»Ich habe richtig geantwortet«, schreit Rafik verzweifelt.

»Du bist ein Feind«, erwidert Abu-Money. »Feind! Feind! Feind!«

Die Winde dreht sich weiter und fängt an zu knacken. Das Seil stockt und lockert sich. Rafik fällt auf den Boden.

Abu-Money wirft Bassem einen vernichtenden Blick zu.

»Ein technisches Problem. Ich bringe es in Ordnung«, entschuldigt sich Bassem. Er versucht, die Winde zu reparieren.

»Eine Schlamperei«, schreit Abu-Money. »Dafür wirst du mit deinem Kopf zahlen!«

Bassem kommt ins Schwitzen. Es tut ihm leid, aber es ist nicht seine Schuld. Der Jeep war gerade in der Werkstatt. Dann kämpft er weiter mit der Winde. Nur ein paar Minuten, gleich wird er es haben. Aber Abu-Money hat keine Geduld. Er tritt Rafik in den Bauch und gegen den Kopf und schreit, bis es aus seinem Mund schäumt.

»Verräter! Kollaborateur! Verräter!«

»Ich bin Palästinenser!« weint Rafik.

»Ein palästinensischer Verräter! Gib es zu!«

»Kein Verräter! Nur Palästinenser!«

Bassem hat die Winde wieder in Gang bekommen. Er zieht am Hebel, und die Schmerzen werden unerträglich, als das Seil weiter an Rafiks Leib zerrt.

»Ich gebe es zu! Ich bin Palästinenser!«

»Verräter!«

»Ja! Ich bin ein Verräter! Kein Palästinenser! Ich weiß nicht, was ich bin. Was bin ich? Sag mir, was ich bin!«

Die Winde dreht sich nur noch mit Mühe und hält mit einem grässlichen Quietschen an. Rafik verliert das Bewusstsein.

Die Frau fürs Leben

Als er aufwacht, liegt Rafik auf dem nackten Boden eines Kellers. Das Frühstück wird mit einem Tritt angekündigt. Fades Wasser, das man hier Kaffee nennt, und ein Stück Brot, dessen Bäcker weder Geschmacksnerven noch das geringste Gespür für Ästhetik hat.

»Was wird mit uns passieren?«, fragt Rafik den Soldaten, der das Frühstück gebracht hat.

»Es ist verboten, mit den Gefangenen zu reden«, sagt der Soldat. Rafik protestiert. Der Soldat ist auch ein Palästinenser. Auch er hat eine Mutter, die ihn vermisst. Außerdem hat er gerade geredet und damit seine Schweigepflicht gebrochen. Deshalb ist es jetzt ohnehin egal. »Wie heißt du?«

»Ahmad Nawasch«, antwortet der Soldat.

»Spielst du Backgammon?«, fragt Rafik.

Ahmad lächelt. Er war sieben Jahre in israelischer Haft und wurde zum Meister in drei verschiedenen Gefängnissen. Hier findet er leider keinen ernst zu nehmenden Gegner.

»Wollen wir eine Runde spielen?«, fragt Nawasch.

»Vielleicht später«, antwortet Rafik. »Was wird mit uns passieren?«

Nawasch seufzt. »Ihr werdet hingerichtet. Morgen früh. Willst du jetzt spielen oder nicht?«

»An meinem letzten Lebenstag sollte ich zumindest einen besseren Kaffee serviert bekommen«, sagt Rafik. Nawasch stimmt zu. Er bekommt denselben und kann unter Eid bezeugen, dass die dunkle Flüssigkeit ungenießbar ist. Aber ihn fragt ja keiner. Der Soldat Nawasch will die Zelle verlassen, als Jamal sich ihm zu Füßen wirft und ihn nicht loslässt.

»Warum?«, schreit Jamal.

»Warum was?«, fragt Nawasch irritiert.

»Warum müssen wir sterben?«

»Oh, das. Ihr seid Kollaborateure«, sagt Nawasch und versucht, seinen Fuß freizubekommen. Jamal lässt nicht los.

»Das ist nicht wahr!«, schreit Jamal. »Wir sind keine Kollaborateure!«

Nawaschs Job ist es, die Gefangenen zu überwachen, aber niemand hat ihm gesagt, was er denken soll. Am liebsten gar nichts, doch das klappt nicht immer. Besonders dann nicht, wenn Gefangene so hartnäckig sind. Er hasst Jamal.

»Warum?!«, fragt Jamal erneut.

»Der Kommandant leidet unter Hämorrhoiden«, erklärt Nawasch. »Und wenn er dann noch beim Pokern verliert, ist jeder ein Kollaborateur.«

Mehr kann Nawasch auch nicht sagen. Für einen kurzen Moment hat er gehofft, einen Spielpartner zu finden, aber der wird am nächsten Morgen auch sterben. Das nennt man Pech. Für Nawasch ist es Alltag. Er zieht seinen Fuß zurück, verlässt die Zelle und schlägt die Tür hinter sich zu. Jamal und Rafik sehen ihm gequält nach. Der letzte freundliche Mensch, mit dem sie vor ihrem Tod gesprochen haben, und der ist jetzt auch weg.

Die Zelle ist schmutzig und leer. Im Vergleich dazu war das israelische Gefängnis ein Fünf-Sterne-Hotel. Den Kritzeleien an den Wänden kann man entnehmen, was frühere Zellenbewohner den nächsten Generationen hinterlassen wollten. »Tod den Zionisten« kommt sieben Mal vor. Das Wort »Mama« drei Mal, und einer hat geschrieben: »Saida, mein Augenlicht, ich werde dir über den Tod hinaus treu bleiben.«

Sieben »Tod den Zionisten« gegen einmal »Liebe« ist eine harte Niederlage, findet Rafik, und er weiß selbst nicht, wie er auf den Gedanken kommt. Kurz vor dem Sterben kommen ihm Gedanken, die er nicht richtig versteht. Sein Leben war nicht besonders großartig, und vermutlich wäre sein Tod kein großer Verlust für die Menschheit. Niemand würde ihn vermissen. Rafik lehnt sich an die Wand und macht seine Augen zu, versucht, an nichts zu denken.

»Es ist traurig, so zu sterben«, sagt Jamal.

»Würdest du einen lustigeren Tod bevorzugen?«

Jamal geht nicht darauf ein. Er denkt an Mustafa. Er hat Vater enttäuscht und kann es nie wieder gutmachen. Dieser Gedanke lässt ihn nicht los, aber das versteht Rafik nicht.

»Wieso? Er hat dich geliebt. Du warst sein Liebling.«

Jamal lacht bitter auf. »Ich habe immer getan, was er wollte. Du hast getan, was du wolltest, aber Vater hat dich mehr geliebt. Er wollte, dass du die Firma übernimmst.«

Rafik seufzt. Er hat nur noch wenige Stunden zu leben. Die würde er lieber ohne Jamals ewiges Gejammer verbringen. Aber sein Bruder ist nicht zu bremsen.

»Du weißt doch, dass du ihm das Herz gebrochen hast, als du weggegangen bist.«

Das wusste Rafik nicht. Und er wollte Vaters Herz nicht brechen. Er wollte nur überleben. Ist das eine Sünde?

»Warum hast du uns verlassen?«, fragt Jamal.

»Ich liebe nun mal die deutsche Küche. Darf ich jetzt schlafen?«

Rafik legt sich wieder hin und schließt die Augen.

»Wir haben nur noch ein paar Stunden zu leben, Rafik. Du kannst mir die Wahrheit sagen.«

Rafik seufzt und richtet sich wieder auf.

»Erinnerst du dich noch daran, wie eng Vater bei deiner Hochzeit mit Tante Samira getanzt hat?«

»Was ist mit ihnen?«

»Sie trafen sich heimlich – jahrelang.«

Jamal steht auf und baut sich wütend vor Rafik auf. Vater ist gerade erst gestorben und schon zieht Rafik über ihn her. Und weil Vater nicht da ist, um seinen Ruf zu verteidigen, wird Jamal es für ihn tun.

Rafik rappelt sich auf, aber da Jamal so dicht vor ihm steht, kann er zurückweichen und stürzt wieder zu Boden.

»Vielleicht irre ich mich ja«, versucht Rafik.

»Darauf kannst du deinen Arsch verwetten!«

Rafik zuckt die Schultern. »Du hast bestimmt recht.«

Jamal legt sich hin, doch nach einer Weile setzt er sich wieder auf.

»Was genau hast du gesehen, Rafik?«

»Gar nichts. War bestimmt ein Missverständnis.«

Jamal kennt seinen Bruder. Er rückt näher zu Rafik heran. Tränen stehen in seinen Augen.

»Wie hast du das rausbekommen?«

Rafik ist nicht gerade glücklich, darüber zu reden, aber vielleicht ist er seinem Bruder diese Geschichte schuldig.

»Tante Samira hat Vater oft Puppen für den Rückspiegel aus ihrem Souvenirgeschäft gegeben. Als wir klein waren, hast du sie ›Tänzerin der Woche‹ genannt.«

Ein zartes Lächeln erscheint auf Jamals Gesicht. Die Erinnerung an Mustafa erwärmt sein Herz.

»Ich habe Vater dort herauskommen sehen«, sagt Rafik nach einer Weile.

»Na, und? Sie ist unsere Tante. Vater durfte sie besuchen.«

»Um ein Uhr morgens? Und er hat mich angefleht, es niemandem zu sagen. Was hätte ich machen sollen? Zwei Wochen später bin ich nach Deutschland gereist.«

Rafik würde ihn jetzt nicht belügen. Da ist sich Jamal ziemlich sicher. Nicht so kurz vor dem Tod. Und er hat es auch nicht gerne erzählt, das ist Jamal klar. Sein Bruder wollte ihn schützen. Bei diesem Gedanken fühlt Jamal zum ersten Mal seit Jahren so etwas wie Nähe zu seinem Bruder.

»Für dich war es gut. Du hast ein Geschäft ...«

»Nix Geschäft«, unterbricht ihn Rafik. »Nicht in Deutschland und auch nirgendwo sonst. Ich habe in einem Restaurant gearbeitet, in der Küche, für fünf Euro die Stunde. Ich wollte Vater nicht wissen lassen, was für ein Versager ich bin.«

»Du bist kein Versager, Rafik«, sagt Jamal.

»Natürlich bin ich ein Loser, und wenn wir schon dabei sind, ich war immer eifersüchtig auf dich, weil du bei Vater warst.«

Jamal lacht. »Das ist wohl ein Witz. Und ich dachte immer, ich sei der Loser in der Familie. Ich war eifersüchtig auf dich, während du Teller gewaschen hast!«

Auf einmal hört Jamal auf zu lachen. »Wir haben dich vermisst, Rafik«, sagt er.

»Ich habe euch auch vermisst.«

»Dann warum? Wir hätten dich sehr gern bei uns gehabt!«

»Wie sollte das gehen?«, fragt Rafik. »Täglich Mama in die Augen sehen und schweigen, während Vater sie betrügt?«

Jamal schaut Rafik liebevoll an. »Entschuldigung, Rafik. Ich dachte immer, dass du gemein zu Vater warst. Dabei war Vater dir gegenüber ungerecht.«

»So einfach ist es auch nicht«, sagt Rafik. »Vater hat Samira schon immer geliebt, seit sie Kinder waren. Eines Tages hat man ihm ihre ältere Schwester vorgestellt, die musste als Erste heiraten. Und keiner hat Vater gefragt, ob er sie liebt.«

»Mich haben sie auch nicht gefragt«, erwidert Jamal.

»Du hast Glück gehabt. Aliya ist eine großartige Frau.«

Jamals Augen glänzen. »Ja, Aliya ist die wundervollste Frau der Welt. Manchmal habe ich Angst, dass sie sich einen besseren Mann sucht. Einen starken Mann, wie, wie ...« Jamal verstummt und schaut Rafik misstrauisch an.

»Woher weißt du eigentlich, dass sie eine so großartige Frau ist?«

»Ist sie das nicht?«

Jamal starrt seinen Bruder nur weiter an.

»Ich habe nie etwas mit ihr gehabt, falls du das meinst«, sagt Rafik.

Bei Rafik kann man ja nie wissen, und wenn Jamal jetzt erfährt, dass sein Bruder lügt, ist seine Exekution bereits vor morgen fällig.

»Aliya ist eine wunderschöne Frau, aber nicht mein Typ. Und ich bin auch nicht ihrer.«

In so einem Moment wird ihn Rafik nicht belügen, und außerdem, es klingt nach der Wahrheit.

»Eines Tages wirst auch du die Frau deines Lebens finden, Rafik«, sagt Jamal. Er will seinen Bruder umarmen und ihm sagen, dass er ihn liebt, bringt es aber nicht fertig.

Der Verlust des Mondes

Von der anderen Seite der Wand hören Jamal und Rafik einen entsetzlichen Schrei, als würde jemand gefoltert. Sie haben von illegalem Handel mit Körperteilen gehört, bei dem die OP ohne Narkose durchgeführt wird. Wenn sie Pech haben, werden sie auch auf dem OP-Tisch landen. Jamal hält sich die Ohren zu, aber der Schrei dringt durch. Erst nach einigen Minuten wird er schwächer und irgendwann hört man nur noch ein leises Schluchzen.

Ein Wachmann bietet den Brüdern eine Zigarette an. Rafik nimmt eine. Zu seinem Erstaunen nimmt sich auch Jamal eine. Dabei hat er nie geraucht. Das stimmt nicht ganz, sagt Jamal. Als Kind hat er einmal mit Rafik geraucht und wurde vom Vater erwischt. Mustafa war ziemlich sauer. Aber Rafik erinnert sich nicht daran. Sie stehen schweigend am Fenster und rauchen; der Vollmond erhellt ihre Gesichter. So geborgen wie jetzt hat sich Jamal schon lange nicht mehr gefühlt. Als er klein war, glaubte er, dass der Mond ein Gesicht hat. Bei Vollmond schaut das Gesicht auf die Erde und sieht alles. Jetzt erkennt Jamal das Gesicht wieder, aber heute scheint es traurig zu sein.

»Wir verlieren ihn«, sagt Rafik.

Jamal schaut fragend zu seinem Bruder.

»Den Mond«, erklärt Rafik. »Wir verlieren ihn. Jeden Tag entfernt er sich vier Zentimeter von der Erde. In drei Millionen Jahren wird er das Gravitationsfeld der Erde verlassen und im Universum verloren gehen. Für immer.«

Den Gedanken an eine Welt ohne Mond findet Jamal entsetzlich.

»Mach dir keine Gedanken«, tröstet Rafik seinen Bruder. »Es wird nicht zu deinen Lebzeiten passieren.«

Eine Wolke zieht über den Himmel und verhüllt den Mond. Auf einmal ist alles dunkel geworden. Sogar die Zikaden in den nahe gelegenen Feldern werden leise.

»Warum verlieren wir den Mond?«, will Jamal wissen. »Was haben wir falsch gemacht?« Das weiß Rafik auch nicht.

»Vielleicht sind wir seiner nicht wert. Den Mond muss man sich erst verdienen.«

Die Wolke zieht weiter und gibt den Mond wieder frei. Plötzlich kann Jamal sich nicht mehr zurückhalten. Er fängt an zu schluchzen. Es ist alles so traurig. Wenn man stirbt, macht es keinen Unterschied, ob der Mond da ist oder nicht, will Rafik seinem Bruder sagen. Doch er schweigt.

»Du hast recht gehabt«, sagt Jamal nach einer Weile.

»Recht? Womit?«

»Ich habe noch nie mit einer Frau geschlafen.« Die Tränen strömen jetzt über Jamals Gesicht. So zu sterben, ohne nur einmal im Leben mit einer Frau geschlafen zu haben, ist so traurig. Rafik umarmt Jamal.

»Ich hatte ja schon viele Frauen. Aber beim Sterben hilft das auch nicht.«

Vielleicht ist es zu spät, zusammen mit seinem Bruder zu leben, aber sie werden als Brüder sterben. Dieser Gedanke beruhigt Jamal.

»Hast du wirklich noch nie?«, fragt Rafik.

Jamal schüttelt den Kopf.

»Nicht mal einen geblasen bekommen?«

Jamal schaut Rafik unsicher an. Meint Rafik das ernst? Dann aber lächelt er und schüttelt nochmals den Kopf. »Ist es schön?«

Das weiß Rafik nicht genau. Er hat es auch noch nie ausprobiert. Der Reiz ist wahrscheinlich das Verbotene daran, aber jetzt ist es zu spät, um das herauszufinden. Und ehrlich gesagt, im Moment würde er eine Zigarette bevorzugen.

Über Fußball und Fans

Rafik ist müde. Er würde so gerne weiterschlafen, aber Olga will mehr. Die Frau ist heiß, vielleicht die heißeste Frau, die er je getroffen hat. Und der Liebesakt war wie ein Vulkanausbruch. Olga schmiegt sich an Rafik, streichelt seinen Hintern. Rafik stöhnt und berührt ihre Beine. Langsam wird er wieder heiß. Seine Hand gleitet zwischen ihre Beine. Olgas Hände auf seinem Hintern sind aufdringlich, irgendwie fast männlich zupackend. Und jetzt trifft seine Hand auf etwas Seltsames zwischen Olgas Beinen. Rafik macht die Augen auf, und sein Atem stockt. Die Hände auf seinem Hintern gehören nicht Olga, und seine Hand schleicht auch nicht zwischen ihre Beine. Er liegt noch immer in der Zelle auf dem Betonboden mit seinem Bruder, und sie fummeln miteinander. Rafik schreit auf und stößt Jamal von sich. Vielleicht war es die Kälte, vielleicht die Angst zu sterben, aber das ist noch immer kein Grund, Jamal so nah an sich heranzulassen.

Vom Hof hören sie Schritte näher kommen. Soldaten machen die Tür auf und werfen einen neuen Gefangenen in die Zelle. Der fällt zu Boden, steht wieder auf und klopft sich den Staub vom Hemd.

»Ich bin Munir«, stellt sich der Neue höflich vor.

Jamal steht auf und reicht Munir die Hand. »Jamal Abu-Rabah«, sagt Jamal genauso höflich, stolz, unter diesen Bedingungen die Haltung zu bewahren. »Und das ist mein Bruder Rafik.«

Auch Rafik steht auf und reicht Munir die Hand. Später erzählen sie von den Umständen ihrer Verhaftung. Alles fing an, als sie die russische Schlampe getroffen haben, sagt Jamal. Das stimmt nicht, korrigiert Rafik, es fing an, als Vater an einem Herzinfarkt starb ...

Vor der Tür spielt der Soldat Ahmad Nawasch Poker mit drei anderen Soldaten. Mit 200 Schekel Gewinn ist Ahmad ziemlich zufrieden und würde jetzt gerne aufhören, bevor er alles wieder verliert. Mit dem Geld will er einen MP3-Player kaufen. Musik war schon immer seine Leidenschaft. Doch seine Spielkameraden finden es unverschämt, einfach so aufzubrechen und mit dem Geld in der Tasche abzuhauen. Ahmads Ausrede, dass er die Gefangenen bewachen muss, finden die Kameraden lächerlich. Die drei in der Zelle sitzen doch friedlich auf dem Boden und erzählen Geschichten. Bald sterben sie sowieso, denkt Ahmad. Was haben sie so viel zu erzählen? Aber ihm fallen keine weiteren Argumente ein. Unwillig nimmt er sich neue Karten.

»Auf dem Weg zur Beerdigung hat die Russin die Leiche gestohlen«, erzählt Jamal. »Das heißt, das Auto, und sie hat für das Frühstück nicht bezahlt ...«

»Ihr werdet also wegen eines Frühstücks sterben?«

»Sie sagen wegen Kollaboration, aber eigentlich ist es wegen Pokern ...« Jamal merkt, dass seine Erklärung keinen Sinn macht und verstummt. »Na ja, es ist zu kompliziert. Was haben sie gegen dich?«

»Fußball«, sagt Munir. »Ich bin ein Fan von Hapoel Jerusalem. Ich liebe Fußball, und außerdem ist es leichter, mit den Israelis umzugehen, wenn man über Fußball redet. Fußball ist für sie alles.«

Das weiß Jamal auch, aber doch nicht Hapoel! Wie kann man bloß ein Hapoel-Fan sein? Das einzige Team in Jerusalem, das etwas von Fußball versteht, ist Beitar.

»Unsinn!«, sagt Munir. »Beitar spielt brutal und ohne Hirn, und seine Fans sind alle Idioten.«

Ohne sich weiter mit Jamal zu beschäftigen, macht sich Munir auf dem Boden ein bequemes Lager aus Stroh zurecht. Doch Jamal lässt so eine Beleidigung nicht auf sich sitzen.

»Du nennst mich einen Idioten?« Er steht auf und baut sich über Munir auf. »Niemand hat es jemals gewagt, mich einen Idioten zu nennen. Nimm das sofort zurück.«

Munir schaut überrascht hoch. Was zur Hölle hat dieser Idiot auf einmal? Sucht er Streit? Der ist ja nicht ganz richtig im Kopf. Mit dieser Feststellung entscheidet sich Munir, Jamal zu ignorieren. Jamal lässt nicht locker.

»Nimm das zurück! Hörst du, nimm das zurück!«

Munir will schon aufstehen, aber zu spät. Jamal versetzt ihm einen Stoß. Auch Rafik steht auf. Er versucht, die beiden auseinanderzuhalten, aber dann trifft ihn ein Faustschlag von Munir auf der Nase. Wutentbrannt schlägt Rafik zurück, trifft aber Jamal statt Munir.

Darauf hat der Soldat Ahmad Nawasch die ganze Zeit gewartet. Er nimmt sein Geld, springt auf und stürmt in die Zelle. Die anderen Soldaten folgen ihm. Sie packen die Gefangenen und zerren sie aus dem Keller.

Vorwärts Hapoel!

Es ist kalt, als die Soldaten die drei in den Hof stoßen und an die Wand stellen. Blutflecken früherer Hinrichtungen sind auf der Mauer. Abgeknallt zu werden wie ein Hund zwischen zwei Fußballfanatikern, so hat sich Rafik sein Ende nicht vorgestellt. Wobei, wenn man es genau betrachtet, macht es auch keinen großen Unterschied. Ob man 30 oder 300 Jahre lebt, in Relation zum Alter des Universums ist alles schnuppe. Hoffentlich können die Soldaten gut schießen und treffen ihn gleich ins Herz, sonst tut es weh. Rafik ist nicht scharf darauf, eine halbe Stunde in der Kälte auf dem Boden liegend zu verbluten. Auf einmal spürt er eine komische Schwäche in den Beinen. So stark ist er doch nicht.

»Ist das nun das Ende?«, fragt Jamal.

»Wonach sieht's aus?«, fragt Rafik zurück. Aus den Augenwinkeln sieht er, dass Jamal lautlos weint. Er fühlt Mitleid und will seinen Bruder trösten.

»Ich liebe dich, Bruder«, sagt Rafik.

»Nicht reden!«, kläfft einer der Soldaten.

Jamal lächelt Rafik durch seine Tränen hindurch an.

Die Morgensonne geht auf und streichelt über die müden Körper der Gefangenen. Doch bald brütet die Hitze über den Köpfen, und Fliegen summen in Scharen herum. Mit den Händen auf den Rücken gefesselt, können die Gefangenen die Insekten nur mit Kopfbewegungen verscheuchen, und das hilft auch nicht viel. So stehen sie fast zwei Stunden und warten auf den Kommandanten. Bekanntlich steht er erst um acht Uhr auf. Endlich hört man einen Befehl. Die Soldaten sehen stramm und Abu-Money erscheint, begleitet von zehn maskierten Freiheitskämpfern. Einer der Maskierten baut eine Videokamera auf einem Stativ auf. Ein anderer zieht ein Blatt Papier aus einer Akte und reicht es Abu-Money. Der liest vor: »Jamal und Rafik Abu-Rabah, und Munir El Taharani, genannt Aladin. Ihr werdet der Kollaboration mit dem zionistischen Feind beschuldigt. Ihr habt eure palästinensischen

Brüder verraten und die israelische Staatsbürgerschaft angenommen. Im Namen des Volkes verurteile ich euch zum Tod durch Erschießen.«

Abu-Money gibt dem Soldaten das Papier zurück, und die Soldaten richten ihre Waffen auf die Gefangenen. Jamal verliert das Bewusstsein und bricht zusammen. Ein Soldat leert einen Eimer Wasser über ihn und Jamal öffnet die Augen. Die Soldaten setzen die Gewehre wieder ab und zwei von ihnen helfen Jamal hoch.

»Halt durch!«, flüstert Rafik. »Es dauert nicht mehr lange.«

Abu-Money zieht ein Päckchen aus der Tasche und bietet den Gefangenen eine letzte Zigarette an. Unter Tränen sieht Jamal alles verschwommen, und dann steht nicht Abu-Money vor ihm, sondern Mustafa. Dieser beugt sich über Jamal, der auf einmal ein zwölfjähriger Junge ist, und riecht an seinem Mund.

»Hast du geraucht, Jamal?«

Der kleine Jamal senkt seinen Kopf und beginnt zu weinen. Mustafa schlägt ihm ins Gesicht.

»Es war Rafik«, weint der kleine Jamal. »Er hat mir die Zigarette gegeben.« Daraufhin schlägt Mustafa Jamal wieder ins Gesicht.

»Verzeih mir, Vater. Ich werde nie wieder rauchen. Es war Rafik ...«

Und er bekommt eine weitere Ohrfeige. Jetzt wendet sich Mustafa an den kleinen Rafik.

»Lügner!«, schreit der kleine Rafik. »Jamal ist ein Lügner!«

Um auf Nummer sicher zu gehen, schlägt Mustafa auch Rafik ins Gesicht. Der größere Bruder schaut seinem Vater in die Augen und spuckt Blut auf den Boden.

»Dafür werde ich dich umbringen!«, flüstert der kleine Rafik seinem kleinen Bruder zu.

»Also keine letzte Zigarette.« Abu-Money steckt die Schachtel wieder ein und gibt einen Befehl. Die Soldaten heben die Gewehre und entsichern sie.

Jamal betet. »Vergib mir Gott, schützte meine Mutter und Aliya ...«

Die Soldaten zielen mit ihren Waffen auf die Gefangenen.

»Achtung!«, befiehlt Abu Money.

»Halt!«, ruft Munir. »Was ist mit der letzten Zigarette?«

Abu-Money schaut ihn verblüfft an. »Haben Sie welche?«

»Aber klar.« Munir holt eine Zigarettenschachtel aus der Hemdtasche. Er macht eine ungeschickte Bewegung. Die Schachtel rutscht ihm aus der Hand, und die Zigaretten verteilen sich auf dem Boden. Die Soldaten lachen. Munir ignoriert sie. Er richtet sich wieder auf, steckt sich eine Zigarette in den Mund und bietet auch Rafik und Jamal eine an, Abu-Money jedoch nicht. Unverschämt, findet der Kommandant. Er hebt seine Hand und befiehlt den Soldaten, ihre Gewehre zu heben.

»Hast du auch Streichhölzer?«, fragt Rafik.

»Machst du Witze?« Munir hebt seine Hand. Darin hält er ein Feuerzeug. »Feuer!« ruft Munir. Dann hören sie ein lautes BUMM und fallen zu Boden.

Gedanken über eine Nase

Als er die Augen aufschlägt, ist die Luft voller Staub. Man kann kaum etwas sehen. Erstaunt stellt Rafik fest, dass er keinen Schmerz fühlt. Er tastet seinen Körper ab; alles ist noch da, wo es hingehört. Jamal hat es schlimmer getroffen. Er liegt leblos neben Rafik. Doch dann schlägt auch er die Augen auf. Beide schauen sich um. Die maskierten Freiheitskämpfer liegen tot auf dem Boden und unbekannte uniformierte Kämpfer laufen schreiend umher.

»Wir sind im Himmel!«, sagt Jamal.

»Das glaub ich nicht«, sagt Rafik. »Im Himmel liegen bestimmt nicht so viele Tote herum.«

Das klingt überzeugend, muss Jamal zugeben. Aber was ist denn dann passiert? Das weiß Rafik auch nicht, aber er hält es für eine gute Idee, schnellstens abzuhauen. Er rennt los. Nach einigen Minuten fällt ihm auf, dass Jamal nicht mitkommt. Rafik wirft einen Blick zurück und sieht, wie Jamal auf einen Stiefel, der zweifellos Abu-Money gehörte, starrt.

»Was tust du denn da?«, schreit Rafik panisch. »Komm schon!«

Jamal denkt nicht daran. »Wir nehmen die Leiche von Abu-Money mit!«, verkündet er stolz. »Und wir sagen Mama, dass es Vater ist. Sie sehen sich sehr ähnlich.«

Rafik sieht Jamal entgeistert an. »Jamal, er war ein Killer! Er wollte uns umbringen!«

»Na und? Menschen ändern sich, wenn sie tot sind.« Jamal hebt den Stiefel, dann sieht er die riesige Nase des Kommandanten auf dem Boden liegen. »Schau mal, Rafik. Sie haben sogar die gleiche Nase.«

»Du bist krank!«, sagt Rafik. Er nimmt den Stiefel aus Jamals Hand und wirft ihn weg. Jamal will nun die Nase aufheben, doch Rafik stößt ihn unsanft weiter, aber zu spät. Ein bewaffneter Soldat zielt mit seinem Gewehr auf sie und befiehlt ihnen, auf einen Lastwagen zu steigen.

»Wir haben mit dem Ganzen nichts zu tun«, versucht Jamal zu erklären. »Wir sind nur zufällig hier.« Doch den Soldaten interessiert das nicht. Er schlägt Jamal mit dem Gewehrkolben auf den Schädel. Danach herrscht Ruhe, und Jamal lässt sich widerstandslos auf den LKW werfen.

Sein Bruder bringt nur Unglück, davon ist Rafik überzeugt. Für die eigene Sicherheit wäre es ratsam, sich für immer von Jamal zu verabschieden. Nach dieser Entscheidung tritt Rafik den Soldaten gegen das Schienbein, schlägt einem anderen mit dem Kopf auf die Nase und fängt an zu laufen. Rafik kann gut laufen, aber die Gegner spielen nicht fair. Ein Jeep schneidet ihm den Weg ab und Soldaten springen heraus. Dann wird er zu Jamal geworfen, und der Laster fährt los, eine Staubwolke hinter sich zurücklassend.

»Großartig!«, sagt Rafik. »Wir waren schon frei, aber NEEIN, du musstest nach einer Nase suchen!«

»Er sah genauso wie Vater aus!«, verteidigt sich Jamal.

»Ach, leck mich!«

»Okay, vielleicht war das keine gute Idee mit dem Stiefel, aber deswegen musst du mich nicht gleich hassen.«

»Also erst mal stellen wir klar, ich hasse dich nicht. Ich verabscheue dich!«

Jamal schaut Rafik entsetzt an. Das hat er nicht verdient. Gerade erst hatte Rafik gesagt, dass er Jamal liebt.

»Ja, als Toter! Da würdest du es mir entschieden leichter machen, dich zu lieben«, stellt Rafik klar.

Rafik treibt es zu weit, findet Jamal. In Krisenzeiten muss man zusammenhalten, und wenn Rafik das nicht versteht, muss Jamal die Verantwortung übernehmen.

»Was werden sie mit uns machen?«, fragt Jamal. Das weiß Rafik auch nicht. Vermutlich werden sie wieder mal exekutiert, aber darin haben sie ja schon Übung. Jamal findet es nicht witzig. Es geht um ihr Leben.

»Danke, dass du mich daran erinnerst«, sagt Rafik. Er hockt in der Ecke und versucht seinen Bruder zu ignorieren. Seitdem er den Flughafen Ben-Gurion betreten hat, ist sein Leben zu einer Achterbahnfahrt geworden, an deren Ende der Tod wartet. Schuld daran ist einzig und allein sein Bruder Jamal. Er ist eine Plage. Die ersten Jahre von Rafiks Kindheit waren glücklich. Bis Jamal geboren wurde. Ein hässliches Baby, das immer weinte.

Wiedersehen mit einem alten Bekannten

»Hopp!« Ein lauter Ruf reißt Rafik aus seinen Gedanken. Er schaut hoch und sieht Jamal, der neugierig durch das Guckloch in der Zellentür hinausschaut. »Hopp!«, wiederholt sich der Ruf von draußen. Man hört die Soldaten im Hof lachen. Dann wirft sich Jamal zu Boden und hält schützend seine Hände über den Kopf. Als nach ein paar Sekunden nichts passiert ist, schaut er vorsichtig hoch und krabbelt schnell in die Ecke gegenüber. Da Jamal nichts sagt und Rafik ihn auch nicht fragen will, steht er auf, um selbst durch das Guckloch zu sehen.

Draußen spielen die Wächter, offenbar gelangweilt. Sie werfen sich gegenseitig Bälle zu. Nur dass es keine Bälle sind, sondern Handgranaten. Und sie werfen sie mit möglichst viel Risiko, damit es auch Spaß macht: »Hopp!« – »Ich hab sie!« – »Hopp!« – »Pass auf!« Eine Granate landet fast auf dem Boden, aber einer der Spieler wirft sich hinterher und fängt sie gerade noch in der Luft auf. Stolz hält er die Handgranate hoch. Rafik wird es mulmig. Er robbt hastig ans andere Ende der Zelle, bedeckt seinen Kopf mit den Händen und wartet auf eine Explosion – die nicht kommt. Aus den Augenwinkeln wirft er Jamal einen wütenden Blick zu.

Dann hört man einen Befehl, und das Gelächter vor der Tür verstummt. Die Tür wird aufgerissen und Munir, begleitet von zwei bewaffneten Soldaten, betritt die Zelle. Er trägt eine saubere Uniform mit einer Pistole an seinem Gürtel. Der Begleiter zu seiner Rechten sieht etwas verschlafen aus. Wenn er näher kommt, könnte Rafik ihn überwältigen und ihm die Waffe abnehmen. Vielleicht wird der andere Soldat schießen, bevor Rafik das Gewehr entsichern kann. Wenn schon, dieses Risiko muss Rafik eingehen. Aber was macht er, wenn es klappt? Rafik hat noch nie ein Gewehr in der Hand gehalten. Es dürfte aber nicht zu kompliziert sein. Man zielt und drückt auf den Abzug. Und wenn er nicht trifft? Egal, er hat nichts zu verlieren.

»Willkommen beim Regiment des Islamischen Dschihad«, sagt Munir und umarmt Rafik. Darauf folgen zwei Bruderküsse für Rafik und Jamal.

Brüder

»Nieder mit dem zionistischen Feind! Sieg dem palästinensischem Widerstand!«, schreit Munir.

»Sieg!«, brüllen die Soldaten um ihn herum und schießen in die Luft. Munir hebt seine Arme und alle verstummen.

»Im Kampf für die Revolution haben wir eine Gefängniszelle geteilt!«, ruft Munir. »Wir sind Brüder!«

»Brüder!«, jubeln die Soldaten und schießen in die Luft. Munir hebt erneut seine Arme hoch, und es herrscht Stille.

»Die palästinensische Bruderschaft wird mit Blut besiegelt.«

»Mit Blut besiegelt!«, antworten die Soldaten unisono.

Bevor Rafik und Jamal verstehen, was geschieht, zieht Munir ein langes Messer heraus und schneidet damit in seinen Arm. Er hebt den Arm und zeigt einen blutigen Schnitt.

»Brüder!«, schreien die Kämpfer wild.

»Brüder!«, rufen auch Jamal und Rafik.

Munir reicht Jamal das Messer. Es dauert ein paar Sekunden, bis Jamal versteht, was Munir von ihm verlangt. Dann setzt sein Herzschlag für einen Moment aus und er bricht in Rafiks Armen zusammen. Dieser nimmt das Messer, steckt es in Jamals Hand und führt einen Schnitt aus, wie Munir es getan hat.

Es läuft so schnell ab, dass Jamal gar keinen Schmerz spürt. Trotzdem schreit er wie am Spieß. Rafik zieht Jamals blutenden Arm in die Höhe, damit alle ihn sehen. Dann fährt er mit dem Messer über seinen Arm, legt seinen und den von Jamal gegen Munirs Arm, sodass sich das Blut vermischt. Eigentlich stammt das Blut an Rafiks Arm von Munir. Rafik hat sich gar nicht geschnitten. In der Dunkelheit ist der Schwindel aber nicht zu erkennen.

»Brüder!«, schreit Rafik.

»Brüder!«, antworten die Soldaten, schießen wieder in die Luft, schreien wild und tanzen.

Ein Lamm wird über dem Feuer gebraten. Ein junger Mann trägt auf seinen Schultern eine Holzstange, an deren Enden zwei Eimer hängen. Daraus holen sich die Kämpfer kalte Getränke. Jamal nimmt sich eine Dose Cola, als ihm auffällt, dass der junge Mann gar keine Arme hat.

»Bruder Chakim«, stellt Munir den jungen Mann vor. »Er war Sprengstoffspezialist. Dann war er im Frühjahr auf einer Mission in einem zionistischen Dorf.«

Munir schneidet sich ein Stück Lamm ab und isst.

»Bruder Chakim trug zwei Kilo Sprengstoff bei sich«, fährt Munir fort. »Sein Ziel war eine feindliche zionistische Familie mit fünf Kindern – diese Juden vermehren sich wie die Pest. Sie züchten kleine Schlangen in unserem Land und es ist unsere heilige Pflicht, sie zu vernichten, bevor sie groß werden! Dafür war Bruder Chakim von Gott auserwählt. Aber der feige Feind hat sich was Böses ausgedacht. In der Nacht, als Chakim schlief, kam ein jüdischer Geist über ihn und raubte ihm den Verstand. Am nächsten Morgen vergaß Bruder Chakim, die Uhr auf Sommerzeit umzustellen, und die Bombe explodierte eine Stunde zu früh.«

Jamal schaut wie hypnotisiert zu Chakim. Mama wäre bestimmt nicht damit einverstanden, dass sich Jamal für das Vaterland opfert. Und wenn sie hier wäre, würde sie die Soldaten zu ihren Müttern nach Hause schicken. Sogar Munir. Aber Mama ist nicht hier.

Munir reicht Jamal ein Stück Lamm mit seinem langen Messer. »Schmeckt hervorragend!«, sagt Munir. »Das Lamm hat das Gras des freien Palästina gefressen.«

»Auf die freien Lämmer Palästinas!«, ruft Jamal.

»Auf die freien Lämmer Palästinas!«, rufen die Soldaten.

»Auf Bruder Jamal!«, ruft Munir und schwenkt seine Lammkeule in der Luft.

»Auf Bruder Jamal!«, brüllen die Soldaten.

Jamal strahlt. »Endlich Licht am Ende des Tunnels«, flüstert er zu Rafik.

»Es ist mir eine große Ehre, dein Bruder zu werden«, fährt Munir fort.

»Und meine größte Ehre wäre es, ein Bruder des ganzen palästinensischen Volkes zu sein«, erwidert Jamal feierlich.

Das hört Munir gerne. Er hebt seine Hand, und alle verstummen. »Soeben hat unser Bruder Jamal geschworen, ein

Bruder für das ganze palästinensische Volk zu sein«, brüllt Munir.

»Brüder der Nation!«, schreien die Soldaten.

Munir küsst Jamal auf beide Backen und umarmt ihn innig.

»Noch heute Nacht geht der Wunsch unseres Bruders Jamal in Erfüllung«, ruft Munir. »Heute Nacht geht Bruder Jamal auf eine heilige Mission!«

Die Soldaten brüllen und schießen in die Luft. Nur Rafik und Jamal starren sich schockiert an.

»Das ist nicht, was mein Bruder meinte«, protestiert Rafik. »Er ist für eine heilige Mission noch nicht bereit. Er kennt sich da nicht aus!«

Munir winkt ab. Rafik muss sich keine Sorgen um seinen Bruder machen. Jamal ist der geborene Kämpfer. »Du hast doch gesehen, wie er für sein Fußballteam gekämpft hat. Wenn alle so für Palästina kämpfen würden, hätten wir unser Land schon längst befreit. Wir sind stolz auf Bruder Jamal!«

»Brüder!«, schreien alle in Ekstase.

»Licht am Ende des Tunnels wäre zu schön«, zischt Rafik. »Das sind leider die Scheinwerfer des Zuges, der uns entgegenrast.«

Der Unterschied zwischen Klick und Klack

»Hopp!« Habib, ein kleiner Bursche mit Brille, wirft Rafik eine Handgranate zu. Ein Dutzend Soldaten um ihn herum ducken sich. Rafik versucht, die Granate zu fangen, aber sie rutscht ihm aus der Hand. Blitzschnell hechtet Rafik hinterher und fängt sie kurz vor dem Aufprall auf. Schweiß rinnt ihm über die Stirn. Die Soldaten lachen nervös.

»Gut gefangen«, sagt Habib. »Aber völlig unnötig. Die Handgranate ist nur dann gefährlich, wenn man den Sicherungssplint herausgezogen hat. Wirf sie zurück«, fordert er Rafik auf. Habib fängt die Handgranate und hebt sie hoch.

»Seht ihr?« Er entfernt den Splint. Rafik und Jamal werfen sich auf den Boden, legen die Hände über den Kopf und schließen die Augen. Dann hören sie Lachen. Als sie die Augen aufmachen, sehen sie, dass alle anderen noch stehen und Habib die Handgranate weiterhin in der Hand hält.

»Aufstehen, Ladies!«, befiehlt Habib. Er hat von Munir die Anweisung bekommen, aus den beiden gute Kämpfer zu machen, keine leichte Aufgabe. Die beiden sind ängstlich und nicht bereit, zu sterben. Habib hasst ängstliche Soldaten.

»Jetzt aufpassen!«, sagt Habib und zeigt auf den Schalthebel. »Solange ich es festhalte, passiert nichts. Erst wenn ich die Granate werfe, wird der Schalthebel frei, und dann dauert es noch vier Sekunden, bis sie explodiert. Genügend Zeit, damit ihr euch in Sicherheit bringt.«

Habib holt aus, um die Granate zu werfen. Die Soldaten ducken sich.

»Soll ich sie werfen?«

»Nein!«, schreien alle zusammen.

»Richtig! Die Handgranate einfach so zu werfen wäre ein großer Fehler. Sie fliegt zwei Sekunden durch die Luft und erreicht das Ziel. Der Feind fängt sie auf und wirft sie zurück. Noch einmal zwei Sekunden. Dann BUMM! Und ihr seid tot. Also, erst gebt ihr den Schalthebel frei ...« Habib lässt den Schalthebel der Granate springen, und es macht KLICK. »Jetzt zählt ihr eins, zwei ...« Habib wirft die Granate in eine Grube und wirft sich zu Boden. Auch die anderen Soldaten gehen in Deckung. Nur Jamal und Rafik bleiben stehen und verfolgen fasziniert den Flug der Granate durch die Luft.

»Fünf, sechs, sieben, acht«, zählt Habib weiter, dann hört man eine Explosion, und eine Schockwelle wirft Rafik und Jamal zu Boden. Eine Staubwolke wirbelt auf und verdeckt alles. Habib steht auf und hilft den Brüdern auf die Beine.

»Bravo!«, sagt Habib. »Ihr seid echte Kämpfer. Willkommen im Islamischen Dschihad.«

Die Soldaten applaudieren.

»Was sind die beiden?«, fragt Habib in die Runde.

»Kämpfer!«, rufen die Soldaten.

»Richtig«, sagt Habib. »Und was seid ihr?«

Die Soldaten starren Habib fragend an.

»Ihr seid Waschlappen!«, sagt Habib. »Bitte wiederholen!«

»Wir sind Waschlappen!«, schreien die Soldaten.

»Und was wollen wir werden?«

»Kämpfer!«, rufen die Soldaten unisono.

»Richtig! Kämpfer! Und wir werden für unser Land sterben!«

»Für unser Land sterben!«, wiederholen die Soldaten.

Geschäfte auf ukrainische Art

Allein in Jerusalem besitzt Nikolai vier Nachtlokale. In Tel Aviv hat er noch mehr. Wie viele genau, kann er nicht sagen, weil nicht alle auf seinen Namen registriert sind. Wegen der Steuervorteile, wie es sein Berater ihm erklärt hat, obwohl Nikolai ausdrücklich darum gebeten hat, ihn mit solchen Details zu verschonen. Dafür zahlt er schließlich gutes Geld.

Von seinen Bars mag Nikolai das Flying Kangaroo am liebsten. Es liegt im alten Fischereihafen der Altstadt von Jaffa. Das Meer und die alten Fischkutter sind sehr romantisch und beruhigen Nikolais Seele. Aus diesem Grunde hat er hier sein Hauptquartier. Pillen wären günstiger, meint sein Therapeut, aber Nikolai spart nicht an der falschen Stelle. Er arbeitet hart und gönnt sich auch mal etwas. Und wenn er etwas will, wird ihn nichts und niemand davon abhalten.

Der Vorbesitzer des Flying Kangaroo, ein Typ namens Dudi, wollte sich von seiner Bar nicht trennen. Sie hatte schon seinem Vater gehört, der das erste Nachtlokal in Tel Aviv eröffnet hatte, als noch die Britische Armee in Palästina weilte. Und sollte er sich doch von ihr trennen, weil er gerade an Geldmangel litt, dann müsste Nikolai schon eine Million zahlen, Dollar. Alles Lügen, sagte Nikolai. Dudi hatte gar keinen Vater, weil seine Mutter eine Hure war. Und diese Geschichte hatte er nur erfunden, um den Preis hochzutreiben. Also machte Nikolai ein Gegenangebot. Er würde 100.000 zahlen, Schekel. Das entsprach 30.000 Dollar und war viel mehr, als Dudis Kaschemme wert war. Dudi war nicht einverstanden, und sie verschoben die Verhandlung. Am nächsten Tag gabelte Nikolai einen Obdachlosen am Strand von Tel Aviv auf, steckte ihn zwei Stunden in die Badewanne, danach rasierte ihn Sweetie, verpasste ihm einen schicken Haarschnitt und machte auch sonst noch alles Mögliche mit ihm. Danach hatte ihm Nikolai noch einen seiner Anzüge gegeben. Der Mann sah recht schick aus und war auch sonst sehr nett. Sweetie war auf der Stelle in ihn verliebt. Auf dem Weg zum Geschäftstermin hatte Nikolai den Mann gebrieft. Egal, was man ihn fragen würde, er solle immer ablehnen. Verstanden? Nein, sagte der Obdachlose. Nikolai war zufrieden. Dieses Mal fand die Verhandlung in einer schäbigen Scheune außerhalb der Stadt statt. Um Dudi zu beweisen, dass sein Angebot fair war, behauptete Nikolai, dass er dem Herrn hier dasselbe Angebot gemacht hatte, und er war damit einverstanden. Nicht wahr?, fragte Nikolai den Obdachlosen. Nein, kam dessen Antwort. Er lachte sich tot. Daraufhin zog Nikolai eine Kanone aus der Tasche, eine kleine Makarow, die er noch aus seiner Dienstzeit in der Ukraine hatte, und schoss den Obdachlosen direkt zwischen die Augen. Dudi wurde bleich und fragte nur, wo er unterschreiben sollte. Danach sah man ihn nie wieder in der Stadt.

Im ersten Stock hat Nikolai sein Büro eingerichtet, und im Lager hinter dem Lokal deponiert er Waffen. Nikolai ist kein Waffensammler. Es geht ums Geschäft, er verkauft die Ware für gutes Geld. Das ist der Sinn der Sache. Die Waffen aus der Armee bekommt er gegen Drogen, die er wiederum gegen Frauen tauscht, und diesen gibt er auch Drogen – die er als Großhändler zum halben Preis bekommt. Für die Frauen nimmt er aber nur Bares. Wichtig ist dabei immer, dass er Geld bekommt, es aber nie ausgibt. Nikolai mag nicht zahlen. Er bevorzugt Tauschgeschäfte.

Das Prinzip der freien Marktwirtschaft

Zu dieser späten Nachmittagsstunde ist nicht viel los im Flying Kangaroo. Als Olga hereinkommt, sitzt Sweetie auf einem Barhocker und lackiert ihre Fingernägel. Die zwei Bodyguards von Nikolai spielen Schach. Olga setzt sich an die Theke.

»Hey, Sweetie, machst du mir einen Kaffee?«

»Für mich auch«, sagt Ivet vom Schachbrett.

Sweetie bringt Ivet einen Kaffee, kehrt hinter die Theke zurück und beschäftigt sich weiter mit ihren Fingernägeln.

»Und was ist mit meinem Kaffee?«, fragt Olga.

Sweetie hebt ihre linke Hand und zeigt Olga einen Ring aus Gold mit einem großen Diamanten daran.

»Siehst du das? Drei Karat. Von Nikolai. Wir sind verlobt.«

»Herzlichen Glückwunsch!«, sagt Olga. »Es ist ein sehr schöner Ring.«

»Dann lass deine Finger von ihm! Verstanden?«

Olga lacht. »Aber Sweetie, ich habe nichts mit Nikolai. Er ist nicht mein Typ.«

»Verarsch mich nicht. Ich hab gesehen, wie er dich anglotzt. Und du willst garantiert auch so was«, sagt Sweetie und zeigt noch einmal auf den Diamanten, obwohl Olga ihn schon deutlich gesehen hat.

»Wirklich, Sweetie, Nikolai ist ganz nett, aber er ist auch klein und dick. Nicht mein Traummann. Bekomme ich jetzt einen Kaffee?«

Da merkt Olga, wie Sweetie zur Tür sieht und strahlt. Am Eingang steht Nikolai. Hinter ihm Munir und Habib. Der Kommandant trägt eine Leiter und Habib einen Farbeimer. Weiß angezogen, sehen beide wie Malermeister aus.

Olga fragt sich, ob Nikolai ihre letzten Worte mitgehört hat. Der Boss steht auf sie, das weiß sie ganz genau. Und das Gespräch mit Sweetie würde ihm bestimmt nicht gefallen.

In der Tat, Olga ist Nikolais Traumfrau, soweit Nikolai eine Frau einen Traum nennen kann. Und was sie über ihn gesagt hat, das kränkt. Dick hat sie gesagt. So dick ist er gar nicht. Nikolai zieht seinen Bauch ein. Und kriminell! Womit hat er das verdient? Wenn überhaupt, dann ist Olga eine Diebin. Nikolai ist ein Händler. Die Palästinenser geben eine Menge Schotter für Waffen aus. Und die hat er nicht geklaut. Für jede Uzi und jede Handgranate hat er bezahlt. Nicht viel, aber die Leute haben es freiwillig gemacht. Vielleicht haben sie die Waffen von der Armee geklaut. Dann sind sie die Kriminellen, nicht Nikolai! Dass die Palästinenser mit den Waffen Israelis killen, gefällt ihm zwar auch nicht, aber so ist es in der freien Wirtschaft, und die hat Nikolai nicht erfunden. Ihm gefällt manches nicht. Die hohe Mehrwertsteuer zum Beispiel, total kontraproduktiv. Obwohl Nikolai keine Steuern zahlt. Die Einnahmen aus seinen Clubs bekommt er in bar, und den Profit aus den Waffengeschäften darf er nicht angeben. Das ist aber allein die Schuld des Staates. Der verbietet den freien Waffenhandel, um das Geschäft in den eigenen Händen zu behalten. Und das allein widerspricht dem Prinzip der freien Marktwirtschaft. Nikolai hat sich die Gesetze nicht ausgedacht, und er ist nicht für die Krankheiten der Gesellschaft verantwortlich. Er mischt sich nicht in Staatsangelegenheiten ein, und der Staat soll seine Nase gefälligst nicht in Nikolais Geschäfte stecken. Olga ist ein Problem, da muss Nikolai eine Entscheidung treffen, aber erst muss er das Geschäft mit den Arabern abwickeln. Danach wird er sich mit ihr beschäftigen. Sie wird es noch bereuen, dass sie so über ihn geredet hat. Nikolai gibt Olga einen Schlüssel, sie soll das Auto holen. Dann bittet er Sweetie, die Bar zu schließen. Sie haben zu tun.

Eine Berufung

»Das Besondere an dieser Bombe ist der Zündmechanismus«, erklärt Nikolai. Habib und Munir betrachten neugierig das Handy. Sieht wie ein ganz normales Smartphone aus, Touchscreen und Kamera inklusive.

»Eine Erfindung des Mossad«, fährt Nikolai fort. »Zum richtigen Zeitpunkt telefoniert man mit der Bombe, sagt guten Morgen oder guten Abend, je nach Tageszeit, und sie explodiert. Man kann es mit jedem Telefon machen, aber mit einem iPhone macht es mehr Spaß.«

Habib wechselt unfreundliche Blicke mit den Bodyguards. Die beiden stehen am Eingang der Lagerhalle und beobachten den Palästinenser genauso unfreundlich. Habib traut den Russen nicht. Als Nikolai die Hand in seine Jackentasche steckt, zieht Habib zwei Kanonen der Marke Walther und zielt auf Nikolai und die Bodyguards. Die ziehen ihre Berettas und zielen auf Habib und Munir. Die Situation gefällt Nikolai gar nicht. Ganz vorsichtig holt er eine Visitenkarte aus der Tasche und reicht sie Munir. Darauf steht die Telefonnummer der Bombe. Die braucht man, sonst kann man aus Versehen mit einer anderen Bombe telefonieren und mächtig Ärger bekommen.

»Sie lassen es drei Mal klingeln«, erklärt Nikolai. »Dann macht es Bumm. Und bitte, Jungs, steckt die Dinger weg, bevor sich noch jemand verletzt.«

Halbwegs beruhigt, stecken alle die Pistolen ein, schauen sich aber weiterhin misstrauisch an. Ein Bodyguard darf sich keinen Fehler leisten, hat Nikolai seinen Leuten gesagt. Wenn etwas passiert, haftet der Bodyguard mit seinem Kopf. Dabei ist die Bezahlung nicht besonders gut.

Um diesem Beruf nachzugehen, muss man schon ein Idealist sein. Genau genommen ist es kein Beruf, sondern eine Berufung.

Olgas Entscheidung

Olga steht nicht auf große Autos. Beim Ford Galaxy macht sie aber eine Ausnahme. Fünfzig Jahre nach dessen Herstellung hat der amerikanische Schlitten seinen Charme immer noch nicht verloren. Die 4,8-Liter-Maschine entwickelt eine

Leistung von 300 PS, dabei hört man keine Motorgeräusche. Ein Wunder der Technik. Außerdem passt der rosa Lack perfekt zu ihrem Esprit-Minirock, den hochhackigen Schuhen von Snake und dem Santiago-Strohhut.

Olga lässt das Auto vor den Eingang des Flying Kangaroo rollen und stellt den Motor ab. Sie hat sich mit Nikolai verabredet, um die Ware zu holen. Doch die Lagerhalle ist dunkel. Im Büro aber brennt noch Licht. Olga schaut durch das Fenster, Nikolai sitzt dort mit den zwei Arabern.

»Wir brauchen noch Plakate für die Märtyrer«, sagt der eine und reicht Nikolai Bilder. Nikolai betrachtet die Bilder und bricht in Gelächter aus. Rafik und Jamal Abu-Rabah, er kennt sie. Letzte Woche hat Olga sie mitgebracht. Da sind sie dem Tod knapp entkommen, aber man kann das Schicksal nicht ewig betrügen.

»Olga, die Blonde in der Bar?« Die würde Munir gerne haben. »Steht sie zum Verkauf?«

»Schon«, sagt Nikolai. »Aber du kannst sie dir nicht leisten. Das Mädchen ist gebildet und spricht drei Sprachen.«

Die Zahl der Sprachen spielt keine Rolle. Munir braucht die Frau nicht zum Reden.

»In dem Fall wird sie noch teurer. An welchen Preis hast du gedacht?«

»Fünf Riesen?«, versucht Munir sein Glück.

Nikolai lacht. Sie können über fünfzig reden. Munir protestiert. Die Bombe kostet 25 Riesen. Und Olga 50? Hat das Mädchen eine Muschi aus Gold?

»Das ist eine falsche Berechnung«, erklärt Nikolai. »Eine Bombe kriegst du nur einmal hoch, dann ist Schluss. Aber Olga, mit der machst du jede Nacht BUMM. Dafür musst du schon 50 zahlen. Du wirst es nicht bereuen. Russische Frauen bleiben lange frisch.«

Munir ist ziemlich frustriert. Er würde für das Mädchen sein ganzes Geld geben. Das reicht aber nicht.

»Du brichst mein Herz«, sagt Nikolai. »Aber ich mach es. Ein Beitrag zum Verständnis zwischen unseren Nationen.«

Nikolai und Munir reichen sich die Hände, um das Geschäft zu besiegeln. Daraufhin leert Habib einen Eimer auf den Tisch. Er ist voll mit Dollarscheinen.

»Das Mädchen ist eine wilde Stute«, warnt Nikolai. »Ich liefere sie, aber du musst selbst sehen, wie du sie bei dir behältst.«

Olga schluckt. Sie wusste, dass Nikolai ein Schwein ist, aber dass er sie verkauft, hätte sie nicht gedacht. Konflikte sind normal. Juden und Araber, Polizisten und Verbrecher, aber man kann über alles reden. Und es ist nicht korrekt, wenn ein Araber die eigenen Leute umbringt oder ein Jude seine, egal wie hoch der Profit ist. Es gibt Grenzen! Auch Verbrecher müssen ehrlich miteinander umgehen. Sie würde Nikolai zu gerne ihre Meinung sagen, aber das könnte er als respektlos verstehen, und mit Respekt ist Nikolai sehr empfindlich.

Olga verlässt das Fenster und geht in die Lagerhalle. Nur ein schmaler Strahl Mondlicht dringt herein. Sie blickt sich um, findet aber die Telefonbombe nicht. Vielleicht könnte sie die Bombe anrufen, hat aber die Nummer nicht. Und selbst wenn, wie soll es funktionieren? Man ruft an und die Bombe antwortet: Hallo, ich bin hier, Regal fünf zwischen einer Kiste Whiskey und den alten Bürostühlen – BUMM.

Endlich findet Olga die richtige Kiste und macht sie auf. Die Bombe sieht nicht besonders gefährlich aus, sie ähnelt einem Topf mit einem fest verschweißten Deckel, mit einer Roststelle an einer Ecke. Und das soll 25.000 Schekel kosten. Das beweist nur, dass Männer keine Ahnung von Preisen haben. Olga zerrt die Bombe aus der Kiste und holt sie heraus. Die Bombe ist schwer, vielleicht die größte, die man jemals gebaut hat. Außer der Atombombe natürlich, aber so weit würde Nikolai nicht gehen. Man macht keinen Profit mit einer Ruinenstadt. Endlich schafft es Olga, die Bombe in eine leere Tonne zu legen. Sie bedeckt sie mit Lumpen und Zeitungen, anschließend legt sie alte Autobatterien in die Bombenkiste und macht sie wieder zu.

Ein guter Rat für Sweetie

»Sag mal, Sweetie, magst du Araber?«

Sweetie ist irritiert. Sie mag die Russin nicht. Olga hat blaue Augen und schöne Brüste, aber die hat Sweetie auch, und die Männer glotzen auch Sweetie hinterher. Aber sie sucht nach dem einen, dem Richtigen. Olga dagegen ist eine Schlampe. Allerdings würde Sweetie das nicht laut sagen. Sie hat keine Angst vor Olga, aber sie arbeiten zusammen, und da macht man so was nicht. Und das mit Nikolai hat sich erledigt. Gestern hat er ihr hoch und heilig versprochen, dass er mit Olga nichts am Hut hat.

»Araber? Bist du auf den Kopf gefallen? Natürlich nicht. Wie kann man Araber mögen?«

»Es wäre besser, wenn du dich daran gewöhnst«, sagt Olga.

Sweetie versteht noch immer nicht, was Olga von ihr will, aber Olga hat nicht vor, sich genauer auszudrücken.

In der anderen Ecke der Bar sitzt Munir und glotzt Olga an. Sie lächelt ihm zu und winkt. Sweetie ist empört.

»Sag mal, du hast dich doch nicht etwa in einen Araber verliebt?«

Olga lächelt und schweigt.

»Du bist so naiv, Olga. Erstens würde er dich schlagen. Und danach würdest du es mit den Juden zu tun bekommen. Und das zu Recht.«

Abschied

Die Freiheitskämpfer tragen Nylonstrumpfhosen über dem Gesicht und ein grünes Band mit einer Kampfparole um die Stirn. Ein Soldat justiert eine Videokamera auf einem Stativ und richtet sie auf Rafik und Jamal. Es ist stockdunkel, und der Soldat kann die Brüder nur schwer auf dem kleinen Display erkennen.

»Du sollst reden!«, flüstert Jamal.

»Warum ich?«, fragt Rafik auch flüsternd.

»Du kannst es besser.«

Typisch Jamal. Wenn es kompliziert wird, hat er immer eine Ausrede. Dabei weiß Rafik genauso wenig, was er sagen soll. Auf einmal muss Rafik an Mama denken. Warum gerade Mama? Warum denkt er nicht an eine Frau? Eine sexy Blondine vor dem Tod, das wäre noch besser als eine letzte Zigarette. Rafik würde gerne eine Erklärung dafür haben, aber die kann ihm wahrscheinlich nur ein Seelenklempner geben, und so eine Therapie dauert. Bis er eine Antwort gefunden hat, ist er längst tot. Zögernd steht Rafik auf. Die Kämpfer stehen stramm. Sie sind froh, dass heute andere in den Tod gehen.

»Liebe Mutter«, fängt Rafik mit leiser Stimme an. Jamal schaut seinen Bruder überrascht an. Was soll denn das? Das weiß Rafik auch nicht. Er hält so eine Rede zum ersten Mal, und wenn Jamal es besser kann, soll er doch loslegen. Jamal schweigt, also fährt Rafik fort.

»Liebe Mama!«, wiederholt Rafik, dieses Mal etwas lauter. »Wenn du mich hörst, lebe ich nicht mehr. Ich sterbe, ohne deinen Wunsch erfüllt zu haben, denn es ist mir nicht gelungen, Vater zu seiner letzten Ruhestätte zu geleiten. Bruder ...« Rafik wendet sich an Jamal. »Du wirst deine geliebte Aliya nicht wiedersehen. Es ist meine Schuld. Verzeih mir.«

Jamal umarmt seinen Bruder. Beide haben Tränen in den Augen. Anscheinend ist die Szene sehr bewegend, denn die Kämpfer hören Rafik gebannt zu, auch wenn sie nicht wissen, wovon er redet. Hier und da muss sich ein Kämpfer eine Träne aus dem Augenwinkel wischen, gibt sich jedoch Mühe, dass die anderen es nicht mitbekommen.

»Meine liebe Aliya!« Jetzt bricht es auch aus Jamal heraus. »Du bist so stark, so fröhlich, so wunderhübsch, und ich habe dir nicht vertraut. Ich schäme mich dafür. Ich habe dich nicht verdient.« Jamal beginnt zu schluchzen. Auch die Dschihadisten können sich nicht mehr zurückhalten. Sie fallen einander um den Hals und heulen.

»Ich liebe dich, Vater!«, fährt Jamal fort. »Vergib mir. Bitte, vergib mir!«

Berührt von seiner eigenen Rede heult Jamal jetzt um die Wette mit den anderen, und vor lauter Gefühlen kommt in ihm das freie palästinensische Lamm hoch. Um sich nicht vor allen zu blamieren, läuft Jamal zum Busch und kotzt. Rafik schaut Jamal hinterher und setzt die Rede fort.

»Vater! Ich vermisse dich, Vater. Ich habe dich enttäuscht, war wütend auf dich, aber ich habe dich immer geliebt. Und jetzt, kurz vor meinem Tod, weiß ich, du hast mich auch geliebt. Wir haben eine Mauer zwischen uns errichtet. Das war falsch. Wir brauchen keine Mauern. Wir brauchen Freiheit und Hoffnung!«

Die Dschihadisten applaudieren wild, schießen in die Luft und rufen laut: »Freiheit für Palästina! Liebe!« Rafik fängt an, wie in Trance zu tanzen und zu schreien: »Liebe!« Dabei folgt er Jamal in den Busch.

»Eine geniale Idee, Bruder. Und jetzt weg hier!« Jamal protestiert. Er muss weiterkotzen. Dafür hat Rafik kein Verständnis. Zum Kotzen hat Jamal den Rest seines Lebens Zeit. Rafik greift sich Jamals Hand und zieht ihn hinter sich her.

Irgendwann bemerkt jemand, dass Rafik und Jamal verschwunden sind. Die Soldaten ergreifen ihre Waffen und laufen den Brüdern hinterher. Die laufen um ihr Leben, und so, wie es aussieht, wird dies nicht mehr lange dauern. Die Kämpfer kommen ihnen immer näher, schießen wild um sich. Ein Wunder, dass sie sich dabei nicht gegenseitig umlegen, denn in der Dunkelheit sehen sie so gut wie nichts.

Plötzlich stolpert Jamal und fällt in eine Grube. Er schreit und reicht Rafik seine Hand, damit er ihm heraushilft. Rafik denkt nicht daran. Er springt auch in die Grube, presst seine Hand auf Jamals Mund und hindert ihn daran, zu schreien. Zum Glück, denn die Soldaten haben sie bereits überholt. Sie springen über die Grube hinweg und laufen weiter. Erst als die letzte Gestalt in der Dunkelheit verschwunden ist, atmen Rafik und Jamal auf. Sie wollen schon aufstehen, als einer der Kämpfer zur Grube zurückkommt. Er macht seine Hose auf und pisst auf Jamals Fuß. Der wagt es nicht, sich zu bewegen, bis der Kämpfer seine Hose wieder zugemacht hat und seinen Kameraden folgt.

»Er hat auf meinen Schuh gepisst«, beklagt sich Jamal.

»Du hast es mit Bravour ausgehalten. Aliya wird stolz auf dich sein«, ermuntert ihn Rafik. »Du bist ein Held!«

Auf der Hauptstraße angekommen, versuchen Jamal und Rafik, per Anhalter weiterzukommen. Das erste Auto fährt an ihnen vorbei. Das zweite auch, und danach kommt gar keins mehr. Jamal fängt an loszumarschieren.

»Weiß du, wo wir sind?«, fragt Rafik.

Das weiß Jamal nicht. Irgendwo zwischen Ramallah und Nablus, aber die genaue Richtung kann er auch nicht sagen.

»Warum dann diese Richtung und nicht die andere?«

»Was macht das schon für einen Unterschied?«, fragt Jamal.

»Ob du in die israelische Armee stolperst oder in palästinensische Kämpfer«, antwortet Rafik.

»Das macht auch keinen Unterschied«, sagt Jamal, und nach der Erfahrung der letzten Tage muss Rafik ihm zustimmen. Also folgt er ihm. Da sehen sie die Lichter eines Pickups auf sich zukommen. Jamal stellt sich mitten auf die Straße und winkt mit beiden Händen. Das Auto hält, und zwei Männer steigen aus. Im Mondlicht erkennen die Brüder Habib und Munir. Beide halten Pistolen in der Hand. Sie zielen auf die Brüder und fordern sie auf, die Hände über den Kopf zu heben und ins Auto zu steigen. Jamal folgt dem Befehl. Rafik aber wendet sich ab und marschiert los.

»Halt, oder ich schieße«, ruft Munir ihm hinterher. Rafik hält an und wendet sich zu Munir.

»Hör mal, ich weiß, es ist nicht persönlich gemeint, du hast eine Mission zu erfüllen. Ich aber habe damit nichts zu tun. Ich bin hier fertig. Ich gehe zurück nach Deutschland. Und wenn du es nicht lassen kannst, dann erschieß mich eben.« Damit verlässt Rafik die Straße und marschiert in die Dunkelheit. Nach ein paar Metern, Rafik hört noch immer keinen Schuss, fängt er an zu laufen. Doch dann fährt der Pickup an ihm vorbei. Habib sitzt am Steuer. Munir steht auf der Ladefläche des Pickups. In der Hand hält er eine Pistole, die er gegen Jamals Schläfe hält.

Kann eine Bombe zunehmen?

»Ist verdammt schwer«, sagt Ivet und schnauft.

»Du bist alt geworden«, sagt Pavel. Er schiebt Ivet beiseite, hebt die Kiste vom Boden hoch und legt sie in den Kofferraum des Autos. In der letzten Zeit bereitet auch ihm der Rücken Schwierigkeiten. Er würde es aber nie zugeben.

»Vielleicht hat die Bombe zugenommen«, sagt Ivet und lacht gezwungen.

»Das macht keinen Sinn. Eine Bombe kann nicht zunehmen«, sagt Pavel. Das weiß auch Ivet, das weiß jedes Kind. Es war ein Witz. Er wollte nur das Problem mit dem Rücken kaschieren. Ein Bodyguard mit Rückenproblemen hat ausgedient. Außerdem, die Vorstellung von einer Bombe, die zunimmt, mit Lust auf Eis und Wurst, findet Ivet witzig. Aber das kann er Pavel nicht erklären.

»Hey, Süße«, ruft Pavel zu Olga herüber. »Kann eine Bombe zunehmen?«

»Keine Ahnung«, sagt Olga. Sie sitzt am Steuer des Galaxy und betrachtet sich im Rückspiegel. Mit dem Trenchcoat über dem bauchfreien T-Shirt und dem Borsalino-Hut auf dem blonden Haar sieht sie hinreißend aus. Zufrieden mit sich dreht Olga den Rückspiegel wieder zurück.

»Also, ich finde, wir sollten die Bombe untersuchen«, sagt Pavel und macht sich an der Kiste zu schaffen.

»Ich bin auch eine Bombe«, sagt Olga. »Und ich kann auch zunehmen.«

»Du siehst gut aus, Olga. Du hast die beste Figur in ganz Tel Aviv.«

»Das ist wahr«, stimmt auch Ivet zu.

»Nein, ich habe zugenommen. Echt. Wollt ihr sehen?«

Olga hebt ihr T-Shirt hoch. Das will Pavel unbedingt sehen. Er lässt die Kiste fallen und kommt nach vorne zu ihr. Die Kiste fällt auf Ivets Finger. Der schreit vor Schmerz und flucht. Auch Pavel flucht, weil sich Olga schon wieder bedeckt hat.

»So kann ich nichts sehen!«, beklagt sich Pavel.

»Du hast genug gesehen. Ich möchte jetzt losfahren!«, sagt Olga und startet den Galaxy. »Und mach bitte den Kofferraum zu.«

Sie lässt die Handbremse los, und das Auto fängt an zu rollen. Pavel läuft hinter ihr her und macht den Kofferraum zu.

»Beim nächsten Mal zeigst du aber deinen Busen!«, ruft er Olga hinterher.

»Beim nächsten Mal!«, ruft Olga zurück.

Dann gibt sie Gas und der Galaxy zieht mit hoher Geschwindigkeit davon. Erst an der Strandpromenade von Tel Aviv entlang, dann auf die Schnellstraße nach Osten.

Ein Geschenk des Himmels

Eine junge sexy Blondine mit Sommerhut und Sonnenbrille in einem amerikanischen Schlitten, so was sieht man nicht oft im Hauptquartier des Islamischen Dschihad. Daher ist es kein Wunder, dass die Freiheitskämpfer alles liegen lassen und die Frau mit offenem Mund anstarren. Daran ist Olga gewöhnt. Sie lächelt majestätisch und fährt auf eine Garage zu, lässt den Galaxy durch das Tor rollen und parkt neben einem Transporter. Das Auto der Abu-Rabahs, stellt sie fest.

Munir und Habib starren auf den hochhackigen Schuh, der aus dem Galaxy steigt, und auf das lange dazugehörige Bein, das ihm folgt. Ein zweiter Schuh erscheint, gefolgt vom Zwillingsbein. Die Blicke der Männer gleiten höher und bleiben am schwarzen Spitzentop mit orientalischem Muster kleben. Vor lauter Aufregung vergessen sie, den Mund zuzumachen. Für diesen Moment hat sich Olga eine Stunde lang vor dem Spiegel vorbereitet. Der erste Eindruck ist der wichtigste. Wenn der stimmt, werden Männer zu Sklaven. Nicht, dass sie Wert auf Sklaverei legt. Männer, die ihr aus der Hand fressen, interessieren Olga nicht. Sie sind aber immer bereit, einer schwachen Frau zu helfen, jedenfalls wenn es um Olga geht.

In der Stille kann man ihre Nylonstrümpfe knistern hören, wenn sie gegeneinander reiben. Olga zieht an ihren fransigen Jeansshorts, wobei sie ihren Arsch kurz hin und her bewegt.

»Hier bin ich, mit Gruß von Nikolai«, sagt Olga. Sie nimmt ihre Sonnenbrille ab und schaut unschuldig zu Munir. Und weil die Männer noch immer kein Wort herausbringen, küsst sie beide auf die Wangen, jeweils drei Mal.

»Er hat mir auch einen Brief mitgegeben, den finde ich aber gerade nicht.« Olga sucht in den engen Jeanstaschen, vorne und hinten.

»Komisch, so viel Platz zum Verstecken gibt es da nicht. Aber da stand, dass er euch viel Spaß mit dem Geschenk wünscht.«

»Willkommen« will Munir sagen, doch seine Stimme lässt ihn im Stich und es kommt nur ein hohes Piepsen aus seinem Hals. Er räuspert sich und versucht es noch mal. »Willkommen beim Islamischen Dschihad.«

Er nimmt Olga bei der Hand und führt sie in seine Baracke. Dahinter befinden sich eine Pergola und ein paar unglückliche Pflanzen in Töpfen. Olga streckt sich auf einem Liegestuhl aus und schnurrt wie eine Katze, lässt Munirs Augen auf ihrem Körper weiden.

»Kaffee oder Tee?«, fragt Munir.

»Pampelmusensaft«, sagt Olga. »Mit viel Wodka!«

Das ist ein Problem. Alkohol hat Munir nicht da, aber Olga. Sie hat zwei Kisten Wodka mitgebracht. Würde Munir so lieb sein und ihr helfen, die Kisten zu schleppen. Er ist doch so stark.

»Das glaub ich nicht«, sagt Jamal. Er steht am Fenster der Zelle und schaut durch das Gitter hinaus.

»Was?«, frag Rafik.

»Olga. Sie ist gerade hier vorbeigegangen.«

»Das glaube ich auch nicht«, sagt Rafik. Er steht auf und schaut ebenfalls durch das Gitter hinaus, sieht aber nur Munir, der eine Kiste Wodka trägt.

»Die Sau«, sagt Jamal. »Jetzt betrinkt sie sich mit dem.«

Rafik schaut mitleidig zu seinem Bruder. Der ist auf dem besten Weg, den Verstand zu verlieren. Zum Glück muss Rafik es nicht zu lange ertragen. Spätesten in zwölf Stunden sind sie beide tot. Sich endlich von Jamal zu trennen, ist für Rafik immerhin ein kleiner Trost. Bei diesem Gedanken betrachtet er den Sonnenuntergang über den Bergen.

Auch Munir betrachtet den Sonnenuntergang.

Er sitzt mit Olga auf einer Bank in seinem kleinen Paradies, seinen Arm um ihre Schultern gelegt, dabei schleicht seine Hand unauffällig an ihrem Oberkörper entlang, versucht auf ihre Brust zu gelangen. Jedes Mal aber bewegt sich Olga im letzten Moment und entkommt seiner Hand. Munirs Fingerspitzen brennen vor Verlangen. Das Mädchen gefällt ihm sehr, gerade weil sie so lebendig ist. Aber sie könnte auch mal ruhig bleiben. Diese Ziege muss man noch dressieren, und kein anderer Mann ist dafür so geeignet wie Munir. Seine Frau Olga.

»In Ordnung«, sagt Olga. »Ich würde zum Islam konvertieren und wir werden eine traditionelle arabische Hochzeit feiern. Bis dahin aber kein Sex.«

Munir protestiert. Olga ist noch nicht konvertiert, dann wäre es auch keine Sünde. Außerdem ist er bestimmt nicht ihr Erster!

»Das war alles, bevor ich dich getroffen habe«, versichert Olga. »Jetzt bin ich aber ein neuer Mensch. Für dich! Nur für dich! Liebst du mich?«

»Mehr als alles andere auf der Welt«, sagt Munir und seufzt traurig. »Ich würde alles für dich tun.«

»Nicht alles, nur ein kleiner Wunsch.«

Eine russische Verlobungsparty

Vier leere Wodkakisten vor dem Feuer sind der Beweis, dass die Verlobungsparty viel Spaß macht. Olga – sie hält eine halbleere Wodkaflasche in der Hand, an der sie ab und zu nuckelt – steht mitten in einer Gruppe von betrunkenen Soldaten und bringt ihnen das Lied *Ochi Chorni* auf Russisch bei. Sie singt, und die Soldaten brabbeln ihr nach. Und ein Orchester gibt es auch. Einer schlägt zwei Handgranaten gegeneinander, der andere trommelt auf dem Magazin seiner Kalaschnikow, und ein Dritter hält eine TM46 Antipanzermine zwischen den Beinen und trommelt wild darauf herum. Munir, er kann kaum noch auf den Beinen stehen, schaut stolz auf seine Braut und versucht, gegen die Müdigkeit anzukämpfen. Habib liegt neben ihm und schnarcht.

»Die Schlampe! Für Wodka würde sie eine ganze Armee ficken.« Jamal drückt seinen Kopf gegen das Gitter und versucht mehr mitzukriegen, doch die Party ist zu weit um die Ecke.

»Es ist also eine Frau da«, sagt Rafik. »Und sie singt auf Russisch. Aber das bedeutet noch lange nicht, dass es Olga ist. Könnte genauso gut eine andere Frau sein, oder ein Radio.«

Rafik schließt die Augen und versucht seinen Bruder zu ignorieren. Es klappt. Und er kann sich sogar Olga vorstellen, wie sie vor drei Tagen an der Tankstelle vor ihm stand. Ihr Schmollmund, unendlich sexy und unschuldig zugleich. Und ihre Stimme ...

»Ochi chorni«, hört Rafik Olgas Stimme singen. Er kann ihren warmen Atem an seinem Nacken spüren. Aber es ist nicht Olgas Stimme, und auch nicht ihr Geruch. Rafik macht die Augen auf und sieht Jamal. »Ochi chorni«, flüstert Jamal in Rafiks Ohr und grinst. Rafik schlägt zu und trifft Jamal mitten ins Gesicht. Der fällt zu Boden, seine Nase blutet.

Jamal steht auf und fasst seinen Bruder an der Schulter. »Rafik, ich weiß, es tut weh, aber Olga ist hier. Ich habe sie gesehen. Du kannst mich noch mal schlagen, aber es würde nichts ändern. Die Frau ist eine Nutte.«

Rafik stößt Jamals Hand weg. Wenn er nur noch ein Wort über Olga sagt, wird Rafik zuschlagen, und diesmal, um zu töten.

Tanz! Olga, tanz!

»No ne grusten ya, ne pechalen ya, Uteshitel'na mne sud'ba moya …« Über 40 Männer sitzen um das Feuer und starren in die Flammen. Tanzende Schatten auf ihrem Körper wecken Erinnerungen aus 1001 Nacht, auch wenn einige der Soldaten noch nie zuvor von Scheherazade gehört haben. Voller Sehnsucht lauschen sie Olgas Stimme. »Vsyo chto luchshevo«, singt sie in das Ohr eines betrunkenen Soldaten. »Vsyo chto luchshevo«, lallt der Soldat mit. Er versucht Olga anzufassen, doch sie gleitet aus seinen Händen und setzt sich zu einem anderen. »V zhizni bog dal nam. V zhertvu otdal ya ognevym glazam!«, singt sie und tanzt weiter von einem Freiheitskämpfer zum anderen. Ihre Stimme wird immer leiser, wie bei einer Mutter, die ihre Kinder in den Schlaf singt. »No ne grusten ya, ne pechalen ya, Uteshitel'na mne sud'ba moya« – bis alle Soldaten wie unschuldige Babys schnarchend um das Feuer liegen. Als Letzter schläft Munir ein. Olga horcht, sein Atem ist tief und fest. Sie steht auf und macht sich auf den Weg zur Garage.

Der Schlüssel des Galaxy steckt noch. Olga zieht ihn aus dem Zündschloss und macht den Kofferraum auf. Die Bombenkiste liegt noch immer darin. Es dauert zwanzig Minuten, bis sie alle Autobatterien aus dem Kofferraum gehoben hat.

Dann legt sie sich in die Kiste. Es ist sehr eng, aber für kurze Zeit wird sie es aushalten. Olga will schon die Kiste über sich zumachen, als sie sich an etwas erinnert. Sie steigt aus und steckt den Autoschlüssel zurück ins Zündschloss. Dann steigt sie wieder in die Kiste. Mit ihrem Gurt kann sie noch den Kofferraum von innen zumachen.

Eine Dame ist verschwunden

»Olga! Sie ist verschwunden!«, ruft Habib.

»Wie verschwunden?« Munir springt auf.

»Weg! Sie ist nicht mehr da!«

»Und du Idiot, du hast sie laufen lassen!«

Habib antwortet nicht. Ist auch besser so. Munir verträgt keine Überraschungen, da wird er unberechenbar, und das will Habib nicht riskieren. Er läuft herum und weckt die Soldaten. Weil die Kämpfer nicht begeistert sind, mitten in der Nacht nach Olga zu suchen, hilft ihnen Habib mit einem Tritt nach. Schlaftrunken stehen die Männer auf und machen sich auf die Suche. Habib läuft mit ein paar Soldaten in die Garage, um die Autos zu untersuchen. Er findet Olga nicht, aber ihm fällt die Aufschrift auf dem Transporter auf: »Abu-Rabah & Sons Air Conditioners«. Hat Nikolai nicht von Rafik Abu-Rabah erzählt? Habib wird jetzt alles klar. Die Brüder! Olga ist eine Falle, ein trojanisches Pferd! Und sie hat Kommandant Munir den Kopf verdreht. So sind Frauen, wie Schlangen. Das weiß Habib, und deshalb lebt er auch allein. Aber Munir ist zu naiv. Dafür wird er mit dem Kopf bezahlen! Aber erst hat er eine Mission zu Ende zu bringen. Mit Munir wird er später abrechnen.

»Ihr beiden!« Habib winkt zwei Soldaten zu. »Tragt die Bombe zum Transporter.« Er zeigt auf die Kiste im Kofferraum des Galaxy. Die beiden heben die Kiste an, sie ist deutlich schwerer, als sie erwartet haben, und laden sie in den Transporter.

Munir küsst die Brüder. Dann werden sie von allen anderen Kämpfern geküsst. Aus einer Moschee im benachbarten Dorf ruft der Muezzin die Gläubigen zum Gebet. Die Kämpfer legen weiße Tücher auf den Boden und knien sich zum Beten hin.

Schon mit sechs Jahren hat sich Rafik Gedanken über Gott gemacht. Und er hat festgestellt: Immer, wenn man ihn braucht, ist er nicht da. Das ist doch ein klarer Beweis, dass es Gott nicht gibt. Für diese Bemerkung hatte Rafik eine saftige Ohrfeige von seinem Vater bekommen, aber an Rafiks Glauben hat es nichts geändert. Mustafa selbst war auch nicht gläubig, aber das ist noch lange kein Grund, Gott zu verachten. Darauf hat Rafik immer geachtet, aber gebetet hat er trotzdem nie wieder. Nicht, dass es einen Grund gäbe, gerade heute seine Meinung zu ändern, aber auf einmal verspürt Rafik den Wunsch zu beten, und er geht auf die Knie.

»Also Gott, falls du da bist. Mach, dass wir hier lebendig rauskommen. Ich weiß, es wird nicht leicht. Alles spricht dagegen. Aber man sagt, dass du alles kannst. Überrasch mich mal, oder ist das von dem Allmächtigen zu viel verlangt?« Rafik hebt seinen Kopf zum Himmel, noch immer kein Zeichen von Gott. »Mach dir nichts daraus, ich habe auch keine Antwort erwartet. Aber wenn du tatsächlich alles kannst – wir wissen beide, es ist nicht der Fall –, aber wenn, dann bring uns unseren Vater zurück.«

Als die Kämpfer das Gebet beendet haben, öffnet Munir die Garage und zeigt Rafik und Jamal ihr Gefährt zum Himmel: den geklauten Transporter.

»Vater!«, schreit Jamal und läuft auf das Auto zu.

Rafiks Herz rast. Die hintere Klappe des Transporters ist auf und neben der Kiste mit der Bombe liegt noch immer der schwarze Sack. Rafik schaut hoch.

»Das war ein hässlicher Streich, Gott. Dafür schulde ich dir gar nichts! Genau genommen, es könnte auch ein Zufall sein, es sei denn, du beweist mir das Gegenteil. Ich habe mein Wort gegeben, na und? Auf mein Wort sollte man sich nicht verlassen. Das hättest du wissen sollen, du bist nämlich auch nicht besser!«

Jamal schaut verblüfft zu Rafik. Der betet tatsächlich zu Gott. Vielleicht ist Rafik gar kein schlechter Mensch. Schade, dass Jamal es erst jetzt erfährt.

Am Horizont schimmert der Himmel schon rot, und die Sonne verdrängt die Dunkelheit, als die Brüder zu ihrer letzten Reise aufbrechen. Rafik zittert.

Falsche Verbindung

»Ich wusste es gleich. Es war ein Fehler, der Hure zu vertrauen«, sagt Habib. Er schaut nach vorne, steuert den Ford Galaxy mit einem konstanten Abstand von fünfzig Metern zum Transporter.

»Keiner hat nach deiner Meinung gefragt«, sagt Munir. Er lehnt sich zurück und spielt Doodle Jump mit dem iPhone, dass er neulich von Nikolai bekommen hat. Habib antwortet nicht. Er ist gekränkt.

»Wenn sie den Grenzübergang erreichen, rufen wir die Bombe an«, sagt Munir.

»Und was, wenn am Übergang auch Palästinenser stehen«, fragt Habib.

»Dann sterben sie für Palästina. Das ist eine große Ehre!«

Man sieht Habib an, dass er diese Meinung nicht teilt, aber er wagt nicht, seinem Kommandanten zu widersprechen, noch nicht. Aber Munirs Tage sind gezählt. Habibs Instinkte haben ihn noch nie getäuscht.

Im Rückspiegel des Transporters sieht Rafik, wie der Galaxy, in eine Staubwolke gehüllt, ihnen gefährlich näher kommt.

»Glaubst du, sie lassen uns über die Grenze?«, fragt Jamal.

»Nein. Am Grenzübergang ist Schluss.«

»Dann war's das«, sagt Jamal resigniert. »Die nächsten zwanzig Jahre werden wir im israelischen Knast verbringen.«

»Du bist aber optimistisch. Sie werden uns erschießen.«

»Oh Gott, nicht noch mal!«, sagt Jamal. »Meinst du, die Israelis werden uns auch erschießen?«

»Machst du Witze? Die Israelis werden gar nicht dazu kommen. Vorher wird uns Munir in die Luft jagen. Er hat es auf den Grenzübergang abgesehen.«

»Er hat uns doch sein Wort gegeben!«

»Und wenn er sein Wort nicht hält, was willst du dann machen? Wirst du ihn verklagen?«

»Wenn Munir an die Heilige Mission glaubt, warum geht er nicht selbst? Er kennt sich auch besser mit Waffen aus.«

»Du bist so naiv, Jamal. Generäle gehen nie an die Front. Dafür gibt es Soldaten, deren Job es ist, zu sterben. Dafür werden sie geehrt und landen im Paradies. Freu dich drauf!«

»Rafik, was machen wir?«

»Wir fahren langsamer, dann werden wir acht Minuten länger leben.«

Jamal schweigt. In den letztenTagen standen sie mehrmals vor dem sicheren Tod, dann haben sie in der letzten Minute immer noch Glück gehabt. Aber das Glück hat seine Grenzen. Jamal fühlt sich unendlich traurig. Und er hat Angst.

»Du hast immer Ideen, Rafik. Sag etwas!«

Aber Rafik schweigt.

»Wir springen«, sagt Jamal entschieden.

»Gute Idee. Mach mal.«

Rafik betrachtet Jamal von unten nach oben. Er ist an Händen und Füßen mit Draht gefesselt, der mit Handgranaten gesichert ist. Jeder Versuch auszusteigen würde zur Explosion führen. Dabei würden sie die Beine verlieren und qualvoll sterben. Rafik ist ebenfalls gefesselt. Er hat vielleicht weniger Angst zu sterben, aber er versteht besser als Jamal, was nach der Explosion von seinem Körper übrig bleiben wird. Rafik denkt an Olga. Er hofft, dass sie überlebt. Nikolai würde nicht zögern, sie zu töten.

»Rafik!« Ein dumpfer Schrei kommt aus dem hinteren Teil des Transporters. Jamal schaut sich verwundert um. Mustafa ist doch tot. Und selbst wenn nicht – daran will Jamal gar nicht denken, denn diese Stimme gehört nicht seinem Vater.

Auch Rafik hat die Stimme gehört. Olga? Oder vielleicht war es eine Einbildung, ein Wunsch. Aber was sollte er sich wünschen? Diese Frau beschäftigt ihn gar nicht.

»Rafik!« Also doch keine Einbildung. Die Stimme kommt von hinten. Rafik tritt auf die Bremse.

Auch Habib bremst.

»Was ist los?«, fragt Munir.

»Sie haben gestoppt«, sagt Habib und greift zur Kalaschnikow.

»Rafik! Ich bin es! Hilf mir, Rafik!« Jetzt ist sich Rafik sicher, es ist zweifellos Olgas Stimme. Sie befindet sich also irgendwo hier im Auto. Da kommt nur die Bombenkiste in Frage. Sie ist nämlich der einzige Behälter im Auto, in dem eine Frau von Olgas Größe sich verstecken kann.

»Rafik!«, ruft Olga noch mal. Ihre Stimme klingt schwächer.

»Olga!«, ruft Rafik zurück.

»Rafik, ich kann kaum atmen.«

»Olga, Liebes! Wir werden dich rausholen. Halte durch! Nur noch ein paar Minuten!«

Doch Rafik hat keine Ahnung, wie er Olga retten kann oder sich selbst. Und warum er zu ihr »Olga, Liebes« gesagt hat, das weiß er auch nicht.

Auch Jamal hat Olgas Stimme erkannt. »Es gibt also keine Bombe in der Kiste«, sagt er erleichtert. »Wir sind gerettet, Rafik!«

»Findest du? Gefesselt an eine Handgranate und verfolgt von zwei Profikillern, wie soll denn das gehen?«

Im Rückspiegel sieht Rafik Munir und Habib aus dem Galaxy aussteigen. Sie halten MPs in der Hand und kommen auf den Transporter zu. Rafik wartet, bis sie ein paar Schritte gemacht haben, dann gibt er Gas und fährt davon. Munir und

Habib laufen noch ein paar Schritte hinterher und schießen, treffen den Transporter aber nicht. Dann laufen sie zurück und fahren ihnen nach.

»Wir brauchen einen Plan, Rafik.«

»Wir sterben. Das ist der Plan. Und der geht immer auf.«

In so einem Moment Witze zu machen, das ist krank, denkt Jamal. Trotzdem ist es beruhigend, zu wissen, dass auch Rafik nicht alles weiß. Aber Sterben ist kein guter Plan. Springen ist schon besser.

»Hände und Füße hierlassen, oder was?«, fragt Rafik. »Ich trenne mich nur ungern von meinen.«

»Wir müssen uns erst befreien«, sagt Jamal.

»Und ich wüsste gerne, wie.«

»Wenn der Hebel einer Granate springt, dauert es vier Sekunden, bis sie explodiert«, erklärt Jamal. »Hat Habib gesagt, und er weiß Bescheid. Das lässt uns eine Sekunde zu springen und noch drei zu fliehen. Ich zähle bis drei ...«

»Und BUMM! Wir sind tot«, sagt Rafik. »Rechnen kann ich auch. Und selbst wenn wir in einem Stück rauskommen, Munir wird uns wie Hunde erschießen. Das ist kein guter Plan.«

Eine Träne läuft über Jamals Gesicht. »Und wenn schon. Noch eine halbe Stunde auf den Tod zu warten, das würde ich nicht überleben.«

»Dann beug dich über das Steuer und beiß drauf«, sagt Rafik und deutet auf die Handgranate, die am Steuer befestigt ist. »Und halt den Bügel mit dem Mund fest!«

Jamal zögert.

»Beiß drauf«, sagt Rafik streng. »Dann kann ich meine Hände vom Steuer nehmen und mich befreien. Und dich auch, wenn du dich bis dahin benimmst.«

»Das wird nie klappen.«

»Hast du einen besseren Vorschlag?«

Den hat Jamal nicht.

»Dann stopf endlich dein Maul mit dieser Granate und lass nicht los.«

Jamal fixiert die Handgranate mit seinen Augen.

»Klar wird's klappen. Mach schon!«, ermutigt ihn Rafik.

Jamal lächelt unglücklich, dann bewegt er sich vorsichtig hin und her, um die Drähte an seinem Körper zu lockern. Mit jeder Bewegung zieht Jamal den Sicherungssplint ungewollt weiter aus dem Hebel. Jamal beugt sich erneut über das Lenkrad, ihm fehlen noch immer drei Zentimeter.

»Ich komme nicht ran!«

»Willst du für Palästina sterben? Wegen drei beschissener Zentimeter?«

Das will Jamal nicht.

»Dann hör auf zu jammern. Wird schon klappen.«

Jamal macht noch eine winzige Bewegung nach vorne. Dabei fällt der Sicherungsbügel fast aus der Handgranate. Jamal hält seinen Atem an. Er schafft es nicht. Sie werden sowieso sterben, aber nicht von seiner Hand. Er wird sich keinen Millimeter weiterbewegen.

»Verstehe«, sagt Rafik und tritt auf die Bremse. Das Auto kommt zum Stehen, Jamal fliegt nach vorne und drückt mit seinem Mund auf den Hebel. Man hört seine Zähne auf das Metall schlagen.

Der Sicherungsbügel an seiner Handgranate hält nur mit dem letzten Millimeter. Ein Wunder, dass der Hebel noch nicht gesprungen ist. Jamal macht die Augen wieder auf, wagt es aber nicht, sich zu bewegen. Sein Gesicht ist kreidebleich, Schweißperlen stehen auf seiner Stirn, und er zittert am ganzen Körper. Er schaut aus den Augenwinkeln zu Rafik hoch.

»Geht doch«, sagt Rafik und zieht seine rechte Hand sehr vorsichtig vom Steuer. Jamal versucht zu antworten, aber mit einer Handgranate im Mund kommt nur ein »Uurrg« raus.

»Keine Angst, ich schaff es schon«, verspricht Rafik. »Und falls nicht, werden wir so schnell sterben, dass du es nicht einmal merken wirst.«

» Uurrg«, kommentiert Jamal erneut.

»Sei ruhig jetzt. Ich verstehe dich sowieso nicht und du störst nur.«

Rafik schaut auf die Handgranate am Lenkrad, als wolle er sie hypnotisieren, dann löst er vorsichtig seine rechte Hand. Der Sicherungsbügel bewegt sich. Rafik greift nach der Handgranate in Jamals Mund. Der Sicherheitsbügel fällt heraus, aber Rafik hält den Hebel schon fest in der Hand und steckt den Sicherheitsbügel zurück.

»Noch vier Handgranaten, dann sind wir frei. Dann hauen wir ab«, sagt Rafik.

»Das denken sie nur«, sagt Munir zu Habib. »Sie wissen noch nicht, mit wem sie es zu tun haben. Sie wollen nicht freiwillig sterben. Gut, dann müssen wir ihnen eben helfen.«

Habib gefällt das Ganze nicht. Märtyrer zu sein, das ist kein normaler Beruf. Das ist eine Berufung. Man stirbt aus Überzeugung. Die besten Kämpfer werden ausgewählt, um allein zu sterben. Dafür bekommen sie einen Platz im Paradies. Er dagegen muss noch viele andere Märtyrer ausbilden. Das macht keinen Spaß.

Habib greift zum iPhone in Munirs Schoß. Munir haut Habib auf die Hand. Munir holt die Visitenkarte mit der Nummer der Bombe, wählt und wartet.

»Was ist passiert?«, fragt Habib.

»Nichts«, antwortet Munir und wählt noch mal.

Es geschieht noch immer nichts. Nur, dass der Transporter auf einmal losfährt und eine Staubwolke hinter sich lässt. Auch Habib gibt Gas.

»Der Bastard hat uns eine falsche Bombe verkauft«, sagt Munir. Er versucht erneut die Nummer zu wählen.

»Wer?«, fragt Habib.

»Nikolai, der Hurensohn!«

»Hast du die richtige Vorwahl gewählt?«

»Natürlich. Tel Aviv ist doch 03, oder?«

»Ja«, sagt Habib. »Aber das Telefon ist in Ramallah registriert. Du musst eine Vorwahl für Israel angeben.«

»Ach so. Konntest du das nicht vorher sagen?«

»Du hast gesagt, der Anbieter in Ramallah sei günstiger.«

»Muss ich mich um alles kümmern? Kann man sich nicht ein Mal einfach darauf verlassen, dass alles funktioniert?«

Katzengang

Bis drei Uhr herrscht das Nachtleben in Tel Aviv, und ab fünf Uhr fahren schon wieder Tausende von Autos auf den Straßen und verwandeln die Stadt in ein Chaos. Aber um vier Uhr schlafen alle tief und sammeln Kraft für den kommenden Tag, wenn die heiße Sonne auf die feuchte Stadt knallen wird. Ivet und Pavel sind eine Ausnahme.

»Ehrliche Menschen schlafen um vier Uhr morgens«, sagt Ivet.

»Seit wann bist du ehrlich?«, fragt Pavel.

»Schon immer«, sagt Ivet.

»Und dein Freund da?« Pavel zeigt auf Ivets Pistole.

»Ehrliche Menschen haben das Recht, sich zu verteidigen.«

»Verstehe«, sagt Pavel. »Dann hast du bestimmt auch so ein Papier von der Polizei, auf dem steht, dass du dieses Ding tragen darfst, um damit ab und zu Bürger abzuknallen.«

»Ich knalle nur die Bösen ab.«

»Oh, dann arbeitest du für die Polizei. Zahlen sie gut?«

»So was darfst du nicht mal als Witz sagen!«, sagt Ivet verärgert. »Das kann man falsch verstehen und dann, bevor du noch Jack Robinson sagst, bist du tot. Du kennst doch Nikolai.«

»Was ist mit Nikolai?«

Pavel und Ivet drehen sich erschrocken um. Wenn es etwas gibt, das Ivet hasst, ist es dieser Katzengang seines Chefs. Nikolai hat die Gewohnheit, sich anzuschleichen, und plötzlich ist er da.

»Ivet hat gerade gesagt, dass du sehr schnell mit der Kanone bist«, sagt Pavel zu Nikolai, der auf einmal aufgetaucht ist.

»Ja«, kichert Ivet.

»Ihr seid Clowns. Vielleicht macht ihr mal etwas Nützliches für das Geld, das ich euch bezahle. Wo sind die Handgranaten?«

»Hier, Chef«, sagt Ivet und macht eine Kiste auf, als er ein Handy klingeln hört. Ivet greift in seine Tasche und holt sein Handy heraus, aber es klingelt nicht. Und auch keins der anderen. Das Klingeln kommt aus dem Fass. Nikolai zieht die große Pappe zu Seite, und die drei schauen auf die Bombe, die Nikolai eigentlich an Munir verkauft hat. Es klingelt zum dritten Mal. Im ersten Morgenlicht kann man die Explosion über ganz Tel Aviv sehen.

Es gibt viele Wege zu sterben

Der Transporter fährt immer schneller und schlingert jetzt von der linken Seite der Straße auf die rechte und zurück. Dann, als er den Galaxy etwa dreißig Meter hinter sich im Rückspiegel sieht, lässt Rafik die Handgranate aus dem Fenster fallen. Sie rollt auf den staubigen Weg, und als Munir und Habib sie sehen, ist es schon zu spät. Habib schafft es noch zu bremsen, doch das erweist sich als Fehler. Die Granate befindet sich direkt unterm Galaxy, als sie explodiert. Dort, wo der Galaxy stand, ist jetzt nur noch eine Rauchwolke zu sehen.

Rafik steigt aus, reißt die hintere Tür des Transporters auf und springt hinein. Mit zitternden Händen macht er die Bombenkiste auf, Olga liegt darin. Ihr Gesicht ist bleich und sie ist bewusstlos.

»Olga!«, ruft Rafik. »Wach auf!« Doch sie bewegt sich nicht. Vorsichtig hebt Rafik den leblosen Körper aus der Kiste.

»Bitte, Olga, wach auf! Bitte! Mach die Augen auf!«

Aus der Ferne hört Olga Rafiks Stimme. Wo ist er? Sie kämpft mit der Dunkelheit, versucht mit ganzer Kraft, ihre Augen aufzumachen. Als sie Rafik sieht, lächelt Olga wie ein kleines Kind, das gerade ein Kätzchen zum Geburtstag bekommen hat. Dagegen ist Rafik machtlos und bevor er weiß, was er tut, küsst er sie lange auf den Mund. Später wird Rafik behaupten, dass er sie nur beatmen wollte, aber keiner wird ihm glauben und Olga noch weniger. Sie erwidert seinen Kuss, und das auf eine Art, die kein Arzt der Welt zur Beatmung empfehlen würde.

Als sie endlich voneinander lassen, sehen sie Jamal auf sich zu torkeln. In der Hand hält er fest eine Handgranate ohne Sicherheitssplint.

»Bleib, wo du bist!«, schreit Rafik und macht ein paar Schritte zurück.

Jamal schaut panisch zu Rafik und Olga.

»Diediedie ...«

»Die Handgranate! Wirf das verdammte Ding weg! Hörst du? Wirf sie weit weg!«

Doch Jamal steht nur wie angewurzelt da und schaut hilflos seine Hand an.

»Worauf wartest du? Wirf sie schon!«

Das will Jamal ja tun. Er macht sogar die richtige Bewegung, um die Handgranate zu werfen, doch im entscheidenden Augenblick lässt er nicht los.

»Hab nen Krampf in den Fingern«, jammert Jamal und streckt Rafik seine Hand entgegen. Rafik und Olga treten noch ein paar Schritte zurück.

»Jamal, hör mir jetzt genau zu. Mach die Hand auf! Mach die verdammte Hand auf! MACH SIE AUF!!!«

Jamal macht die Hand auf und der Hebel der Handgranate springt auf. Rafik und Olga werfen sich zu Boden. Jamal schaut die Granate an.

»Jetzt wirf!!!«, schreit ihn Rafik an. Doch Jamal kann sich nicht bewegen. Rafik fängt an zu zählen. »Wirf sie schon, zwei, drei ... wiiiirf! Fünf ...«

Jamal denkt an seinen Vater. Schon lebendig war Mustafa kein einfacher Mensch, doch als Toter ist er noch viel komplizierter geworden. Und Mama hat sich auch verändert. Und Rafik ... Ja, Rafik, anscheinend hat er seinen Bruder nie richtig gekannt. So übel ist er auch nicht. Und die Beste ist Aliya. Seine geliebte Aliya. So nah, aber unerreichbar. Er muss nur seine Hand erheben, Schwung holen und werfen. Er kann es aber nicht. Und keiner kann ihm helfen. Es dauert vier Sekunden, bis die Handgranate explodiert. Ist nicht viel. Jamal wundert sich, wie viele Gedanken sich in vier Sekunden in seinem Kopf drehen.

»WIIIRF!«, schreit ihn Rafik noch mal an. »Hol aus, nimm Schwung und WIRF!!!«

Klingt doch einfach, denkt Jamal. Er hebt seinen Arm mit der Granate, holt aus und wirft – allerdings nicht sehr weit. Sie fällt etwa zwanzig Meter weiter auf einen Hügel und rollt zurück, auf sie zu. Auch Jamal wirft sich hin. Sie alle bedecken die Köpfe mit ihren Händen und warten. Nichts passiert.

»Das war eine Attrappe«, sagt Jamal und erhebt sich.

»Blödsinn! Attrappen haben eine weiße Markierung. Die hier hat keine.« Rafik steht auf und hilft auch Olga hoch. Dann hören sie einen Knall und die Handgranate explodiert. Jamal, Rafik und Olga werden zu Boden geschleudert.

»Der Tod kommt auf unterschiedlichen Wegen«, sagt Jamal, als er wieder reden kann. »Unserer ist noch nicht gekommen.«

Vater geht's gut

»Wie spät ist es?«

Samira schaut auf die Uhr. »Das hab ich dir schon fünf Mal in der letzten drei Minuten gesagt«, antwortet sie. Mama hat aber nichts gehört. Samira soll es bitteschön wiederholen.

»Fünf Minuten vor drei Uhr«, sagt Latifa anstelle ihrer Mutter. Dann werden Rafik und Jamal jede Minute ankommen, meint Mama. Doch die Trauergäste glauben nicht mehr richtig daran. Das erzählt Mama schon seit fünf Stunden. Und wenn die Beerdigung nicht gleich stattfindet, müssen sie leider zurück nach Hause. Mama versucht die Bekannten noch aufzuhalten, vergeblich. Gleich kommen die Kinder zurück aus der Schule, und sie müssen essen. Weitere Appelle von Mama helfen nicht, und die Gäste verlassen den Friedhof. Neben den vier Priestern im weißen Gewand sind nur die engsten Familienmitglieder dageblieben. Samira schaut ihre Schwester vorwurfsvoll an.

»Was kann ich dafür?«, fragt Mama vehement. »Ohne Vater gibt es keine Beerdigung. Also, wenn du willst, kannst du auch gehen.« Samira antwortet lieber nicht.

Da sieht man eine Staubwolke heranfahren, in der man den VW-Bus der Familie Abu-Rabah erkennt. »Und? Was hab ich euch gesagt?«, sagt Mama und läuft mit offenen Armen auf das Auto zu. Sie ist schon fünfzig Meter gelaufen, als das Auto an ihr vorbeifährt, aber nicht hält. Mama, erst überrascht, dann wütend, rennt dem Auto hinterher. Es hält direkt vor Aliya, und Jamal springt heraus und nimmt seine Frau in die Arme.

Endlich kommen sie zu sich. Jamal, er hält noch immer Aliyas Hände in seinen, macht einen Schritt zurück. Er bewundert seine Frau. Die letzten drei Tage hat er nur an sie gedacht. In der Wirklichkeit ist sie aber noch viel schöner als in seinen Gedanken. Aliya hält Jamals Hand fest in ihrer. Sie hat ihn schon immer geliebt, aber nie bemerkt, wie männlich er wirken kann. Das sagt sie aber lieber nicht.

Da sieht Jamal Mama, ganz außer Atem, ankommen. Er lässt Aliya los und wendet sich mit offenen Armen seiner Mutter zu, er will sie umarmen. Er ist ziemlich überrascht, als Mama ihm eine Ohrfeige verpasst.

»45 Minuten nach Ramallah! Ha?! Deinen Mathelehrer sollte man aufhängen!«

Mama wendet sich Rafik zu. Auch er will sie umarmen, bekommt aber ebenso eine Ohrfeige verpasst. »Drei Tage warte ich schon auf euch! Drei Tage! Ich bin fast gestorben vor Angst! Und wie du aussiehst!« Sie zeigt auf Rafiks zerrissenes Hemd und seine schmutzige Hose. »Etwas Passenderes zur Beerdigung deines Vaters hast du wohl nicht gefunden, was?!« Jetzt nimmt Mama auch Olga wahr. »Und wer ist diese Frau?«

Rafik will Olga vorstellen, die Frau, die er liebt. Sie hat sein Leben gerettet. Aber Mama hört nicht zu. »Wo ist Vater?«, will sie nur wissen.

»Vater geht's gut«, verspricht ihr Rafik und öffnet die hintere Klappe des Wagens. Dort, zwischen Werkzeugen und Ersatzteilen, sitzt Mustafa auf einer Klimaanlage. Trotz der Hitze trägt er seinen Mantel, und sein Hut sitzt tief über den Augen, als wäre er nach einem harten Arbeitstag eingeschlafen. Mama stößt einen Schrei aus, fällt vor ihm auf die Knie, vergräbt ihr Gesicht in ihren Armen und weint leise. Auch Samira geht auf die Knie. Sie umarmt Mama. Beide Frauen weinen leise. Die anderen stehen um sie herum und nehmen Abschied von Mustafa.

Mustafas letzter Weg

Rafik macht sich Sorgen. Ausgerechnet bei der Beerdigung, wo alle es von ihr erwarten, weint Mama nicht. Sie steht nur da zwischen ihren Söhnen und schaut mit dem Gesicht einer Sphinx ins offene Grab.

Vier muslimische Priester in traditionellen Gewändern sprechen das Gebet. Dann heben sie Mustafas Sarg hoch und lassen ihn langsam ins Grab hinunter, als ein Kampfjet im Tiefflug über sie in Richtung Ramallah donnert. Der Lärm ist unerträglich und man spürt den Luftzug hinter dem Jet. Alle ducken sich und schauen erschreckt hoch. Von weitem sieht man Bomben auf die Stadt fallen, und der Lärm der Explosionen kommt immer näher. Die Erde bebt. Dann kommt das schreckliche Pfeifen einer Bombe direkt auf sie zu. Rafik wirft Olga zu Boden und sich selbst schützend über sie. Auch die anderen werfen sich nieder, gerade rechtzeitig, als die Bombe mit einem entsetzlichen Krach in einem riesigen Feuerball explodiert und ein Dutzend Olivenbäume im Garten hinter dem Haus vernichtet. Erde und Steine prasseln auf die Trauergäste herab. Olga klammert sich ängstlich an Rafik. Ohne nachzudenken, küsst er sie.

»Was machst du denn da?«, fragt Olga.

»Ich schütze dich vor der Bombe«, erwidert Rafik etwas verwirrt.

»Und das macht man mit der Zunge?«

»Das war so spontan. Ich dachte, du magst es. Und überhaupt, wir haben jetzt andere Probleme.«

»Erstens, ich bin kein Problem. Und zweitens, du kannst trotzdem vorher fragen!«

»Okay, bitteschön, wenn du darauf bestehst. Darf ich dich küssen?«

»Ja.«

»Und dafür das ganze Theater?«

»Ja«, sagt Olga und küsst ihn. Rafik erwidert ihren Kuss, dann aber zieht er sich wieder hoch.

»Also, Moment mal. Warum hast du mich nicht erst gefragt, ob ich es will?«

»Willst du denn nicht?«

»Das habe ich nicht gesagt ...«

Weiter kommt Rafik nicht, denn Olga küsst ihn wieder. Irgendwann legen sie eine Pause ein, um Luft holen, da merken sie, dass die ganze Familie sie beobachtet.

Rafik und Olga wollen aufstehen, da düst ein weiterer Kampfjet im Tiefflug über sie, und sie alle werfen sich erneut auf den Boden. Als sich der Staub legt, schaut Rafik verdutzt zu Jamal. Der steht als Einziger aufrecht vor dem Grab und streckt voller Protest seine Faust gegen die kommenden Kampfjets.

»Sie werden dich umbringen! Komm wieder runter!« Doch Jamal ignoriert Rafik. Er steht immer noch mit seiner hochgereckten Faust und schreit die Kampfflugzeuge an.

»Das ist mein Land hier! Ich habe das Recht, hier zu stehen. Was wollt ihr dagegen tun? Wollt ihr mich dafür töten? Hier bin ich!«

Rafik schaut seinen Bruder verblüfft an. Jamal ist verrückt geworden, aber so gefällt er Rafik viel besser. Rafik zögert kurz, dann steht auch er auf, stellt sich neben seinen Bruder und schreit gen Himmel. »Es ist unser Land! Hört ihr da oben? Unser Land! Wir bleiben hier!«

Nach und nach stehen alle Familienmitglieder auf, fassen sich an der Hand und schauen entschlossen gen Westen zur israelischen Grenze. Da bemerken sie, dass jemand fehlt. Wo sind die Priester? Sie schauen sich suchend um, da lugen die vier Köpfe mit ängstlichen Blicken aus dem Grab.

Epilog

Mama ist Olga dankbar, dass sie das Leben ihrer Söhne gerettet hat, aber eine Hochzeit zwischen einer russischen jüdischen Frau und ihrem palästinensischen Sohn ist ihrer Meinung nach nicht passend. Geheiratet haben Rafik und Olga tatsächlich nie. Aber sie haben vier Kinder zusammen bekommen und großgezogen: Mustafa, Oleg und die Zwillinge Liraz und Katrin. Sie leben in Hamburg und führen ein Restaurant mit internationalen Gerichten. Jeder ist willkommen. Sogar israelische Sicherheitsbeamte und palästinensische Terroristen, solange sie ihre politischen Ansichten und Waffen zu Hause lassen. Dafür gibt's Hausverbot. Mama liebt die Kinder. Einmal monatlich bekommen sie ein Paket mit Süßigkeiten und Spielzeug aus Palästina. Mama glaubt Rafik immer noch nicht, dass er ein Restaurant besitzt. Sie denkt, dass sie alle arm sind, aber das ist eine andere Geschichte.

Danksagung

Ich lebe seit 30 Jahren in Deutschland und schreibe noch immer falsch. Ob Dativ, Akkusativ oder Genitiv, ich schaffe es immer, den falschen Fall einzusetzen. Nicht gerade ein Vorteil für einen Autor. Um meine Schwäche zu kompensieren, bitte ich meine Freunde, die Manuskripte zu korrigieren. Bei einem Kapitel oder zwei klappt es fast immer. Bei wiederholten Anfragen wird es aber kompliziert und ich muss immer neue Lektoren finden. Das ist nicht immer einfach, weil mein Freundeskreis begrenzt ist und durch mein Verhalten auch nicht größer wird. Aber hier kommen sie – alle (hoffe ich), die mir geholfen haben:

Claudia Schröder
Gerd Roscher
Malte Ruppelt
Meike Hoffmeister
Anne Künze
Katrin Kroll
Sandra Konrad
Peter Siegloch
Louis Klamroth
Lukas Stender
Katrin Stender
Theo Bruns

Ein besonderer Dank gebührt meinem Dramaturgie-Lehrer und Co-Autor Charlie (Dr. Karl-Dietmar) Möller-Naß, mit dem ich den Plot für das Drehbuch entwickelt habe.